세계 미스터리 고전문학
01

에드거 앨런 포 외 지음
편집부 엮음

玄 人

세계 미스터리 고전문학
01

에드거 앨런 포 외

목   차

모르그 가(街)의 살인사건

에드거 앨런 포(Edgar Allan Poe)

미국 보스턴에서 태어났다. 출생 직후 부모님을 잃어 상인인 앨런 가로 들어갔으며 유소년기의 한때를 런던에서 보냈다. 버지니아 대학에 들어가나 방탕한 생활 때문에 중퇴, 그 후에 육군 입대, 사관학교를 거쳐 작가로서 활동하기 시작했다. 여러 잡지의 편집자로 근무하며 공포소설 「어셔 가의 몰락」, 「검은 고양이」, 최초의 추리 소설 「모르그 가의 살인사건」, 암호 소설의 효시 「황금 벌레」 등 다수의 단편작품을 발표했다. 1835년에 당시 13세였던 사촌 버지니아와 결혼하나 1847년에 빈고 속에서 결핵으로 그녀를 잃고 2년 뒤에 포 자신도 의문의 죽음을 맞는다.

사이렌[1]들이 어떤 노래를 불렀는지, 혹은 아킬레스가 여자들 사이로 몸을 숨겼을 때 어떤 이름을 사용했었는지, 어려운 문제이기는 하지만 추측이 전혀 불가능한 것도 아니다. (토머스 브라운 경)

분석적이라고 일컬어지고 있는 정신기능, 그것 자체에 대한 분석은 거의 불가능한 법이다. 그것이 거두는 효과를 통해서 그 정체를 추측해내는 것 외에 달리 방법이 없다. 그에 대한 매우 분명한 사실 중 하나는, 뛰어난 분석력을 가진 사람에게는 그것이 언제나 생생한 기쁨의 원천이 된다는 사실이다. 뛰어난 체력을 가진 사람이 육체적 능력을 자랑하며 근육을 움직이는 일에 기쁨을 느끼는 것처럼 뛰어난 분석력을 가진 사람은 해명이라는 정신적 활동을 찬양하는 법이다. 뛰어난 분석력을 가진 사람은 그 능력을 발휘할 수만 있다면 그것이 제아무리 사소한 일이라 할지라도 거기서 기쁨을 느

---

1) 그리스 신화. 반인반조(半人半鳥)의 바다 요정. 아름다운 노랫소리로 뱃사람들을 홀렸다고 한다.

낀다. 그는 수수께끼, 난문, 암호를 좋아하며 그것을 해명할 때마다 번뜩이는 천성을 발휘하기 때문에 평범한 사람들에게는 그것이 신비하게 여겨지는 법이다. 그가 내리는 결론은 논리적인 방법의 진수만을 발휘하여 얻어진 것임에도 불구하고 언뜻 보기에는 직관에 의해 얻어진 것처럼 보이기 때문이다.

분석적인 능력이 수학적 연구, 특히 그 부문의 최고라 할 수 있는 해석학에 의해서 크게 빛을 보게 되는 경우도 있다. 하지만 그것이 역행조작을 활용하고 있다는 이유만으로 아주 당연하다는 듯이 분석이라는 이름을 마음껏 사용하고 있는데 이는 부당한 일이다. 계산이 그대로 분석이 될 수는 없는 법이다. 체스를 두는 사람은 계산을 한다. 하지만 분석하려 들지는 않는다. 따라서 체스를 두는 것이 지능 발달에 유용하다는 논의에는 커다란 의심을 품지 않을 수 없다. 그렇다고 해서 내가 한 편의 논문을 쓰겠다는 생각을 가지고 있는 것은 아니다. 단지 조금 기괴한 이야기를 시작하기에 앞서 어리석은 의견 한 조각을 그저 생각나는 대로 피력해보고 싶었던 것뿐이다. 다시 얘기로 돌아가자면, 내가 하고 싶은 말은 최고의 지적 능력을 유효하고 유익하게 이용할 필요가 있다는 점에 있어서는 복잡하고 질질 시간을 끄는 체스보다, 언뜻 단순해 보이지만 체커가 훨씬 더 위라는 사실이다. 체스에서는 말들이 제 각각 달라서 나름대로 움직이는 방법이 있고 말의 격도 제 각각 다르며 변화도 한다. 그것은 그저 복잡하기만 할 뿐인데 (보기 드문 오류는 아니지만) 그것을 심원한 것이라고 착각하는 경우가 많다. 체스에서 주의력이 중요한 것은 사실이다. 한순간이라도 주의력이 흐트러지면 수를 놓쳐 커다란 손해를 입거나 큰 실수를 범하게 된다. 말들의 움직임이 복잡하기 때문에 수를 놓칠 가능성도 더욱 커진다. 따라서 이기는 것은 대체로 주의력이 있는 사람이지 명석한 사람이 아니다. 하지만 체커에서는 말의 움직임이 단순하고 변칙적인 움직임이 거의 없기 때문에 수를 놓칠 가능성이 거의 없어 단순한 주의력은 그다지 문제가 되지 않는다. 따라서 명석한 쪽이 더 유리하다. 이야기를 조금 더 구체적으로 해보겠다. 체커에서 말이 왕 4개만 남았다고 하자. 그렇게 되면 수를 놓치는 경우는 없어져버리기 때문에 승패는 (두는 두 사람의 실력이 거의 비슷하다면) 누가 의표를 찌르는 움직임을 보이느냐, 즉 누가 지적 능력을 더욱 강하게 발휘하느냐에 따라 갈리게 될 것이 뻔하다. 어떤 수단을 동원해도 통하지 않기 때문에 분석가는 상대방의 마음속으로 뛰어들어 그것과 하나가 되고, 그렇게 하여 종종 한순간에 천하제일의 묘수(그것이 때로는 아주 하찮은 수로 보일 때도 있지만)를 발견해 상대방의 실책이나 오산을 유발한다.

그런데 휘스트[2]는 계산능력에 좋은 영향을 주는 것으로 알려져왔다. 최고의 지성을 가진 사람조차도 체스는 재미없

---

2) 둘씩 짝을 지어 넷이 하는 카드놀이.

다고 경멸하면서도 휘스트에는 이해할 수 없을 정도로 빠져 버리는 경우를 흔히 볼 수 있다. 그렇다, 그런 종류 중에서 휘스트만큼 분석능력이 요구되는 것도 없다. 세계에서 체스를 가장 잘 두는 사람은 고작해야 세계에서 체스를 가장 잘 두는 사람에 불과할 것이다. 하지만 휘스트에 능숙하다는 것은 지(知)와 지가 격렬한 경쟁을 벌이는 훨씬 더 중요한 다른 인간 활동의 모든 분야에서도 성공할 수 있는 능력을 갖추고 있다는 사실을 의미한다. 여기서 말하는 능숙함이란, 게임에 있어서의 완벽성을 뜻하는 것으로 그 완벽성에는 정당한 이점을 얻는 급소를 낱낱이 알고 있다는 자질도 포함된다. 그러한 급소는 숫자도 많고 형태도 제 각각이며, 평범한 사색의 힘으로는 도저히 도달할 수 없는 사고의 깊은 곳에 숨어 있는 것이 보통이다. 빈틈없이 관찰한다는 것은 뚜렷하게 기억한다는 것이다. 여기까지는 체스를 두는 사람 중에서도 주의력이 깊은 사람이라면 휘스트에서도 상당한 실력을 발휘할 것이며, 호일의 법칙도 (그것 자체가 게임의 단순한 구조에 기초를 둔 법칙이니) 누구나 충분히 이해할 수 있는 정도의 것이다. 따라서 보통은 기억력이 좋아야 하며 '법칙'에 따라서 게임을 진행하는 것이 게임을 능숙하게 진행하는 것의 요체가 된다. 하지만 분석가의 수완은 단순한 법칙을 뛰어넘은 차원에서 발휘된다. 그는 말없이 일련의 관찰과 추리를 한다. 그렇다면 획득된 정보의 폭에 차이가 생기는 이유는 추리의 정확함에 있는 것이 아니라 관찰의 질에 있다는 사실을 알 수 있다. 필요한 것은 무엇을 관찰해야 하는지를 알고 있는가 하는 점이다. 분석적 승부사는 자신을 한정하는 짓은 절대로 하지 않는다. 게임이 목적이라고 해서 게임 이외의 것에서의 연역을 거부하지도 않는다. 그는 같은 편의 얼굴을 음미하여 그것을 적이 된 두 사람의 얼굴과 면밀하게 비교하고 검토한다. 그는 각 사람들이 카드를 나누는 법을 주의 깊게 살피고, 각 사람들이 자신의 카드에 주는 눈길을 통해 어떤 것이 버리는 패이며 어떤 것이 승부를 띄우는 패인지를 읽어내는 경우가 흔히 있다. 게임 중에는 표정의 조그만 변화에도 신경을 써서 자신 있다는 듯한 표정, 놀라는 표정, 승리감에 젖은 표정, 안타까워하는 표정 등과 같은 차이점에서 사색의 재료를 수집한다. 카드를 잡는 모습을 통해, 그것을 잡은 사람이 전과 똑같은 패들로 다시 한 번 승부수를 띄울지 어떨지를 판단한다. 카드를 테이블 위로 던지는 모습을 통해서 속임수를 간파해낸다. 문득 내던지는 빈말, 어쩌다 카드를 떨어트리거나 앞면이 보였을 때 당황하며 그것을 숨기려 하는지, 아무렇지도 않은 얼굴로 있는지, 내려놓는 카드를 세는 법, 그것을 내려놓는 순서, 당혹감, 망설임, 초조함, 주저함 —이와 같은 모든 것들이 언뜻 보기에는 직관적으로 보이는 그의 지각력에 사태의 진상을 알려줄 실마리를 제공하는 것이다. 두어 바퀴 차례가 돌면 그는 각 사람들이 가지고 있는 패를 완전히 꿰뚫어보기 때문에 그 다음부터는 마치 모든 사람들이 카드를 앞면이 보이도록 들고 있기라도 한 듯 절대로 지지 않는 수로 게임을 진행한다.

분석적 능력을 단순한 교묘함과 혼동해서는 안 된다. 분석 가는 누구나 교묘하지만 교묘한 사람 중에서 분석력이 떨어지는 사람은 아주 흔히 볼 수 있기 때문이다. 일반적으로 교묘함은 구성하거나 결합하는 능력으로 표출되며, 골상학자들은 (나는 잘못된 것이라 생각하지만) 이것을 원시적 능력으로 보고 머리 이외의 다른 기관에서 그 유래를 찾으려 하는데, 틀림없이 그런 능력을 교묘함 이외에는 거의 백치에 가까운 지능을 가진 사람들에게서도 종종 찾아볼 수 있기 때문에 정신을 연구하는 사람들이 일제히 관심을 가져온 것은 사실이다. 교묘함과 분석능력의 차이는, 공상력과 상상력의 차이보다 훨씬 더 크지만 그 차이점의 성질은 매우 비슷하다. 알고 계시겠지만 교묘한 사람은 언제나 공상적이며 참으로 상상적인 사람은 언제나 분석적인 것이 사실이다.

독자들에게 있어서 지금부터 할 얘기는 앞서 말한 명제에 대한 일종의 주석처럼 들릴지도 모르겠다.

나는 18○○년 봄부터 초여름에 걸쳐서 파리에 머물고 있었는데 거기서 C. 오귀스트 뒤팽 씨라는 사람을 알게 되었다. 이 젊은 신사는 좋은 집안, 아니 명문가 출신이었지만 계속되는 불운으로 몰락했고 그 때문에 타고난 의욕을 잃어 세상에서 활약해야겠다거나 가문을 다시 일으켜야겠다는 등의 마음을 완전히 잃게 되었다. 채권자들의 호의로 유산 중 일부가 아직 그의 명의로 남아 있었기 때문에 거기서 얻는 수입으로,

쓸데없는 사치는 단념한 채 오로지 근검한 생활을 하여 간신히 나날의 양식을 확보하고 있었다. 책이 그의 유일한 사치였는데 파리에서 책은 손쉽게 구할 수 있다.

몽마르트 가에 있는 이름도 없는 도서관에서 그와 처음으로 만났다. 우리는 똑같은 희귀본을 찾고 있었는데 그것이 계기가 되어 친분을 쌓게 되었다. 우리는 자주 만났다. 프랑스인들은 자신에 대한 이야기를 할 때면 아주 솔직해지는데, 그런 솔직함으로 그가 해준 그의 일가에 대한 이야기에 나는 깊은 흥미를 느꼈다. 그리고 그의 넓은 독서범위에도 감탄을 했고, 특히 상상력의 분방한 열기, 자극적인 신선함에는 내 몸에도 불이 붙는 것 같은 느낌을 받았다. 당시 나는 어떤 물건을 구하기 위해 파리로 갔던 것인데 이와 같은 인물을 알게 된 것은 더할 나위 없이 가치 있는 일이라고 생각했으며 그 사실을 그에게도 솔직하게 밝혔다. 결국 우리는 내가 파리에 있는 동안 둘이서 함께 생활하기로 했다. 주머니 사정은 그래도 내가 나은 편이었기에 집세와 가구를 장만하는 데 드는 비용은 내가 내기로 하고 포부르 생 제르맹 부근의 한적하고 황량한 한쪽 구석에 있는, 금방이라도 무너질 것 같은 고색창연하고 을씨년스러운 집으로 어떤 사연이 있어서 오랫동안 사람이 살지 않았던 곳을 발견, 그것을 빌렸으며 가구는 두 사람이 공통으로 좋아하는 다소 몽환적이고 음울한 분위기에 맞춰 장만하기로 했다.

만약 이 집에서의 우리의 일상생활이 세상 사람들에게 알려졌다면 우리는 틀림없이 미친 사람 취급을 받았을 것이다. —그래도 남에게 해를 주지는 않는 미치광이라는 평을 들었을 테지만. 그러나 우리는 세상과의 연을 완전히 끊은 채 생활하고 있었다. 다른 사람은 절대로 끌어들이지 않았다. 나는 전부터 알고 지내던 사람들에게도 이 집의 주소가 알려지지 않도록 충분히 주의했으며 뒤팽은 이미 오래 전부터 파리에서 그의 소식을 들을 수가 없었다. 우리는 둘 만의 세계에서 생활하고 있었다.

밤이기에 밤에 매료된다는 것이 내 친구의 변덕스러운 공상벽(달리 뭐라고 부르면 좋단 말인가?)이었는데 나도 점점 그 변덕스러움에 물들어가 결국에는 그의 분방한 변덕의 완전한 포로가 되어버렸다. 밤의 여신에게 늘 함께 있어주기를 바랄 수는 없었지만 그 존재를 위조할 수는 있었다. 어둠이 희미하게 밝아오기 시작하면 우리는 이 낡은 건물의 무거운 덧문을 전부 내리고 촛불을 두 개 밝혔다. 초는 강한 향기와 아름답고 은은한 빛을 발하는 것을 주로 썼다. 이런 과정을 마친 다음 우리는 영혼을 몽환의 경계에서 놀게 했다. —읽고, 쓰고, 이야기를 했는데 그러는 동안에 어느덧 시계의 종소리가 진짜 밤이 찾아왔음을 알려주곤 했다. 그러면 우리는 팔짱을 끼고 서둘러 거리로 뛰쳐나가 낮에 했던 이야기를 계속하거나, 날이 샐 때까지 멀리 넓은 지역을 돌아다니거나, 이 대도회지의 아름다운 빛과 어둠이 교차하는 부근에서 조용한 관찰만이 가져다줄 수 있는 무한한 마음의 고양을 추구

하곤 했다.

　그럴 때마다 (그의 풍부한 상상력을 통해 이미 예상은 하고 있었지만) 뒤팽의 특이한 분석능력을 재인식하고는 감탄을 금할 길이 없었다. 그리고 그는 그러한 능력을 —과시하지는 않았지만— 활용하는 것에 기쁨을 느끼고 있는 듯했으며 그러한 기쁨을 주저함 없이 밝히곤 했다. 그는 키득키득 웃으며, 자신이 보기에 대부분의 사람들은 가슴에 창을 열어두고 있는 것처럼 보인다고 말하고 내 마음도 바로 꿰뚫어볼 수 있다고 밝힌 뒤 놀랄 만큼 구체적인 증거를 들어 자신의 주장을 증명해보이곤 했다. 그럴 때면 그는 냉담하기 짝이 없는 모습을 보였는데 마치 신 들린 사람 같았다. 눈에서는 표정이라는 것이 사라졌으며, 평소 낮게 울리던 목소리도 묘하게 들뜬 높은 목소리로 변했기 때문에 만약 그가 천천히 그리고 또박또박 말하지 않는다면 신경질을 부리고 있는 사람의 목소리로 들렸을 것이다. 이런 그의 모습을 바라볼 때면 나는 곧잘 고대 철학에서 주장했던 '이중 영혼설'이 떠올랐기에 창조적 뒤팽과 분석적 뒤팽—이라는 두 뒤팽을 상정해놓고 묘한 공상에 빠진 채 한순간을 즐기곤 했다.

　미리 말해두겠는데 이런 말을 하기 시작했다고 해서 괴담을 이야기하거나 공상소설을 쓸 생각은 추호도 없다. 내가 이 프랑스인에 대해서 할 이야기는 고양된 지성, 아니 차라리 병든 지성이라고 말하는 편이 정확할 지성이 어떤 증상을 보이는지에 대한 것이며, 그럴 때면 그가 어떤 성질의 것들을 입에 담는지에 대해서는 실례를 들어 설명하는 것이 가장 빠를 것이다.

어느 날 밤, 우리는 팔레 루와얄 부근에 있는 길게 일직선으로 뻗은 더러운 길을 걸어가고 있었다. 두 사람 모두 깊은 생각에 잠겨 있었기 때문에 적어도 15분 정도는 서로 말을 주고받지 않았다. 그러다 뒤팽이 갑자기 입을 열었다.

"틀림없이 그는 몸집이 작은 사람이야. 그러니 차라리 희극 무대에나 더 잘 어울릴 기야."

"맞는 말이야."

나는 자신도 모르게 이렇게 대답했지만 (너무 깊이 생각에 잠겨 있었기 때문에) 상대방이 내 생각에 주파수를 완벽하게 맞췄다는 사실이 얼마나 놀라운 일인지를 깨닫지 못했다. 그러나 곧 제정신으로 돌아온 나는 깜짝 놀라지 않을 수 없었다.

내가 진지한 표정으로 말했다.

"뒤팽, 정말 뜻밖인걸. 아니 놀랐다고 하는 편이 낫겠어. 내가 잘못 들은 건 아니겠지? 그걸 어떻게 알아낸 거지? 내가 생각하고 있던 게……."

여기서 나는 말을 끊었다. 내가 누구에 대해서 생각하고 있었는지, 그가 진짜로 알고 있나 확인할 생각이었다.

그가 말했다.

"……샹틸리였지. 왜 말을 끊은 거지? 그렇게 키가 작아서야 비극에는 어울리지 않는다고 혼자 생각하고 있지 않았나?"

　바로 그것이 내 사색의 주제였다. 샹틸리는 생 드니 가에서 구두수선공으로 일하다가 연극에 푹 빠져서 프레비용의 비극인 『크세르크세스』에 주역을 자청해서 출연했는데 노력에도 불구하고 욕만 들어먹고 있었다.

　내가 다그치듯 말했다.

　"어떻게 된 건지 말 좀 해보게. 조금 전 내가 무슨 생각을 하고 있었는지 자네는 그대로 읽어냈는데 방법이 있다면 그 방법을……"

　솔직히 말하자면 나는 너무나도 놀란 나머지 놀랐다는 사실을 자백할 마음이 조금도 들지 않았다.

　뒤팽이 대답했다.

　"과일장수 덕분이야. 덕분에 자네는 결론에 도달했지. 그 구두수선공은 크세르크세스는 물론 그와 비슷한 다른 역할을 맡기에는 키가 작다고."

　"과일장수라고? 전혀 뜻밖인걸. 내가 아는 과일장수는 단한 사람도 없다고!"

　"이 거리로 접어들었을 때, 자네와 부딪친 사람 말일세. 그래 벌써 15분쯤 전의 일이군."

　그러고 보니 커다란 사과 바구니를 머리에 인 과일장수가 나를 넘어뜨릴 뻔했던 적이 있었는데 그것은 C○○ 거리에서 이 거리로 막 접어들려 할 때의 일이었다. 하지만 그것이 샹틸리와 무슨 관계가 있다는 건지 나로서는 도무지 알 길이 없었다.

뒤팽에게서 사람을 속이려는 듯한 모습은 찾아볼 수 없었다. 그가 말했다.

"그럼 설명하도록 하지. 자네의 확실한 이해를 돕기 위해서 우선 내가 자네에게 말을 꺼낸 시점에서부터 문제의 과일장수와 부딪친 순간까지, 자네의 사고를 따라 거슬러 올라가보기로 하세. 대략적으로 말해서 자네는 이런 사고를 했네. 샹틸리, 오리온 별자리, 니콜스 박사, 에피쿠로스, 스테레오토미, 도로의 포석, 과일장수."

인생의 어떤 시기에 자신의 어떤 생각이 어떻게 거기까지 도달하게 된 것인지를 거꾸로 거슬러 올라가보는 일에 흥미를 느끼지 못하는 사람은 아마 거의 없을 것이다. 그러한 작업에는 흥미로운 부분이 있는데, 그것을 처음 해보는 자는 그 출발점과 도달점 사이에 발생하는 무한한 것처럼 보이는 거리, 모순에 입이 떡 벌어질 정도로 놀라는 법이다. 그러니 이 프랑스인의 그와 같은 말을 듣고, 게다가 그의 말이 옳다는 사실을 인정하지 않을 수 없었으니 내가 얼마나 놀랐는지 쉽게 상상할 수 있을 것이다.

"내 기억이 정확하다면 C○○ 거리를 막 빠져나오려던 찰나 우리는 말에 대한 이야기를 하고 있었어. 그게 우리가 마지막으로 삼은 화제였지. 이 거리에 들어선 순간 머리에 바구니를 인 과일장수가 우리 옆을 스치고 지나갔어. 그 때문에 자네는 도로용 포석을 쌓아놓은 곳으로 올라서게 됐어.

도로를 수리 중이었기 때문에 거기에 돌이 쌓여 있었던 거야. 자네는 그중 흔들리는 돌을 밟고 미끄러져 발목을 조금 삐었기 때문에 아프다는 듯한, 불쾌하다는 듯한 표정으로 한두 마디 중얼거리며 쌓여 있는 돌을 바라본 뒤 다시 말없이 걷기 시작했어. 그렇다고 해서 내가 자네의 일거수일투족에 특별히 신경을 쓰고 있었던 건 아니야. 요즘에는 관찰하는 것이, 뭐라고 해야 할까? 고질병처럼 되어버렸거든.

자네는 눈을 내리깐 채 걸었어. 포장된 도로의 구멍, 바퀴자국 등을 기분 나쁘다는 듯이 힐끔힐끔 바라보고 있었고 (그래서 자네가 아직도 돌에 대해 생각하고 있다는 사실을 알 수 있었지) 우리는 이윽고 라마르틴이라는 이름의 조그만 길로 접어들었어. 그 길은 시험적으로 포석을 겹쳐서 고정시키는 포장방식이 채용된 곳이야. 그곳으로 접어들자 자네의 얼굴이 갑자기 밝아졌다네. 입술까지 움직였어. 그것을 보고 자네가 '스테레오토미'라고 중얼거렸다는 확신을 갖게 됐지. 그런 포장방식은 한껏 멋을 부려서 그런 이름으로 불리고 있으니까. 자네가 스테레오토미라고 중얼거리면서 원자(原子)를, 그리고 결국에는 에피쿠로스의 학설을 떠올리지 않을 리가 없다는 사실은 이미 알고 있었네. 바로 며칠 전에 이 문제로 자네와 이야기를 나눌 때 내가, 이 위대한 그리스인의 추측이 뜻밖에도 최근의 성운우주창조설과 일치하고 있음에도 불구하고 그다지 주목받지 못하고 있다는 것은 이상한 일이라고 말했으니 자네가 오리온성좌의 그 대성운에 눈을 돌리지 않을 리 없다고 생각했고, 틀림없이 그래주기를 바랐어. 그랬더니 아니나 다를까 자네는 하늘을 올려다봤어. 거기서 나는 확신을 얻었지. 자네 사고의 궤적을 정확하게 따라가고 있다고. 그런데 어제 『뮈세』지에 실렸던, 샹틸리를 혹평한 기사에서 그 비난가 선생은 비극의 공연을 위해 이름을 바꾼 구두수선공의 행동을 비천한 짓이라고 빈정대며 라틴어 문구를 인용했어. 우리가 곧잘 화제로 삼곤 했던 그 구절일세. 바로 이 구절.

'첫 글자는 예전의 음을 잃었다.'

내가 가르쳐준 기억이 나는데 이는 예전의 우리온(urion)이 오리온(orion)이 된 것을 두고 한 말일세. 이에 대한 설명을 할 때 내가 아주 놀랄 만한 말을 했으니 자네가 잊었을 리 절대 없을 것이라고 생각했어. 그렇다면 오리온과 샹틸리를 연결 짓지 않을 수 없었겠지. 실제로 자네가 그 두 가지 사실을 연결 지었다는 것을 자네 입술에 희미하게 떠오른 미소의 성질로 알 수 있었네. 자네는 그 구두수선공의 난점에 대해서 생각했어. 그 이전까지 자네는 몸을 웅크리고 걷고 있었어. 그런데 그 순간 갑자기 몸을 곧게 폈어. 바로 거기서 자네가 샹틸리의 키가 작다는 점을 생각하고 있다는 사실을 확실하게 알 수 있었지. 바로 그 순간이었네. 내가 자네의 명상을 깨고 들어가, 틀림없이 그는 몸집이 작은 사람이야. —그 샹틸리는— 그러니 차라리 희극 무대에나 더 잘 어울릴 거야, 라고 말한 건."

이런 일이 있은 지 얼마 지나지 않아서 『가제트 데 트리뷔노』의 석간을 보고 있는데 다음과 같은 기사가 우리의 주의를 끌었다.

〈기괴한 살인사건 − 오늘 새벽 3시경, 생 로스 구의 주민들은 일련의 무시무시한 비명소리에 단잠에서 깨어났다. 비명은 모르그 가에 있는 레스파네 부인과 그녀의 딸인 카뮤 레스파네 양이 살고 있는 건물의 4층에서 흘러나온 듯했다. 이웃 주민 10명 정도가 경찰 2명과 함께 통상적인 방법으로 건물 안으로 들어가려 했으나 허사라는 사실을 깨닫고 그 때문에 일이 번거로워지기는 했지만 쇠 지렛대로 문을 뜯고 안으로 들어갔다. 그때 비명은 이미 멈춰 있었다. 그런데 일행이 1층에서 2층으로 계단을 뛰어 올라갈 때 싸움을 하고 있는 듯한 격렬한 목소리가 두어 번 확실하게 들려왔으며 그것은 건물의 3층이나 4층 부근에서 들린 듯했다. 2층으로 올라섰을 때는 그 소리도 그쳤으며 주위는 정적에 감싸였다. 일행은 각자 나눠서 각 방들을 살펴보았다. 4층 안쪽에 있는 커다란 방에 가보니 (그 방의 문은 안쪽에서 잠겨 있었기 때문에 억지로 문을 뜯어내고 안으로 들어갔는데) 처참한 광경이 펼쳐져 그곳에 있던 사람들을 전율로 몰아넣었다.
 방 안은 어지럽기 짝이 없었다. −가구가 부서져 파편이 주위에 가득 널려 있었다. 침대는 하나밖에 없었는데 거기에 있던 커버가 전부 벗겨져 침대 중앙에 내던져져 있었다. 의자

위에는 피범벅이 된 면도칼이 하나. 난로 위에는 인간의 회색 머리카락 뭉치가 두어 개 있었는데 여기에도 역시 피가 묻어 있는 것으로 보아 머리에서 쥐어뜯긴 것인 듯했다. 나폴레옹 금화 4개, 토파즈 귀걸이 1개, 큰 은수저 3개, 작은 양은 수저 3개, 금화 약 4천 프랑이 든 자루 2개 등이 바닥에 흩어져 있었다. 방 한쪽 구석에 있는 장롱의 서랍이 열려 있었는데 뒤진 흔적은 있었지만 아직도 많은 물품들이 남아 있었다. 조그만 철제 금고가 침구(침대가 아니다) 밑에서 발견되었다. 뚜껑은 열려 있었으며 열쇠는 뚜껑에 꽂힌 그대로였다. 그 안에 있던 것은 두어 통의 오래된 편지와 그 외의 별로 중요하지 않은 서류들뿐.

레스파네 부인의 모습은 보이지 않았다. 그런데 난로에서 많은 양의 재가 발견되었기에 굴뚝을 조사한 결과 (기사로 쓰기에도 꺼림칙하지만) 머리를 아래로 향한 딸의 사체를 끄집어낼 수 있었다. 그런 모습으로 좁은 공간의 꽤 높은 곳까지 억지로 끌어올려진 듯했다. 몸은 그때까지도 따뜻했다. 조사해보니 몸에는 수많은 찰과상이 있었는데 그것은 끌어올려지고, 끄집어낼 때 생긴 것인 듯했다. 얼굴은 온통 찰과상투성이였고 목에 시커먼 타박상과 깊은 손톱자국이 있어 피해자는 교살당한 것처럼 보였다.

집 안을 구석구석 살펴보았지만 그 외에 발견된 것은 없었으며, 일행이 건물 뒤 돌이 깔린 정원으로 나가보니 거기에 노부인의 사체가 있었다. 목이 심하게 잘려 있었기 때문에 들어 올리려는 순간 머리가 바닥으로 떨어졌다. 머리는 물론 몸도 보기에 끔찍할 정도로 잘려 있었다. 특히 몸의 상태가 참혹해서 거의 원형을 알아볼 수 없을 정도였다.

아직까지 이 괴사건을 해결하는 데 도움이 될 만한 단서는 무엇 하나 잡지 못했다.〉

이튿날 아침, 조간은 다음과 같은 자세한 보도를 게재했다.

〈모르그 가의 참극 — 이 이상하기 짝이 없는 흉악사건과 관련해서 (프랑스어의 사건을 나타내는 affaire라는 단어는 영어의 affair처럼 가벼운 뜻을 아직은 가지고 있지 않았다) 수많은 참고인들이 취조를 받았지만 사건해명에 도움이 될 만한 단서는 무엇 하나 나오지 않았다. 다음은 주요 증언들의 전부이다.

세탁을 맡아 하고 있던 폴린 뒤부르라는 여자의 증언 증인 은 두 피해자와 3년 전부터 알고 지냈다. 3년이라는 기간 동안 세탁을 맡아 하고 있었기 때문이다. 노부인과 딸의 사이 는 좋았던 듯했다. —서로를 의지하고 있었다. 세탁비도 잘 지불해줬다. 살림살이나 수입원에 대해서는 잘 모른다. 생계 를 위해서 L(레스파네)부인은 점을 치고 있었던 것으로 생각 된다. 돈을 모아두었다는 소문이 있다. 세탁물을 받으러 가거 나 가져다주러 갔을 때 집에서 다른 사람을 본 적은 없었다. 하인을 고용한 것 같지도 않았다. 4층 이외에는 어디에도 가구는 없었던 듯하다.

담뱃가게 피에르 모로의 증언. 증인은 약 4년에 걸쳐서 소량의 담배와 코담배를 레스파네 부인에게 팔아왔다. 이 부근에서 태어나 이후 이곳에 정착. 노부인과 딸은 사체가 발견된 집에서 6년 넘게 살아왔다. 그 이전에는 보석상이 살고 있었는데 위층의 각 방들을 여러 사람들에게 다시 세를 주었다. 이 건물의 주인은 L부인. 집을 빌린 사람이 다시 세를 놓은 것에 불만을 느껴 그녀는 자신이 여기서 살기로 하고 방은 누구에게도 세를 주지 않았다. 노부인에게는 천진난만한 면이 있었다. 6년 동안 증인이 딸을 본 것은 대여섯 번. 두 사람은 세상과의 관계를 완전히 끊은 채 살아가고 있었다. 부자라는 소문이 있었다. 동네사람들에게서 L부인이 점을 치고 있다는 소리를 들은 적이 있지만 ―그렇게 생각되지는 않는다. 노부인과 딸 이외에는, 운송업자가 한두 번, 의사가 여덟 번인가 열 번 정도 문으로 들어서는 것을 봤을 뿐이다.

이 외에도 많은 이웃들이 비슷한 증언을 했다. 이 집에 자주 드나들던 사람은 아무도 없었다. L부인과 딸의 가까운 친척이 생존해 있는지는 확인되지 않았다. 거리 쪽으로 난 창의 덧문이 열려 있는 경우는 거의 없었다. 건물 뒤쪽에 있는 창은 사건이 일어난 4층 구석방의 창 외에는 언제나 닫혀 있었다. 건물은 훌륭했으며 ―아직 그렇게 낡지 않았다.

경찰 이시드르 뮈제의 증언. 증인은 오전 3시경, 통보를 받고 그 집으로 달려갔는데 이삼십 명쯤 되는 사람들이 건물

입구에 모여 안으로 들어가려 했다. 결국에는 문을 총검으로 뜯어냈다. —쇠 지렛대가 아니다. 문은 이중문, 혹은 여닫이 문이라 불리는 것으로 위아래 모두에 볼트가 걸려 있지 않았기 때문에 여는 데 크게 고생을 하지는 않았다. 비명은 문 안으로 들어서려는 순간까지도 계속 들려왔다. —그런데 한 순간 멈췄다. 비명은 한 사람(혹은 그 이상)이 고통에 몸부림치며 내는 소리 같았는데 —꼬리를 길게 끄는 날카로운 것으로 짧게 연속되는 것은 아니었다. 증인은 앞장서서 계단을 올랐다. 2층에 올라섰을 때 큰소리로 말다툼하는 두 개의 목소리가 들려왔다. —하나는 탁하고 낮은 목소리, 또 다른 하나는 아주 높고 —어쨌든 기묘한 목소리. 탁하고 낮은 목소리는 알아들을 수 있었는데 프랑스어였다. 여자 목소리가 아니었던 것만은 틀림없는 사실. '이 녀석!', '제길' 하는 소리가 들렸다. 높은 목소리는 외국인의 것. 남자 목소리인지 여자 목소리인지 알 수 없었다. 내용도 알아들을 수 없었지만 스페인어인 듯했다. 방 및 사체의 상황에 대한 본 증인의 진술은 어제 보도한 바와 같다.

동네의 은 세공사 앙리 뒤발의 증언. 증인은 처음 건물로 들어섰던 일행 중 한 명. 뮈제의 증언을 거의 뒷받침하고 있다. 들어서자마자 문을 닫았다. 밤이었음에도 불구하고 금방 많은 사람들이 몰려들었기 때문에 그런 사람들을 막기 위해서였다. 이 증인의 의견에 의하면 높은 목소리는 이탈리아어. 프랑스어가 아니라고 확신. 남자의 목소리였다고는 단언할 수 없다. 여자 목소리였을지도 모른다. 이탈리아어에 대해서는 아는 바가 없다. 무슨 말인지는 알 수 없었지만 억양으로 봐서 이야기하고 있던 사람은 이탈리아인이었다고 확신하고 있다. L부인과 딸과는 알고 지내던 사이로 두 사람과는 곧잘 이야기를 주고받았다. 높은 목소리가 두 피해자의 것이 아니었던 점만은 틀림없다.

요리점 주인 오덴 헤이머의 증언 이 증인은 스스로 증언을 해주었다. 프랑스어를 몰랐기에 심문은 통역을 통해서 이루어졌다. 암스테르담 출생. 비명이 들렸을 때 집 옆을 지나가고 있었다. 비명은 몇 분 ─약 10분 정도 계속 이어졌다. 크고 꼬리가 길었다. ─온 몸의 털이 곤두설 만큼 괴로워하는 소리. 건물 안으로 들어간 일행 중 한 명. 한 가지를 제외하고는 지금까지의 증언과 일치. 높은 목소리는 남자의 것이었으며 프랑스어라고 확신하고 있다는 점이 유일하게 다른 점. 무슨 말인지는 알아들을 수 없었다. 크고 빠른 소리─고저가 불분명한 소리─로 화가 나기도 했지만 매우 겁을 먹고 있는 듯한 목소리였다. 목소리는 매우 시끄러웠다. ─높다기보다는 귀에 거슬리는 소리였다고 하는 편이 더 정확하다. 낮은 목소리는 '이 녀석!', '제길'을 몇 번이고 되풀이해서 말했으며 딱 한 번 '너무하잖아.'라고 말했다.

드롤렌 가 미뇨 부자은행(父子銀行) 총재 쥘레 미뇨의 증언. 미뇨 부자 중 아버지. 레스파네 부인에게는 다소간의 재산이 있었다. 8년 전 봄부터 거래를 시작했다. 소액을 자주 입금했다. 수표를 끊어간 적은 없었지만 죽기 3일 전, 그녀가 직접 와서 4천 프랑을 찾아갔다. 전액 금화로 지불했으며 은행원 한 명이 그 돈을 집까지 가져다주었다.

미뇨 부자은행원 아돌프 르 봉의 증언. 당일 낮 12시, 증인은 4천 프랑이 든 두 개의 자루를 들고 레스파네 부인을 따라 그녀의 집까지 갔다. 문이 열리고 L(레스파네)양이 모습을 드러내 그의 손에서 자루를 하나 받아들었고 나머지 하나는 노부인이 받아들었다. 그는 거기서 인사를 하고 물러났다. 당시 거리에는 아무도 없었다. 골목길 —한산한 거리였다.

재단사 윌리엄 버드의 증언. 실내로 들어간 일행 중 한 명으로 영국인 파리에 거주한 지 2년 계단을 오를 때 선두에 섰던 사람 중 한 명. 문제의 목소리를 들었다. 낮고 거친 목소리는 프랑스인. 몇 마디 말은 알아들을 수 있었지만 전부를 기억하고 있지는 못하다. '제기랄', '너무하잖아.'는 확실하게 들었다. 몇 사람이 뒤엉켜 싸우고 있는 듯한 소리가 들렸다. —서로 잡아 뜯고 격투를 벌이는 듯한 소리. 높은 목소리는 매우 컸다.— 낮고 거친 목소리보다 훨씬 더 컸다. 영어가 아니었던 것만은 틀림없다. 독일어인 것 같았다. 여자 목소리였을지도 모른다. 독일어는 모른다.

위의 네 증인이 다시 한 번 불려와 증언을 한 바에 의하면 일행이 도착했을 때 L양의 사체가 발견된 방의 문은 안쪽에서 자물쇠가 걸려 있었다. 두 개의 방을 연결하는 문 중 하나는 닫혀 있었지만 자물쇠가 걸려 있지는 않았다. 앞쪽 방에서 복도로 통하는 문에는 자물쇠가 걸려 있었는데 안쪽에 열쇠가 꽂힌 채였다. 건물 앞쪽의 4층 복도 끝에 있는 조그만 방의 문은 활짝 열려 있었다. 그 방에는 낡은 침구, 상자 등이 쌓여 있었다. 이런 물건들도 하나하나 밖으로 끌어내 조사를 해보았다. 신중한 조사가 행해지지 않은 곳은 집 안에 단 1인치도 없었다. 굴뚝은 굴뚝 청소도구를 안쪽으로 넣어 조사했다. 이 집은 4층 건물로 다락방이 연결되어 있다. 다락방의 창문은 튼튼하게 못질이 되어 있었다. ─지난 몇 년 동안 열었던 흔적이 없었다. 다투는 소리가 들린 이후부터 방문을 뜯어 열기까지 걸린 시간에 대한 증인들의 진술에는 조금씩 차이가 있었다. 어떤 사람은 3분이라고 했으며 ─어떤 사람은 5분이라고 했다. 문은 좀처럼 열리지 않았다.

장의사 알폰소 가르시오의 증언. 모르그 가에 살고 있다. 스페인 출생. 실내로 들어간 일행 중 한 명. 하지만 위층으로는 올라가지 않았다. 신경이 예민한 편이어서 흥분하면 좋지 않은 일이 일어날지도 모른다고 생각했기 때문. 싸우는 소리는 들었다. 낮고 거친 목소리는 프랑스인의 것이었다. 무슨 말을 하는지는 알아들을 수 없었다. 높은 목소리는 영국인의 목소리였다. ─여기에는 확신을 갖고 있었다. 영어는 모르지만 억양을 통해서 그렇게 판단했다는 것.

과자점 주인 알베르토 몬타니의 증언. 앞장서서 계단을 오른 사람들 중 하나. 문제의 목소리는 들었다. 낮고 거친 목소리는 프랑스인의 목소리. 몇 마디는 무슨 말인지도 알아들을 수 있었다. 누군가를 달래는 듯한 느낌이었다. 높은 목소리는 무슨 뜻인지 알아들을 수 없었다. 빠른 어조로 높낮이가 심했다. 러시아어인 듯한 느낌. 대체적으로는 다른 증인들의 증언과 동일. 이탈리아인. 러시아인과 대화를 나눈 적은 없다.

몇몇 증인들이 다시 불려와 증언한 바에 의하면 4층의 각 방에 있는 모든 굴뚝은 매우 좁기 때문에 사람은 도저히 드나들 수 없다는 것. 앞서 말한 '굴뚝 청소도구'는 원통형의 굴뚝청소용 솔로 굴뚝청소부들이 사용하는 흔히 볼 수 있는 도구인데 그것을 집 안에 있는 모든 굴뚝에 넣어보았다. 일행이 계단을 오르는 동안 아래층으로 내려올 만한 다른 길은 없었다. 레스파네 양의 사체는 굴뚝 사이에 꼭 껴 있었는데 네댓 명이 한꺼번에 달려들어서야 간신히 꺼낼 수 있었다.

의사 폴 뒤마의 증언. 새벽녘에 검시를 부탁한다는 요청을 받았다. 유체는 2구 모두, L양의 사체가 발견되었던 방 침대의 매트 위에 안치되어 있었다. 딸의 사체에는 심한 타박상과 찰과상이 있었다. 굴뚝에 넣어졌다는 사실이 이러한 외견에 대한 충분한 설명이 된다. 목은 심하게 긁혀 있었다. 턱 바로 밑에 아주 깊이 긁힌 상처가 몇 군데 있었으며, 몇몇 납빛 반점도 발견된 것으로 봐서 이는 틀림없이 손가락으로 압박을 가할 때 생긴 상처였다. 얼굴빛이 현저하게 변해 있었으며 안구는 돌출되어 있었다. 혀의 일부에 씹힌 자국이 남아 있었다. 배꼽에 커다란 타박상이 있었는데 무릎의 강한 압박에

의해서 생긴 것으로 보인다. 뒤마 씨의 견해에 의하면 L양은 한 사람 혹은 몇 사람에 의해서 교살되었다는 것. 어머니의 사체는 무참하게도 난도질당한 상태였다. 오른쪽 다리 및 오른쪽 팔의 뼈는 여러 군데 손상을 입었다. 왼쪽의 모든 갈비뼈 및 왼쪽 정강이뼈에는 금이 가 있었다. 전신에 타박상이 있었으며 변색되어 있었다. 가해방법은 단정할 수 없다. 묵직한 곤봉, 폭이 넓은 곤봉, 의자 —이런 종류의 묵직하고 커다란 둔기가 완력 좋은 남자에 의해서 휘둘러졌을 경우 그런 결과가 날 가능성이 있다. 여자는 그 어떤 흉기로도 그와 같은 타박상을 남길 수 없다. 피해자의 머리는 증인이 검시할 때 완전히 몸에서 떨어져나가 있었으며 심한 손상을 입은 상태였다. 목은 명백하게 예리한 도구에 의해서 잘려나간 것이었다. —도구는 아마도 면도칼인 것으로 추정된다.

외과의 알렉산드르 에티엔이 소환되어 뒤마 씨와 함께 검시에 참가했는데 그의 증언은 뒤마 씨의 견해를 뒷받침하고 있다.

그 외에도 몇몇 사람에 대한 심문이 행해졌지만 새로운 사실은 발견되지 않았다. 여러 가지 점에서 이처럼 베일에 휩싸여 있고 이해하기 힘든 살인사건이 파리에서 일어난 적은 없었다. —물론 살인이 행해졌다는 가정 하에서의 얘기지만. 이런 종류의 사건에서는 매우 보기 드물게 경찰까지도 두 손을 다 들어버린 상태. 게다가 단서가 될 만한 것은 아무것도 발견되지 않았다.〉

같은 신문의 석간이 보도한 바에 의하면 생 로스 구는 아직도 소란에 휩싸여 있으며, 문제의 그 집에 대한 면밀한 조사가 다시 한 번 행해졌고 새로운 증인이 불려왔지만 모든 것이 헛수고였다고 한다. 그리고 별도로 아돌프 르 봉의 체포, 수감 소식을 전하고 있었다. ㅡ앞서 보도한 내용 이외에는 그를 범인으로 단정할 만한 어떤 단서도 없었음에도 불구하고.

뒤팽은 사건의 경위에 상당한 흥미를 느낀 듯했다. 이 사건에 대해서 그는 입을 다물고 있었기에 그의 태도를 통해서 그렇게 판단할 수밖에 없었지만. 이 살인사건에 대한 나의 의견을 물어온 것은 르 봉의 수감이 발표된 이후였다.

이 사건을 이해하기 힘든 수수께끼로 보는 것은 나 역시도 다른 파리 시민들과 다를 바가 없었다고 하는 편이 옳을 것이다. 범인을 찾아낼 방법이 내게 있었던 것도 아니다.

뒤팽이 말했다.

"이런 외면적인 수사를 수사라고나 할 수 있겠어? 파리 경찰들 조금 더 영리한 줄 알았더니 가진 건 잔꾀뿐이로군. 그들의 수사절차에는 수사라고 할 만한 것이 거의 없어. 현장을 조사하는 것밖에 없질 않은가? 그들은 방책이 어떻다는 둥 떠들어대지만 늘 엉뚱한 짓만 골라 하니 그럴 때마다 나는 주르댕 선생이 '실내복을 가져와 ㅡ음악을 좀 더 잘 들을 수 있게.'라고 외쳤다는 이야기를 떠올린단 말이야. 물론 그들이 훌륭한 성과를 올리는 경우도 아주 없지는 않지. 하지만 대부분의 경우는 열심히 움직여서 거두는 성과에 불과하단 말이야. 열심히 움직여도 안 될 경우에는 그들의 의도 자체가 헛수고가 되어버려. 예를 들어서 비독의 경우, 그는 직감력도 좋고 끈기도 있어. 하지만 사고를 훈련하지 않았기 때문에 면밀하게 조사할수록 오히려 실패를 했지. 그는 대상을 너무 가까이에서만 바라보았기 때문에 오히려 대상을 놓치기만 했네. 뭐, 한두 가지 점은 보통 사람들 이상으로 잘 볼 수 있었겠지. 하지만 그러는 동안, 아주 낭연한 얘기겠지만, 전체의 모습을 잃어버리게 된단 말이야. 너무 깊이까지 읽으려 드는 경향이 있다는 말이지. 하지만 진리가 언제나 우물 깊은 곳에만 있으란 법은 없네. 실제로 중요한 지식에 대해서 말해 보자면, 진리는 언제나 뜻밖에도 피상적인 곳에 있다고 생각하네. 심원한 것은 우리가 진리를 찾고 있는 계곡에 있지, 산의 정상에 있지는 않지만, 진리를 발견하는 것은 산의 정상에서야. 이런 종류의 오류의 원인에 대해서는 천체관측을 예로 들면 쉽게 알 수 있을 거야. 별을 힐끗 바라보는 방법이 —즉 (중심보다도 약한 빛에 민감한) 망막 가장자리를 별로 향하게 하여 흘겨보듯 보는 방법이— 별의 빛을 포착할 수 있는 가장 좋은 방법이지. 빛이란 그것에 눈을 똑바로 가져가는 숫자에 비례해서 오히려 보이지 않게 되는 법이거든. 실제로 눈에 들어오는 빛의 양은 눈을 그것에 똑바로 향했을 때 가장 많이 들어오지만, 곁눈질로 바라보는 경우가 지각의 섬세함, 민감함에 있어서는 더 위에 있어. 깊이 있게 읽는 것도 어느 정도껏 해야지 도를 지나치면 오히려 사고를 흐리고 사고력을 약하게 할 뿐이야. 따라서 너무 오랫동안, 너무 집중적으로, 그리고 너무 정면에서 응시하면 결국에는 금성조차도 하늘에서 모습을 감춰버리게 될지도 모를 일이네.

이번 살인사건 말인데, 우리들 나름대로 조사를 한번 해보지 않겠나? 견해를 정리하는 것은 그 이후에 해도 그리 늦지 않을 걸세. (이럴 때 즐겁다는 말을 쓰는 게 옳은 건지는 잘 모르겠지만 나는 굳이 대답하지 않았다) 게다가 르 봉에게는 신세를 진 적도 있거든. 은혜를 입은 적도 있었고, 현장에 가서 집을 직접 살펴보고 오세. 경찰총장인 G○○을 알고 있으니 필요한 허가는 쉽게 얻어낼 수 있을 거야."

허가를 얻어 우리는 바로 모르그 가로 향했다. 그곳은 리슐리 가와 생 로스 가 사이에 있는 초라한 거리 중 하나였다. 그 거리는 우리가 살고 있던 곳에서 상당히 떨어진 곳에 있었기 때문에 오후도 한참이 지나서야 그 거리에 도착할 수 있었다. 집은 바로 찾을 수 있었다. 아직도 많은 사람들이 길 건너편에서 굳게 닫힌 덧문을 멍하니, 특별한 목적도 없이 호기심어린 눈으로 바라보고 있었다. 그 집은 파리 어디에서나 흔히 볼 수 있는 집으로 출입구가 있었고, 그 한쪽 편으로 창에 간유리를 끼운 방이 있었는데 그 창이 미닫이로 되어 있어서 그것이 문지기의 방임을 알아볼 수 있었다. 집에 들어가기에 앞서 우리는 길을 따라 죽 걷다가 골목으로 접어들었고 거기서 다시 한 번 길을 꺾어 건물 뒤쪽으로 가보았다. —그러는 동안 뒤팽은 사건이 있었던 집뿐만 아니라 이웃집들까지도 유심히 살폈는데 나는 그가 무엇을 보고 있는 것인지 감을 잡을 수가 없었다.

발걸음을 돌려 다시 건물 앞으로 나온 우리는 벨을 눌러 그곳을 지키고 있던 형사에게 허가증을 보여주고 안으로 들어갔다. 계단을 올라 L양의 사체가 발견된 방으로 갔는데 거기에는 아직도 두 사람의 사체가 놓여 있었다. 당연한 얘기지만 빙은 사건이 일어났을 때 그대로 어지러운 상태를 유지하고 있었다. 내 눈에 『가제트 드 트리뷔노』지가 보도한 것 이외에는 아무것도 들어오지 않았다. 뒤팽은 하나하나 세심하게 조사를 했다. 피해자의 사체도 예외는 아니었다. 그런 다음 우리는 다른 방에도 가보았고 정원에도 나가보았다. 그러는 동안 경찰 두 명이 우리를 따라다녔다. 우리는 어두워질 때까지 최선을 다해 조사를 한 뒤 그곳에서 나왔다. 돌아오는 도중 뒤팽은 한 일간신문사에 잠깐 들렀다.

앞서도 말한 바와 같이 내 친구의 변덕은 좀처럼 종잡을 수 없는 'de les menageais'였다. 이 프랑스어는 '종잡을 수 없다.'는 뜻인데 이에 상응하는 영어는 없다. 그런데 이번에는 또 어떻게 된 일인지 그는 살인사건에 대해서 별로 말하고 싶지 않은 듯이 보였으며 그런 상태가 이튿날 정오까지 계속되었다. 정오가 되어서야 갑자기 입을 열어 흉악한 사건이 일어났던 현장에서 특별히 눈치 챈 것 없느냐고 내게 물어왔다.

'특별히'라는 말을 강조할 때의 그의 어조에 무엇인가가 서려 있었기에 이유는 모르겠지만 나는 오싹함을 느꼈다.

내가 말했다.

"아니, 특별히 이상한 점은 없었는데. 적어도 그 신문에 게재된 것 이상은."

"『가제트』는 사건의 이상한 공포에 대한 진상을 적지 않았어. 하지만 신문의 한가로운 의견 같은 건 아무래도 상관없네. 이 사건이 해결 불가능한 것처럼 보이는 이유는 사건을 쉽게 해결할 수 있을 것처럼 보이게 하는 면이 있기 때문이라고 나는 생각하네. ─즉, 사건의 양상이 너무나 이상한 성격을 띠고 있기 때문일세. 경찰이 쩔쩔매고 있는 것도 동기가 결여되어 있는 것처럼 보이기 때문이야. ─살인 그 자체의 동기가 아니라 그렇게도 난폭하게 죽였어야만 했던 동기 말일세. 경찰이 수사에 혼선을 빚고 있는 이유 중 하나는 말다툼하는 소리를 들었다는 사실과, 위층 방에는 살해당한 L양 이외에 아무도 없었다는 사실, 그리고 계단을 오르고 있던 일행에게 들키지 않고 탈출할 방법이 없었다는 사실들이 제대로 연결되지 않았기 때문이야. 방이 어질러져 있었다는 사실, 사체가 머리를 아래로 향한 채 굴뚝에 처박혀 있었다는 사실, 노부인의 몸이 난도질당했다는 사실, 거기에 방금 말한 사실들과 새삼스레 말할 필요도 없는 그 외의 다른 사실들이 더해지면 그렇게도 영리함을 자랑하던 국가 경찰력도 마비되어 완전히 두 손, 두 발 다 들게 되어버릴 수밖에 없지.

경찰은 이상함과 난해함을 혼동하는 커다란, 그리고 어디서나 흔히 볼 수 있는 오류에 빠져 있어. 하지만 이성이 진리를 찾아 더듬더듬 나아갈 때 단서가 되어주는 것은 이와 같은 평범함의 차원에서 벗어난 일들이야. 현재 우리가 진행하고 있는 조사에 있어서 중요한 것은 '무엇이 일어났나?' 하는 것이 아니라 '지금까지 일어난 적도 없었던 어떤 일이 일어났나?' 하는 점이야. 나는 곧 이 사건을 해결해보일 것이고, 아니 사실은 이미 해결한 거나 나름없지만, 그건 식은 죽 먹기야. 경찰이 이 사건을 해결 불가능한 것으로 보고 있는 것만큼, 그 불가능성만큼 아주 간단한 일이지."

나는 하도 어이가 없어서 말없이 그를 바라보았다.

그는 계속해서 말을 하며 방 문 쪽으로 시선을 돌렸다.

"나는 지금 기다리고 있네. 지금 내가 기다리고 있는 사람은, 틀림없이 이번의 흉악한 범죄를 저지른 사람은 아니지만 아마도 범죄와 어느 정도는 관계가 있는 사람일 거야. 이번 범죄의 최고로 끔찍한 부분에 대해서 그는 아마도 무죄일 거야. 내 가정이 옳다면 좋겠는데. 그 가정을 기반으로 수수께끼를 푸는 것이 내 목적이거든. 그 남자는 머지않아 여기에 ─이 방에─ 올 거야. 그래, 오지 않을 수도 있겠군. 하지만 틀림없이 올 거야. 만약 그가 온다면 잡아둘 필요가 있겠는데. 자, 여기 권총이 있네. 만약의 경우에는 이걸 써야 하는데 우리 모두 사용법은 잘 알고 있지."

나는 권총을 손에 쥐기는 했지만 내가 무슨 짓을 하려는 건지 알 수도 없었으며 그의 말을 전적으로 믿고 있었던 것도 아니었다. 그러는 동안에도 뒤팽은 마치 독백이라도 하듯 계속해서 말을 해댔다. 이럴 때 그가 무엇엔가 홀린 사람처럼 보인다는 말은 앞서도 한 적이 있었다. 그는 나를 향해서 말을 하고 있었는데 그 목소리는 결코 크지 않았지만 마치 먼 곳에 있는 사람에게 말을 하는 듯한 억양을 띠고 있었다. 눈은 완전히 표정을 잃은 채 가만히 벽을 응시하고 있었다.

그가 말했다.

"계단에서 일행이 들었다던 목소리가 그 부인이나 딸의 목소리가 아니었다는 사실은 증인들의 증언에 의해서 완전히 입증되었어. 그렇다면 노부인이 딸을 먼저 죽인 다음 자살했을 가능성은 완전히 배제해도 좋을 거야. 일부러 이런 말을 하는 이유는 다름 아니라 생각의 방향을 확실히 하기 위해서야. 어쨌든 레스파네 부인의 힘으로는 딸의 사체가 발견됐을 당시처럼 딸을 굴뚝에 쑤셔 넣을 수는 없고, 그녀 자신의 몸에 난 상처의 성질로 봐서도 자살일 가능성은 전혀 없어. 그렇다면 범행은 제3자에 의해서 저질러졌다는 얘기가 되는데 언쟁을 벌였다던 그 목소리가 바로 그 제3자의 목소리라는 얘기야. 자, 이제부터 본론으로 들어가 보겠는데 —내가 말하고 싶은 것은 그 목소리에 대한 증언 그 자체가 아니야— 그 증언의 특이한 점에 대해서야. 그것의 특이한 점을 눈치채지 못했나?"

나는 낮고 거친 목소리를 프랑스인의 목소리라고 보는 점에서는 모든 증인들의 의견이 일치하지만 높은 목소리, 어떤 한 증인은 시끄러운 목소리라고 말했던 목소리에 대해서는 의견이 제각각 다르다는 점을 지적했다.

뒤팽이 말했다.

"그건 증언 자체지 증언의 특이한 점은 아니야. 자네는 아무런 특이한 점도 발견하지 못한 것 같네만, 당연히 발견했어야 할 부분이 있네. 낮고 거친 목소리에 대한 증인들의 의견이 일치한다는 것은 자네가 지적한 대로야. 이 점에 대해서는 일치하고 있어. 하지만 높은 목소리에 대한 증언의 특이한 점은 ―의견이 일치되지 않는다는 점이 아니라― 이탈리아인, 영국인, 스페인인, 네덜란드인, 프랑스인이 각각 외국인의 목소리라고 말했다는 점에 있어. 모든 사람들이 어쨌든 자기와 같은 나라 사람이 아니라고 단언하고 있다는 점이야. 그 누구도 그 목소리를 ―자신이 가장 잘 알고 있는 모국어를 사용하는 사람의 목소리라고는 보지 않았어. ―그와는 반대로 보고 있지. 프랑스인은 그것을 스페인 사람의 목소리라고 말했고, '스페인어를 알았다면, 몇 마디는 알아들을 수 있었을 것이라고 생각한다.'고 말했어. 네덜란드 사람은 그것을 프랑스인의 목소리라고 주장했는데 '프랑스어를 몰랐기 때문에 심문은 통역을 통해서 이루어졌다.'고 되어 있지. 영국인은 그것이 독일인의 목소리였다고 생각했는데 '독일어는 모른다.'고 했어. 스페인 사람은 그것이 영국인의 목소리라고 '확신'했지만, 단 '억양을 통해서 그렇게 판단'했을 뿐

그 역시도 '영어는 전혀 모른다.'고 했어. 이탈리아인은 그것이 러시아 사람의 목소리라고 믿고 있지만 '러시아인과 대화를 나눈 적은 없다.'고 돼 있어. 또 다른 프랑스인은, 처음의 프랑스인과는 달리 그것을 이탈리아인의 목소리라고 단언하고 있는데 이탈리아어는 모르기 때문에 조금 전에 말했던 스페인 사람과 마찬가지로 '억양으로 봐서 틀림없다.'고 말했어. 이렇게 서로 다른 증언을 얻은 걸 보면 실제로는 아주 기묘한 목소리였을 거야. 유럽 5대 국가 사람들이 한꺼번에 들었는데도 알아들을 수 있는 말이 한마디도 없었으니까. 자네라면 아시아나 ─아프리카 사람의 목소리였을지도 모른다고 말하겠지? 아시아 사람이나 아프리카 사람은 파리에는 그다지 많지 않아. 물론 그런 추측도 부정할 수는 없지만 어쨌든 다음의 세 가지 점에 주의를 기울여달라는 말만은 꼭 해두고 싶네. 한 증인은 그 목소리를 '높다기보다는 시끄럽다.'고 말했어. 다른 두 사람은 '빠르고 높낮이가 일정하지 않았다.'고 표현했어. 위의 증인들은 모두 말, ─아니, 말다운 말조차 듣지 못했어."

뒤팽이 계속해서 말했다.

"지금까지의 얘기가 자네의 이해력에 어떤 영향을 주었는지 나는 알 수 없지만, 분명하게 말할 수 있는 건, 증언의 이 부분 ─낮고 거친 목소리와 높은 목소리에 관한 부분만으로도 거기에 올바른 연역법을 대입시키면 어떤 단서를 잡을 수 있기 때문에 이 사건에 대한 앞으로의 조사에 어떤 방향을 제시할 수 있다는 점이야. '올바른 연역법'이라고 말했는데 그것만으로는 내 의도를 충분히 전달할 수가 없어. 내가 말하고 싶은 것은 연역법 중에서도 유일하고 정당한 연역법, 그에 대한 필연적인 결과로 거기서 단서가 반드시 유출되는 바로 그런 연역법이야. 하지만 그 단서가 무엇인지 지금은 말하지 않겠네. 단, 확실히 해두고 싶은 점은 내게 있어서 그 단서는, 그 방에 대한 나의 조사에 어떤 형식—어떤 경향을 부여해주었을 만큼 강력한 것이라는 점이야.

그럼 지금부터는 상상의 나래를 타고 그 방에 가보기로 하세. 여기서 내가 제일 먼저 무엇을 찾을 것 같나? 범인이 어떻게 탈출했을까 하는 것이라네. 자네나 나는 초자연적인 현상은 믿지 않는다고 말해도 좋을 거야. 레스파네 모녀는 망령에 의해서 살해된 것이 아니야. 범인의 행동은 물질적인 것이고 도망간 것도 물질적으로 도망간 거야. 그렇다면 그 수단은? 다행스럽게도 이 점에 대한 추리법은 단 한 가지밖에 없으며 그 추리법은 필연적으로 우리를 어떤 결론에 이르게 해주네. 어쨌든 가능한 탈출법을 하나하나 살펴보기로 하세. 일행이 계단을 오를 때 범인이 레스파네 양의 사체가 발견된 방이나 적어도 그 옆방에 있었던 것만은 틀림없는 사실이야. 그렇다면 우리가 찾아야 할 출구는 이 두 개의 방에 있다는 얘기가 돼. 경찰은 바닥, 천장, 벽 등 모든 곳을 다 뜯어봤어. 비밀의 문이 있었다면 그것이 경찰의 눈에서 벗어날 수는 없었을 거야. 하지만 나는 그들의 눈을 믿지 않기 때문에 내 눈으로 직접 확인해봤어. 그랬더니 역시 비밀의 문은 없더군. 두 방에서 복도로 통하는 문은 두 개 모두 굳게 잠겨 있었어. 그것도 열쇠는 안쪽에 꽂혀 있었지. 그렇다면 다음은 굴뚝. 굴뚝은, 난로에서 위로 10피트 정도는 평범한 넓이지만 그 위로는 고양이 중에서도 커다란 녀석은 드나들 수 없을 거야. 위에서 말한 수단으로는 절대로 탈출할 수 없다면 남은 것은 창문뿐이야. 앞쪽 방의 창문으로 탈출했다면 거리에 있던 사람들이 못 봤을 리가 없어. 그렇다면 범인은 틀림없이 뒤쪽 방의 창문을 통해서 나갔을 거야. 이처럼 명확한 방법으로 이런 결론에 도달했으니, 그것이 언뜻 보기에는 있을 수 없는 일 같다고 해서 그 결론까지 좌시한다는 것은 추리가로서 이 사건에 임하는 우리가 취해야 할 자세는 아니야. 우리가 해야 할 일은 이처럼 한편으로는 불가능해 보이는 일이 사실은 그렇지 않다는 점을 증명해 보이는 거야.

그 방에는 창문이 두 개 있어. 하나는 가구에 가려 있지 않기 때문에 전체가 보여. 다른 하나는 어마어마하게 큰 침대가 그쪽에 바싹 붙여져 있기 때문에 침대의 머리 부분에 가려서 절반 정도가 보이지 않아. 처음에 말한 창문은 안쪽에서 꼭 잠겨 있었어. 몇 사람이서 힘을 합쳐 열려고 했지만 꼼짝도 하지 않았어. 창틀 왼쪽에 송곳으로 뚫어놓은 커다란 구멍이 있고 거기에는 아주 튼튼한 대못이 거의 머리 부분까지 깊이 박혀 있었어. 그리고 조사를 해보니 나머지 창문에도 역시 못이 비슷하게 박혀 있었어. 이것도 열어보려고 노력을 해봤지만 앞서 말한 창과 마찬가지로 꼼짝도 하지 않았어. 그랬기에 경찰은 완전히 마음을 놓고 그쪽으로 탈출한 것이 아니라고 결론내린 거야.

나는 좀 더 면밀하게 조사를 했는데 왜냐하면 지금까지 말했던 이유에서였지. —즉, 그 점이 언뜻 보기에는 불가능해 보인다 할지라도 실제로는 그렇지 않다는 사실을 증명해 보여야 할 바로 그 점이라는 사실 때문이야.

나는 이런 식으로 생각해봤네. —귀납적으로. 실제로 범인은 두 개의 창 중 어느 한쪽으로 도망쳤어. 하지만 범인은 실제로 그렇게 되어 있었던 것처럼 안쪽에서 창틀을 고정시킬 수는 없었을 거야. —이런 생각에 함정은 없을 거라고 생각했기 때문에 경찰은 그 부분을 좀 더 치밀하게 조사하지 않았던 거야. 그리고 창틀은 실제로 고정되어 있었어. 그렇다면 창에 스스로의 힘으로 고정시킬 수 있는 힘이 있어야 한다는 얘기야. 이 귀결에 의문의 여지는 없어. 장애물이 없는 쪽의 창문으로 간 나는 못을 뽑은 뒤, 어떻게 해서든 창문을 열어보려 했어. 생각했던 대로 내 힘으로는 어떻게 해볼 도리가 없더군. 어딘가에 용수철이 숨겨져 있다는 사실을 나는 알 수 있었어. 이런 식으로 내 생각이 증명된다면 못에 관한 것에는 아직 이해할 수 없는 부분이 남는다 하더라도 내 전제가 옳았다는 확신은 가질 수 있게 되지. 자세히 조사를 한 끝에 곧 숨겨진 용수철을 발견할 수 있었네. 나는 그것을 눌러보기는 했지만 그것을 발견한 것만으로도 충분했기 때문에 창문을 열어보려고는 하지 않았어.

　나는 못을 원래대로 꽂아놓은 뒤 주의 깊게 바라보았어. 이 창문으로 사람이 나갔다면 창을 닫을 수도 있고 용수철을 걸어놓을 수도 있었을 거야. ─하지만 못을 다시 박아놓을 수는 없었을 거야. 결론은 아주 명백했기 때문에 내 조사 범위는 더욱 좁혀졌지. 범인은 틀림없이 다른 쪽 창문으로 도망간 거야. 만약 양쪽 창틀의 스프링이 똑같다면, 아마도 똑같을 테지만, 차이점은 못에, 적어도 못이 박힌 상태에 있었을 것임에 틀림없었어. 침대의 매트리스 위로 올라가 머리 부분의 판자 너머로 창문을 자세히 들여다보았어. 판자 뒤쪽으로 손을 넣어보니 아니나 다를까 용수철이 있기에 눌러보았더니 예상했던 대로 그건 옆의 창문과 같은 것이었어. 그래서 못을 조사해봤지. 튼튼하다는 점도 똑같았고, 보기에는 박혀 있는 상태도 똑같았어. ─머리까지 깊숙이 박혀 있었다는 얘기야.

　그렇다면 내가 거기서 당황했을 거라고 자네는 생각하겠지만 만약 그렇게 생각했다면 귀납법이라는 것의 본질을 잘못 알고 있는 거야. 사냥꾼들이 말하는 '냄새를 잃는' 것과 같은 일은 내게는 한 번도 없었으니까. 단 한순간도 냄새를 잃은 적은 없었어. 사슬의 고리가 끊어진 곳은 아무 데도 없네. 비밀을 밝혀내서 최종적인 결과에 도달한 거지. ─그 결과라는 게 바로 못이야. 다시 말해두겠는데 겉보기에 그 못은 모든 점에서 다른 한쪽 창의 못과 완전히 똑같았어.

하지만 그러한 사실도 (결정적이라고 생각될지도 모르겠지만) 결국 여기에 문제 해결의 실마리가 있을 것이라고 생각하게 된 근거의 무게 앞에서는 거의 무게를 잃어버리고 말지. '틀림없이 이 못에 어떤 이상한 점이 있을 거야.' 라고 나는 속으로 중얼거렸어. 그래서 못을 잡아당겨보았어. 그랬더니 머리에 4분의 1인치 정도의 몸통 부분이 달린 못이 빠져 나오더군. 나머지 부분은 송곳으로 낸 구멍 속에 그대로 남아 있고, 못의 몸통이 도중에서 끊어진 거지. 아주 오래 전에 끊긴 듯했는데, (왜냐하면 끊긴 부분이 지독하게 녹슬어 있었거든) 아무래도 망치로 박을 때 끊어진 것인 듯했어. 못의 머리 중 일부분이 창틀의 위쪽 부분에 박혀 있었으니까. 나는 못의 머리 부분을 원래대로 다시 가만히 돌려놓았어. 그랬더니 멀쩡한 못과 별 차이가 없어 보이더군. —부러진 부분은 보이지 않으니까. 용수철을 누른 다음 창을 몇 인치 정도 가만히 올려보았어. 못의 머리 부분도 구멍에 박힌 채 창틀과 함께 올라가더군. 창을 닫았어. 그랬더니 다시 하나의 완벽한 못으로 보이더군.

여기까지의 수수께끼는 풀린 셈이야. 가해자는 침대가 놓인 쪽의 창문을 통해서 도망쳤어. 나갈 때 창이 저절로 닫힌 건지 (아니면 닫은 건지) 어떻게 된 건지는 모르겠지만, 용수철로 고정되어 있었는데 그 용수철로 고정되어 있는 것을 경찰은 못으로 고정되어 있는 것이라고 착각을 한 거지. —거기서 더 이상 조사를 할 필요는 없어졌어.

다음 문제는 내려간 방법. 이 점에 대해서는 자네와 함께 집 주변을 둘러봤을 때 이해할 수 있었어. 문제의 창문에서 5피트 반 정도 떨어진 곳에 피뢰침이 하나 달려 있어. 그 피뢰침을 통해서는 누구도 창으로 들어갈 수 없고, 창에 손이 닿지도 않아. 그런데 자세히 보면 4층 창의 덧문은 좀 특수한 것으로 파리의 목수들이 페라드라고 부르는 거야. ―지금은 거의 찾아볼 수 없게 되었지만 리용이나 보르도의 유서 깊은 저택에서는 아직도 흔히 볼 수 있지. 모양은 평범한 문(하지만 한 장짜리 문이라 양쪽으로는 열 수 없는)과 똑같지만, 위쪽 절반이 격자로 되어 있다는 점이 달라. ―그 때문에 손으로 잡기가 아주 좋지. 그런데 그 집의 경우는 그 덧문의 폭이 족히 3피트 반은 돼. 우리가 그 덧문을 집의 뒤쪽에서 봤을 때, 덧문은 두 개 모두 반쯤 열려 있었어. ―그건 벽과 직각으로 열려 있었다는 얘기지. 물론 경찰도 나와 마찬가지로 건물의 뒤쪽은 조사해봤겠지. 하지만 그 덧문의 폭을 정면에서 선으로 봤기 때문에 (실제로 그랬음이 틀림없어) 폭 자체의 크기를 보지 못했거나, 적어도 폭을 충분히 고려하는 것을 잊었을 거야. 실제로 그곳을 통해 탈출하기는 불가능하다고 생각해버렸기 때문에 자연스럽게 그에 대한 조사도 허술해져버린 거야. 하지만 침대의 머리 부분에 있는 창의 덧문을 벽면까지 활짝 열면 피뢰침까지의 거리가 2피트 이내가 될 것이라는 사실을 나는 확실하게 봤어. 거기다 이상한 운동능력과 용기를 발휘한다면 피뢰침을 통해서 창으로 들어가는 일도 이와 같은 방법으로 가능할 것이라고 생각했지. 2피트 반만 팔을 뻗으면, (덧문이 완전히 열려 있었다 치고) 도둑은 격자를 손으로 꽉 움켜쥘 수 있었을 거야. 그런 다음 발을 벽에 꼭 붙이고 있다가 피뢰침을 쥐고 있던 손을 놓으며 발을 힘껏 차면, 그 기세로 덧문은 닫히게 되고 만약 그때 창이 열려 있다면 몸은 그대로 방 안으로 튕겨져 들어갈 거야.

조금 전에 한 말 중에서 특별히 기억해두어야 할 것은, 이처럼 위험하고 어려운 재주를 부리기 위해서는 이상할 정도의 운동능력이 필요하다는 점이야. 내 의도는, 우선 이런 일이 아주 불가능한 것이 아니라는 사실을 자네에게 알리고, ─다음으로는, 이 점이 훨씬 더 중요한데, 이것이 매우 이상하다는 점 ─즉, 그런 일을 해낼 수 있었던 민첩성은 거의 초자연적이라는 점을 각인시키려는 데 있어.

자네라면 틀림없이 법률용어를 차용해서 이렇게 말하겠지. ─'자신의 주장을 입증'할 생각이라면 그와 같은 행위에 필요한 운동능력을 충분히 평가해야 한다고 말하는 대신, 오히려 과소평가해야 한다고 말해야 할 것이라고. 법률에서는 그렇게 하는 것이 관행일지 모르겠지만, 이성의 습관은 그렇지 않아. 나의 궁극적인 목표는 진실이야. 지금 나의 목적은 조금 전에 말한 이상할 정도의 운동능력과, 목소리의 주인의 국적에 관한 견해가 철저하게 어긋나며 그 발성법에 음절구분이 전혀 없는 아주 기괴하고 높고 (혹은 시끄러운) 고저도 일정하지 않은 목소리, 그 두 개를 연결시켜 생각해보도록 하는 것이야."

이런 말을 듣고 보니 뒤팽이 생각하고 있는 것의 의미가 뚜렷하지는 않지만 막연하게 내 머릿속을 오가기 시작했다. 생각이 날 듯 날 듯하면서도 결국에는 생각이 나지 않는 경우를 흔히 경험할 수 있는데 ―나는 이해할 수 있을 듯하면서도 이해력이 조금 부족해 이해할 수 없는 부분에까지 와 있는 듯했다. 친구가 계속해서 말했다.

"알겠나? 나는 탈출법에서 침입법으로 시선을 돌린 거야. 그 의도는 두 가지 모두 같은 방법, 같은 장소를 이용했다는 점을 확실히 인식시키기 위해서였어. 그럼 이번에는 실내로 눈을 돌려보도록 하세. 그곳의 모습은 어땠지? 옷장의 서랍을 뒤진 흔적은 있었지만 옷은 아직도 많이 남아 있었다고 했어. 하지만 이와 같은 단정은 멍청하기 짝이 없는 걸세. 그것은 그저 억측―그것도 멍청하기 짝이 없는 억측―에 지나지 않아. 서랍에서 발견된 물건이 원래 거기에 있었던 것의 전부가 아니라는 보장이 어디에 있다는 거지? 레스파네 모녀는 매우 은둔적인 생활을 했어. 그렇다면 갈아입을 옷도 그렇게 많이 필요하지는 않았을 거야. 남아 있던 것들은 그런 부류 여자의 물건치고는 고급에 속하는 것들이었어. 만약 도둑이 몇몇 물건들을 훔쳐 갔다면 어째서 가장 좋은 것들은 가져가지 않은 걸까? ―아니, 어째서 전부 가져가지 않았을까? 무엇보다도, 부피가 큰 옷은 한 아름 안고 갔으면서 어째서 4천 프랑이나 되는 금화는 무시했던 걸까? 실제로 금화는 그대로 놓여 있었어. 은행가인 미뇨 씨가 말했던 금액이 거의 그대로 들어 있는 자루가 바닥에서 발견됐어. 돈을 집의 입구에서 건네줬다는 증언 때문에 경찰이 떠올린 잘못 된 범행 동기는 자네의 머릿속에서 완전히 지워버렸으면 좋겠네. 우리 인생에서는 이런 (즉, 돈을 건네주면 그것을 받은 사람은 3일이 채 지나기도 전에 살해는 당한다는) 암호보다도 열 배나 더 신비한 암호가 누구에게나 한 시간에 한 번 정도는 일어나지만, 단지 그것을 조금도 깨닫지 못하고 있는 것일 뿐이야. 일반적으로 암호라는 것은, 교육은 받았지만 확률론은 전혀 공부하지 않은 사색가에게는 커다란 걸림돌이 되지. 이 확률론 덕분에 인간의 가장 빛나는 대상이 가장 빛나는 성과를 거두고 있음에도 말이지. 이번 사건의 경우에 만약 금화가 없어졌다면 3일 전에 그것이 건네졌다는 사실은 암호 이상의 요건이 되었을 거야. 즉, 동기라고 생각할 만한 것을 뒷받침해주는 사실이 되었을 거야. 하지만 이번 사건의 실질적인 사정이 이러니 이런 흉악한 짓을 저지른 동기가 돈이었다면 그 범인은 돈도 동기도 모두 포기해버릴 정도로 변덕스러운 바보였다고 생각해야만 하겠지.

자네의 주의를 환기시켰던 모든 점들, 즉 그 기괴한 목소리, 발군의 운동능력, 그처럼 흉악한 살인사건치고는 이상할 정도로 동기가 부족하다는 점. ─이런 점들을 확실하게 머릿속에 넣어둔 뒤에 흉악한 행동 자체에 초점을 맞춰보도록 하세. 실제로 한 여자가 손으로 교살 당한 뒤, 굴뚝에 거꾸로 처박혔어. 평범한 살인범은 그렇게 사람을 죽이지 않아. 적어도 사체를 그런 식으로 처리하지는 않지. 자네도 인정하겠지만, 사체를 그런 식으로 굴뚝에 처박은 데에는 평범함이라는 데서 벗어난 무엇인가가 있어. 살인자가 그 어떤 극악무도한 사람이라 할지라도. 그리고 생각해보게. 몇 사람이서 힘을 합쳐 간신히 끌어내렸을 정도로 사체를 구멍 속으로 끌어올릴 수 있다면 그건 대체 어느 정도의 힘을 말하는 것일까?

그럼 이번에는 이 놀라운 힘이 어떤 식으로 이용되었는지 보여주는 또 다른 증거를 보도록 하세. 난로 위에는 사람의 회색 머리카락 뭉치가 있었어. ―아주 굵은 뭉치였지. 그것도 뿌리째 뽑혀 있었어. 이삼 십 개의 머리카락이라 할지라도 머리에서 이런 식으로 쥐어뜯으려면 얼마만한 힘이 필요할지 자네도 상상할 수 있겠지? 문제의 머리카락 뭉치는 나도 봤고 자네도 봤어. 머리카락의 뿌리 부분에는 (소름이 돋았는데) 머리의 살점들이 묻어 있었어. ―엄청난 힘이 가해졌다는 사실에 대한 틀림없는 증거인데 그 힘으로 단번에 몇 십만 개나 되는 머리카락을 쥐어뜯은 거야. 노부인의 목은 단순히 잘려 있었던 것만이 아니야. 목이 몸통에서 완전히 떨어져버렸어. 그런데 흉기는 그저 면도칼에 지나지 않았어. 여기서 다시 한 번 그 행위의 야수적인 잔인함에 대해 주의를 기울이기 바라네. 레스파네 부인의 사체에 있었던 타박상에 대해서는 달리 할 말이 없네. 뒤마 씨와 그의 유능한 협력자인 에티엔 씨는 둔기에 의한 타박상이라고 단정했는데 거기까지는 두 사람 모두 정확한 판단을 했어. 둔기로 사용되었던 것은 뒤뜰 바닥에 깔아놓은 돌이라는 점도 명확한 사실이니, 희생자는 침대 쪽으로 난 창을 통해서 내던져졌을 거야. 이렇게 추정하는 것도 지금에 와서는 별것 아닌 것처럼 보이지만 경찰은 이런 추정을 하지 못했는데, 이는 덧문의 폭에 주의를 기울이지 않았던 것과 마찬가지의 이유에서이지. —즉, 못이 박혀 있었기 때문에 창문이 열렸던 적이 있었을지도 모른다는 사실에 대해서 경찰의 머리는 완전히 밀폐되어버렸다는 얘기야.

이상의 사실들에 방이 묘하게 더럽혀져 있었다는 사실을 더해 생각한다면 우리는 이미 발군의 운동능력, 초인적인 근력, 야수적인 잔인성, 아무런 동기도 없는 살육행위, 평범함을 넘어선 소름이 끼칠 정도의 그로테스크함, 여러 나라 사람들이 들었음에도 불구하고 각자의 귀에 외국어로밖에는 들리지 않았으며 확실히 의미를 알아들을 수 있을 만한 음절이 전혀 없었던 목소리 등의 모든 사실을 연결 지을 수 있는 단계까지 와 있는 거야. 자네에게 물어보겠네? 그래, 어떤 결론을 내렸지? 내 얘기가 자네의 상상력에 어떤 영향을 주었지?"

이런 질문을 받은 나는 오한을 느꼈다.

"미치광이로군, 그런 짓을 한 것은. 근처 정신병원에서 탈출한 난폭한 녀석일 거야."

내가 대답했다.

"어떤 의미에서는 자네의 답도 완전히 틀린 것만은 아니야. 하지만 미치광이의 목소리는 지독한 발작을 일으켰을 때의 목소리라 할지라도 그 계단에서 들은 목소리와는 전혀 다른 것이야. 미치광이라 할지라도 어느 나라에든 속해 있는 사람이기 때문에, 비록 내용은 횡설수설하더라도 음절만은 의외로 명확한 법이지. 그리고 제아무리 미치광이라 할지라도 머리카락마저, 지금 내가 손에 쥐고 있는 것처럼은 되지 않아. 레스파네 부인이 손에 꼭 쥐고 있던 걸 내가 잠깐 실례해온 거야. 자네 이것에 대해서 어떻게 생각하나?"

그가 물었다.

"뒤팽! 이건 정말 이상한 털이군. ─인간의 털이 아니야."

나는 완전히 공포에 질려 말했다.

그가 말을 이었다.

"인간의 털이라고는 하지 않았네. 이 문제에 대한 결론을 내리기에 앞서 이 종이에 베껴놓은 그림을 보기 바라네. 증언 중에 레스파네 양의 목에 '검은 타박상과 깊은 손톱자국'이 있었다는 내용이 있었지? 그리고 다른 곳에는 (뒤마와 에티엔 씨 두 사람의 증언에는) '틀림없이 손가락에 눌린 것으로 보이는 몇몇 납빛 반점'이라는 부분이 있었어. 이건 그 부분을 실물 크기대로 옮긴 그림이야. 보는 바와 같이,"

친구가 두 사람 앞에 놓여 있는 테이블 위에 종이를 펼쳐놓으며 말을 이었다.

"이 그림대로라면 굉장히 세게 꽉 쥐었다는 사실을 알 수 있어. 미끄러졌던 흔적은 없어. 모든 손가락이 —아마 피해자가 죽을 때까지— 처음 눌렀던 곳을 처음 눌렀던 힘 그대로 끝까지 눌렀을 거야. 시험 삼아 자네의 손가락을 전부 동시에, 이 그림의 각 점에 완전히 일치되게 놓아보도록 하게."

나는 그의 말대로 해보았지만 그렇게 할 수가 없었다.

"아직 모든 검토가 완벽하게 이루어졌다고는 볼 수 없을 거야. 종이는 평면으로 펼쳐져 있어. 하지만 인간의 목은 원통형이야. 여기 장작이 하나 있군. 두께도 마침 목과 비슷해. 여기에 종이를 감은 다음 다시 한 번 해보기 바라네."

그가 말했다.

나는 그의 말대로 해보았지만 조금 전보다 더욱 어려운 일이라는 사실을 확실하게 알 수 있었다.

"이건 인간의 손이 아니군."

내가 말했다.

"그럼 이걸 읽어보기 바라네. 퀴비에의 책이야."

뒤팽이 대답했다.

거기에는 동인도제도의 거대한 황갈색 오랑우탄에 대한 해부학적, 생태적 내용이 기술되어 있었다. 이 포유류의 거대한 체격, 놀랄 만한 힘과 운동능력, 잔인성, 모방습관 등은 누구나 잘 알고 있는 내용이다. 나는 이 살인사건의 무시무시한 전모를 바로 이해할 수 있었다.

모든 내용을 읽고 난 뒤 내가 입을 열었다.

"손가락에 대한 기술은, 이 그림과 정확히 일치하는군. 이제야 알겠네. 여기에 기술되어 있는 종류의 오랑우탄 이외의 그 어떤 동물도 자네가 베껴온 것과 같은 자국을 남길 수는 없을 거야. 그리고 이 황갈색 털도 퀴비에의 책에 있는 동물의 그것과 완전히 일치하는 성질의 것이야. 하지만 이 무시무시한 사건의 자세한 부분에 대해서는 아직도 이해할 수 없는 점들이 많아. 게다가 두 개의 목소리가 다투는 소리가 들려왔는데 그중 하나는 틀림없이 프랑스인의 목소리였다고 하질 않나?"

　"바로 그렇다네. 그리고 자네도 기억하고 있겠지만 그 목소리가 말한 것 중에서 거의 모든 증인들이 들었다고 하는 말은 － '이 녀석!'이라는 것이었어. 꾸짖고 있는 듯한, 한편으로는 달래고 있는 듯한 목소리였다고 증인 중 한 명(과자점 주인 몬타니)이 말했는데 이는 당시의 상황을 정확하게 묘사한 말이야. 그랬기 때문에 나는 '이 녀석!'이라는 한마디 말에 수수께끼 해결의 모든 희망을 걸어왔어. 한 프랑스인이 이 살인을 알고 있네. 아마도 －아니, 이건 거의 확실한데 － 그 사람은 이번 참극에 직접 가담한 사람은 아닐 거야. 틀림없이 오랑우탄이 그 사람에게서 도망친 거야. 그 사람은 오랑우탄을 쫓아서 어쩌면 그 방까지 들어갔을지도 몰라. 하지만 그런 소동이 벌어졌기 때문에 잡을 수가 없었지. 그 오랑우탄은 아직도 도망 중일 거야. 하지만 추측은 이쯤에서 그만두기로 하겠네. －이것이 추측 이상의 것이라고 주장할

권리는 내게도 없으니까. ─왜냐하면 추측의 기초가 되는 고찰 자체에 미묘한 부분이 있는데, 내 머리로는 도저히 포착할 수 없기 때문에 남들이 이해할 수 있게 설명할 수도 없거든. 그러니 추측은 확실하게 추측이라고 해두고 이야기를 해나가도록 하세. 만약 문제의 프랑스인이 내가 상상한 대로 흉악한 범죄와는 무관하다면, 어젯밤 집에 돌아오는 길에 『르몽드』지(이는 해운업계 신문으로 선원들이 주로 읽어)의 사옥에 들러 의뢰했던 이 광고를 보고 이리로 올 거야."

그가 내게 신문을 건네주었다. 거기에는 이런 내용이 적혀 있었다.

〈포획물. ─황갈색 보르네오 종 오랑우탄. 이번 달 ○○일 이른 아침, 보아 드 볼로뉴에서 포획. 주인(말타 섬 소속 선박의 선원으로 추정)에게 돌려주겠음. 단, 그것이 자신의 소유라는 점을 충분히 증명하고, 포획 및 보관에 든 약간의 비용을 지불할 것. 포부르 생 제르맹 ○○가 ○○번지, 3층으로 오기 바람.〉

내가 물었다.

"그가 뱃사람, 그것도 말타 섬 소속 선박의 선원이라는 사실은 어떻게 알아낸 거지?"

뒤팽이 말했다.

"나도 잘 몰라. 정확하다고는 할 수 없어. 하지만 여기에 리본 조각이 있는데 그 모양이나 기름이 밴 것으로 봐서 아무래도 뱃사람들이 좋아하는 모양으로 머리를 묶는 데 사용했던 것으로 보여. 그리고 이런 매듭은 선원들 외에는 거의 사용하지 않는데 이건 말타 섬 사람 특유의 방법이거든. 리본은 피뢰침이 박혀 있는 부분에서 발견했어. 피해자의 물건이 아닌 것만은 확실해. 이 리본을 통해서 그 프랑스인이 말타 섬 소속 선박의 선원일 것이라고 추리해낸 건데 이 추리가 잘못되었다 하더라도 광고에 그렇게 쓴 것에는 아무런 문제도 없어. 가령 추리가 틀렸다 할지라도 상대방은 내가 어떤 사정에 의해서 잘못 생각한 것이라고 여길 뿐 일부러 그런 사정을 캐내려 들지는 않을 테니까. 하지만 내가 정확했다면 거기에는 많은 이점이 있어. 살인을 직접 저지르지는 않았다 할지라도 목격은 했을 테니 그 프랑스인은 당연히 광고에 응하기를 —즉, 오랑우탄을 찾으러 오기를 망설일 거야. 아마도 이렇게 생각하겠지. — '나는 무죄야. 돈도 없어. 오랑우탄은 가치가 있는 것이야. —내게는 큰 재산이야. — 위험할지도 모른다는 생각 때문에 큰돈을 날릴 수는 없어. 얼마 후면 손에 넣을 수 있을 테니. 녀석은 보아 드 볼로뉴에서 잡혔어. —살인 현장에서 상당히 떨어진 곳이야. 그런 짐승이 저질렀다고 누가 상상이나 하겠어. 경찰에서도 손을 들었어. —단서를 전혀 잡지 못했거든. 만약 경찰이 녀석에 대해서 냄새를 맡았다 할지라도 내가 살인에 대해서 알고 있을 거라고는 증명하지 못할 거고, 알고 있다 하더라도 그게 죄가 되지는 않을 거야. 무엇보다도 나는 이미 세상에 알려져 버렸어. 광고를 낸 사람이 나를 그 짐승의 주인이라고 말했으니. 광고를 낸 사람이 어디까지 알고 있는지 알 수는 없지만, 내가 주인이라는 사실이 알려져버린 고가의 재산을 찾으러 가지 않는다면 그건 그 동물에게 혐의를 두라고 말하는 거나 다름없는 일이지. 나나 그 동물이 의심을 받는다는 건 그다지 좋은 일이 아니야. 광고에 응해 오랑우탄을 찾은 다음, 사건의 여파가 가라앉을 때까지 조용히 숨어 있자.'라고."

그때 계단에서 발소리가 들려왔다.

"권총을 준비해. 단, 내가 신호를 보낼 때까지 쏘거나 보여서는 안 돼."

뒤팽이 말했다.

현관문이 열려 있었기 때문에 방문자는 벨을 울리지 않고 안으로 들어와 계단을 몇 개 오르고 있었다. 그러다 한순간 망설이는 듯했다. 그리고 곧 내려가는 발소리. 뒤팽이 서둘러 문 쪽으로 다가갔는데 다시 올라오는 발소리가 들려왔다. 이번에는 망설이지 않고 단호한 발걸음으로 올라와서 우리 방의 문을 두드렸다.

"들어오세요."

뒤팽이 쾌활하고 친근감 넘치는 목소리로 말했다.

한 남자가 안으로 들어섰다. 틀림없이 선원처럼 보였다. ─키가 크고 다부진 근육질의 남자로 조금 막무가내 같다는 인상을 주었지만 애교가 아주 없어 보이는 얼굴은 아니었다.

새까맣게 그을린 얼굴은 구레나룻과 턱수염으로 반쯤 덮여 있었다. 떡갈나무로 만든 커다란 봉을 쥐고 있었는데 그 외의 무기는 들고 오지 않은 듯했다. 그가 어색하게 머리를 숙이며 '안녕하세요.'라고 프랑스어로 인사했다. 뇌샤텔 지방의 억양이 어느 정도 섞여 있기는 했지만 원래는 파리 사람이라는 사실을 잘 알 수 있었다.

뒤팽이 말했다.

"앉으세요. 오랑우탄 때문에 오셨죠? 그렇게 멋진 것을 가지고 계시다니 정말 부러울 따름입니다. 참으로 멋진, 게다가 굉장한 가치를 지닌 것이겠죠? 녀석은 몇 살 정도 된 겁니까?"

드디어 무거운 짐을 덜었다는 듯, 선원이 긴 한숨을 내쉬며 또렷한 어조로 대답했다.

"잘은 모르겠지만 —많아도 너덧 살은 넘지 않았을 겁니다. 녀석, 여기에 있습니까?"

"아, 아니요. 여기에는 놓아둘 곳이 없어서요. 뒤브르 가에 있는 임대 우리에 넣어두었어요. 바로 코앞에 있어요. 날이 밝는 대로 건네 드리도록 하죠. 물론 당신이 주인이라는 사실은 증명하실 수 있겠죠?"

"네, 증명할 수 있습니다."

"넘겨주기 아깝다는 생각이 드는데요."

뒤팽이 말했다.

"물론 신세만 지고 있을 생각은 없습니다. 그럴 리가 있겠습니까? 녀석을 잡아주신 데 대한 보답은 하겠습니다. ─그에 응당한 요구라면요."

남자가 말했다.

"그래요? 정말 훌륭하신 생각이군요. 그렇다면! ─무엇을 받는 게 좋을까? 그래, 맞아. 이거면 되겠군. 모르그 가의 살인사건에 대해서 당신이 알고 있는 정보를 전부 받도록 해야겠네요."

친구가 대답했다.

뒤팽은 마지막 말을 매우 낮은 목소리로 조용히 말하며 아주 천천히 문 쪽으로 걸어가 자물쇠를 잠그고 열쇠를 주머니에 넣었다. 그런 다음 품속에서 권총을 꺼내 차분하게 그것을 테이블 위에 올려놓았다.

마치 숨이 막혀버리기라도 한 듯 선원의 얼굴에 붉은 빛이 감돌기 시작했다. 그는 자리에서 일어나 봉을 쥐었다. 하지만 그 다음 순간 의자에 털썩 주저앉더니 몸을 덜덜 떨기 시작했다. 얼굴빛은 마치 죽은 사람 같았다. 한마디도 말을 할 수 없는 모양이었다. 나는 진심에서 이 남자를 동정하지 않을 수 없었다.

뒤팽이 부드러운 목소리로 말했다.

"아니, 그렇게 두려워할 필요는 어디에도 없어요. ─정말이에요. 당신을 위험에 빠뜨릴 생각은 눈곱만큼도 없으니까요. 신사로서, 프랑스인으로서 맹세하는데 그럴 생각은 애초부터 없었어요. 당신이 모르그 가 흉악사건의 범인이 아니라는 사실은 이미 알고 있어요. 그렇다고 해서 그 사건과 조금도 관계가 없다고 해봤자 그건 아무런 소용도 없는 일이에요. 이렇게까지 말했으니 당신도 이미 눈치 채셨겠지만 이번 사건에 대해서 나는 정보망을 가지고 있어요. —당신으로서는 도저히 상상할 수도 없는. 그러니까 사건은 이렇게 된 거죠. 당신이 좋아서 한 일은 무엇 하나 없어요. —즉, 죄가 될 만한 짓은 무엇 하나 하지 않았어요. 도둑질조차도 하지 않았어요. —아무런 제지도 받지 않고 도둑질을 할 수 있었는데도요. 숨길 필요 없어요. 숨길 이유가 어디에도 없으니까요. 하지만 당신에게는 알고 있는 모든 사실을 자백할 의무가 있는데 그건 명예와 관련된 문제예요. 당신이 범인을 지목할 수 있는 입장에 있는 범죄 때문에 지금 죄 없는 사람 한 명이 감금되어 있으니까요."

뒤팽이 이런 얘기를 하는 동안 선원은 상당히 마음의 안정을 되찾은 듯했다. 하지만 처음 보여줬던 대담한 태도는 어딘가로 완전히 사라져버렸다.

"하는 수 없지!"

이렇게 말한 후, 한동안 사이를 두었다가 남자가 다시 말을 이었다.

"말씀드리겠습니다. 이번 사건에 대해서 제가 알고 있는 모든 것을. —하지만 제 말의 절반도 믿지 못할 겁니다. —그러기를 바랄만큼 저도 이기적이지는 않으니까요. 그래도 저는 무죄입니다. 죽어도 상관없으니 속 시원하게 털어놓아야겠습니다."

남자가 한 얘기를 요약해보면 다음과 같다. 그는 얼마 전에 인도제도를 항해하고 왔다. 그는 어떤 일행과 보르네오에 상륙, 놀이 삼아 오지까지 탐험을 했다. 그는 동료 한 사람과 함께 오랑우탄을 잡았다. 그런데 그 동료가 죽어버리는 바람에 그 동물은 자연스럽게 그만의 것이 되었다. 귀항 도중, 그 동물이 종종 걷잡을 수 없을 정도의 난폭성을 발휘하여 엄청난 고생을 했지만 큰 탈 없이 간신히 파리에 있는 집으로 데려오는 데 성공했다. 이웃 사람들이 이상한 시선으로 바라보기를 원치 않았던 그는 오랑우탄을 숨기기에 노력하며, 녀석이 배 위에 있을 때 가시에 찔려 생긴 발의 상처가 아물기를 기다렸다. 바로 팔아치울 생각이었다.

살인이 있던 날 밤, 정확히 말하자면 새벽, 동료 선원과 한바탕 신나게 놀고 집으로 돌아와 보니 오랑우탄이 그의 침실에 있지 않겠는가? 옆에 있는 조그만 방에 단단히 가둬 두었는데 어느 틈엔가 침실로 들어와 있었다. 면도칼을 손에 들고 얼굴 가득 비누거품을 묻힌 채 거울 앞에 앉아서 수염을 깎을 생각이었던 듯했다. 아마도 주인이 그렇게 하는 것을 예전부터 옆방의 열쇠구멍을 통해서 들여다본 듯했다. 이처럼 위험한 도구가 이렇게 난폭하고, 또한 그것을 능숙하게 사용할 수 있는 동물의 손에 쥐어져 있는 것을 보고 남자는 완전히 겁에 질려서 한동안은 어떻게 해야 할지를 몰랐다. 하지만 이 동물이 제 아무리 난폭하게 날뛸 때라도 늘 채찍을 사용하면 온순해졌기 때문에 이번에도 그 방법을 사용하기로 했다. 그런데 채찍을 보자마자 오랑우탄은 방문으로 뛰쳐나가 계단을 내려가더니 마침 재수 없게도 열려 있던 창문을 통해서 거리로 도망을 쳐버렸다.

프랑스인은 미친 듯이 그 뒤를 쫓았다. 오랑우탄은 여전히 손에 면도칼을 쥔 채 때때로 자리에 멈춰 서서 따라오는 사람에게 손짓을 하다 붙잡힐 것 같으면 다시 도망치곤 했다. 몇 번이고 이런 상황이 되풀이 되었다. 시간은 벌써 오전 3시. 거리는 완전히 정적에 사로잡혀 있었다. 모르그 가 뒤쪽에 있는 골목길에 접어들었을 때, 추격을 당하던 오랑우탄은 레스파네 부인 집 4층 방의 열린 창을 통해서 새어나오는 불빛에 주의를 빼앗겼다. 건물로 다가가 피뢰침을 발견하자 믿을 수 없을 정도의 민첩함으로 기어올라 벽에 찰싹 들러붙어 있을 만큼 활짝 열려 있던 덧문을 붙잡고 거기에 매달리더니 반동을 이용해서 바로 침대의 머리 부분이 있는 곳으로 뛰어들었다. 이 재주를 부리는 데 걸린 시간은 채 1분도 되지 않았다. 오랑우탄이 방 안으로 사라지자 그 반동으로 덧문은 다시 열렸다.

선원은 한편으로는 마음이 놓이면서도 한편으로는 일이 참 난처하게 됐다고 생각했다. 마음이 놓인 것은 이번에야말로 틀림없이 잡을 수 있을 것이라고 생각해서였는데, 왜냐하면 녀석이 뛰어든 덫에서 빠져나올 길은 오직 피뢰침밖에 없으니 그곳에서 내려올 때 잡으면 되겠다고 생각했기 때문이었다. 하지만 그 짐승이 집 안에서 무슨 짓을 벌일지 그것이 걱정되지 않을 수 없었다. 그 생각이 들자 더 이상 가만히 있을 수가 없었기에 선원은 계속해서 오랑우탄의 뒤를 쫓았다. 선원에게 피뢰침으로 기어오르는 일은 그리 어려운 일이 아니었다. 하지만 왼쪽 멀리로 창문 안쪽이 들여다보이는 곳까지 올라섰을 때 그는 움직임을 멈췄다. 몸을 앞으로 내밀어 실내를 한 번 훑어볼 수 있었을 뿐이었다. 언뜻 본 것만으로도 너무 무서워서 팔의 힘이 빠져나가 하마터면 밑으로 떨어질 뻔했다. 모르그 가 주민들의 꿈을 깨운 그 무시무시한 외침이 밤의 정적을 찢어놓은 바로 그 순간이었다. 레스파네 부인과 딸은 나이트가운을 입은 채, 앞서 말한 바 있는 철제 금고를 바닥 한가운데 내려놓고 서류를 정리하고 있었던 듯했다. 금고는 열려 있었으며 그 내용물은 바로 옆 바닥에 놓여 있었다. 희생자들은 창을 등지고 앉아 있었던 듯했다. 짐승이 침입했을 때부터 비명이 들려오기까지의 시간으로 미루어보아 오랑우탄이 들어왔음을 바로 알아차리지는 못했었던 듯하다. 덧문이 흔들린 것도 바람 때문이라고 생각하여 별로 신경을 쓰지 않은 듯했다.

선원이 들여다봤을 때, 거대한 동물은 레스파네 부인의 머리카락(빗질을 한 뒤였기 때문에 묶여 있지 않았다)을 움켜쥐고 마치 이발사처럼 그녀의 얼굴 앞에서 면도칼을 휘두르고 있었다. 딸은 쓰러져서 꼼짝도 하지 않았다. 실신한 것이다. 노부인이 비명을 지르기도 하고 몸부림을 치기도 했기 때문에 (그 때문에 머리카락이 쥐어뜯겼다) 오랑우탄도 처음에는 악의를 가지고 있지 않았지만 결국에는 진짜로 화를 내게 되었다. 그 거센 팔을 힘차게 한 번 휘두르자 그녀의 머리는 몸통에서 거의 떨어져나갈 정도가 되었다. 피를 보자 그 짐승의 화는 광기로 변해 불타오르기 시작했다. 이를 갈고 눈에서는 불똥을 튀기며 딸에게로 달려들어 그 끔찍한 손톱을 딸의 목에 찔러 넣고 숨이 끊어질 때까지 손을 떼려 하지 않았다. 그 순간 주위를 두리번거리던 녀석의 광포한 눈이 침대 머리 부분으로 향했다. 그 너머에 있던, 공포로 굳어버린 주인의 얼굴이 언뜻 눈에 들어왔다. 그 짐승은 무시무시한 채찍을 아직도 기억하고 있었던 듯, 순간 그의 분노는 공포로 변했다. 채찍을 맞을 만한 짓을 했다는 사실을 깨닫고 피비린내 나는 행동을 숨기려는 듯 그 짐승은 방 안을 미친 듯이 뛰어다니며 가구를 집어던지고 때려 부수고 침대에 있던 침구를 잡아당겨 밑으로 떨어트렸다. 그러다 마지막으로, 우선 딸의 사체를 잡아 처음 발견됐을 때처럼 굴뚝 속에 처박고 다음으로 노부인의 사체를 잡아 바로 창밖으로 집어던졌다.

오랑우탄이 갈가리 찢긴 사체를 안고 창 쪽으로 다가왔을 때, 깜짝 놀라 피뢰침 쪽으로 몸을 물린 선원은, 거기서부터 아래까지 거의 미끄러지다시피 내려와 그대로 집으로 도망쳐왔다. ─이 난폭한 행동의 결과에 완전히 겁을 먹었기 때문에 오랑우탄의 생사 같은 것에는 전혀 신경을 쓰지 않았다. 일행이 계단에서 들은 말이란, 그 짐승의 악귀와도 같은 절규

속에 섞인 프랑스인의 공포와 경악에 찬 외침이었다.

이 이상 덧붙일 말은 거의 없다. 오랑우탄은 그 방의 문이 열리기 직전에 피뢰침을 통해서 도망쳤을 것이다. 창으로 빠져나간 뒤 그것을 닫았을 것이다. 그 후, 주인의 손에 의해서 포획된 오랑우탄은 자르댕 데 플랑테 동물원에 아주 비싼 값으로 팔려갔다. 경찰청장실에서 우리가 이 모든 사정을 (뒤팽의 설명과 함께) 이야기하자 르 봉은 즉각 석방되었다. 청장이란 작자는 내 친구에게 호의를 품고 있기는 했지만 사건이 이런 식으로 해결된 데는 역시 불쾌함을 느꼈던 듯 분함을 참지 못하고, 쓸데없는 일에 간섭하는 것은 좋지 않다는 뜻의 말을 한두 마디 비아냥거리듯 했다.

"그냥 내버려둬."

뒤팽이 말했다. 그와 같은 비아냥거림에는 대답할 필요가 없다고 느낀 것이리라.

"멋대로 지껄이라고 해. 그래야 속이 시원해진다면. 상대방이 전문으로 삼고 있는 분야에서 상대방을 이겼으니 나는 그것으로 만족이야. 하지만 녀석이 사건을 해결하지 못한 건 녀석이 생각하고 있는 것만큼 의외의 일도 아무것도 아니야. 사실을 말하자면 그 치, 조금 지나치게 잔꾀를 부리는 경향이 있어서 생각에 깊이가 없었던 것일 뿐이야. 녀석의 지혜에는 수술이 결여되어 있어. 여신 라베르나의 그림처럼 머리만 있을 뿐 몸통이 없어. ─아니면 대구처럼 머리와 어깨만 있는 걸까? 어쨌든 그는 좋은 사람이야. 특히 녀석이 별것도 아닌 일을 뻔뻔스럽게 잘난 척하며 말하는 모습이 좋아. 그런 방법으로, 즉 '있는 것을 부정하고 없는 것을 해석하는 방법'으로 슬기롭고 날카롭다는 명성을 한껏 누리고 있으니 말이야."

제 꾀에 넘어가다

윌키 콜린스(Wilkie Collins)

영국 런던에서 유명한 풍경화가인 윌리엄 콜린스의 장남으로 태어났다. 런던의 사립학교에 다녔으며 가족과 함께 이탈리아로 이주했다. 아버지의 종교적 성향과 보수적인 성격에 반대하여 작가로 살아갈 것을 결심했다. 첫 작품은 아버지에 대한 회상록이었다. 한때는 화가를 꿈꾸기도 했으며, 작가 찰스 디킨스와 친밀한 관계를 맺었다. 1868년에 발표한 『월장석』은 최초의 장편추리소설이다. 평생 결혼을 하지 않았으며, 말년에는 관절염의 진통제로 복용하던 아편을 탐닉하게 되었다.

―런던 경찰의 서신 가운데서

형사과 테이크스톤 경감이 같은 과의 벌머 경사에게

런던 18―년 7월 4일

벌머 경사.

어떤 중대한 사건이 일어나서 자네의 도움을 청하지 않을 수 없게 되었네. 우리 과에서도 경험이 풍부한 사람의 모든 노력을 필요로 하는 사건일세. 현재 자네가 수사를 하고 있는 도난사건은 이 편지를 가지고 가는 청년에게 넘겨주기 바라네. 사건의 현재 정황을 들려주고 돈을 훔친 인물을 밝혀내기 위해 자네가 입수한 자료를(만약 있다면) 건네주고, 그 사건을 어떻게 처리할지는 당사자에게 맡기도록 하게. 앞으로 사건의 책임은 이 청년이 질 것이며, 만약 적절한 해결을 본다면 그 공로는 당사자의 것이 될 것이네.

자네에게 내릴 명령은 이상일세.

다음으로 자네와 교대할 이 새로운 인물에 대해서 한마디 해두겠네. 이름은 매튜 샤핀. 단번에 우리 과의 일원이 될 수 있는 기회를 제공하기로 되어 있다네. 단, 본인이 그럴 만한 능력을 가지고 있을 때의 이야기지만. 어떤 사정으로 그런 특권을 얻었는지 자네는 당연히 궁금할 테지. 그에 대해서 내가 할 수 있는 말이라고는, 자네나 나나 그렇게 큰소리로는 말하지 않는 편이 좋을 정도로 고귀한 어느 방면에서부터 매우 강력한 후원이 있었다는 사실뿐일세. 지금까지는 한 변호사 사무소에 사무원으로 있었는데, 내가 보기에는 음험하고 비열함과 동시에 자신에 대해서 놀라울 정도로 자만하고 있다네. 본인의 말에 의하면 자신의 자유의지와 선택에 따라서 지금까지의 일을 그만두고 우리 과에 들어오는 것이라고 하네. 하지만 자네도 나와 마찬가지로 그런 말은 믿지 않겠지. 내 생각에, 그는 고용주인 변호사에게 사건을 의뢰한 사람에 관한 개인적인 정보를 은밀히 입수하여 그 급소를 쥐고 있기 때문에 사무소에 두면 장래에 다루기 껄끄러운 인물이 되고, 그렇다고 해서 해고하여 궁지로 내몰면 고용주에게는 위험한 인물이 되는 것 아닌가 싶네. 우리 과에 들어올 수 있는 기회를 주겠다는 이 전대미문의 조건은, 쉽게 말하자면 침묵을 지키게 하기 위한 금액을 지불한 것이나 다를 바 없는 일이라고 생각하네. 그야 어찌 됐든 매튜 샤핀 씨는 지금 자네가 담당하고 있는 사건을 맡기로 되어 있다네. 만약 그가 해결에 성공한다면 그 추악한 콧대를 우리 과에 들이밀게 될 것은 틀림없는 사실일세. 자네에게 이런 말을 하는 것은, 본청에서 자네에 관한 불평을 이야기할 명분을 그 신참자에게 주어 자네가 스스로 승진할 길을 놓치는 일이 없도록 하기 위한 나의 노파심 때문일세.

프랜시스 테이크스톤

매튜 샤핀 씨가 테이크스톤 경감에게

런던 18-년 7월 5일

경감님.

이미 벌머 경사님으로부터 필요한 지시를 받았기에, 본청의 심사를 받는 데 필요하니 제가 앞으로 취할 행동에 대한 보고서를 작성하여 제출하라는 명령에 따르도록 하겠습니다.

제가 이 편지를 올리는 목적 및 그 내용을 상사에게 송달하기 전에 귀관께서 검열하시는 목적은 제 행동의 어떤 단계에 있어서나 제가 필요로 하는 경우(하지만 그럴 경우는 없으리라 여겨집니다만), 경험이 없는 제게 조언을 주시기 위함이라 생각하고 있습니다. 제가 현재 맡고 있는 사건은 사정이 매우 이상해서 범인 발견을 위한 단서가 어느 정도 잡힐 때까지는 도난 현장을 떠날 수 없기에, 귀관께 직접 상의를 드릴 수 없는 입장에 놓여 있습니다. 따라서 사실은 구두로 보고

드리는 편이 좋으리라 여겨지기는 합니다만, 어쩔 수 없이 상세한 내용을 서면으로 보고 드립니다. 제가 잘못 생각하고 있는 것이 아니라면 이것이 현재 저희가 놓여 있는 입장입니다. 이상, 이 문제에 관한 저의 의견을 말씀드렸습니다만, 이는 저희가 처음부터 서로에 대해서 분명하게 이해했으면 하는 바람에서였습니다.

귀관의 충실한 종, 매튜 샤핀

테이크스톤 경감이 매튜 샤핀 씨에게

런던 18-년 7월 5일

매튜 샤핀 군.

자네는 벌써 시간과 잉크를 낭비하기 시작했군. 내 편지를 주어 자네를 벌머 경사에게 보냈을 때부터 우리는 둘 모두 서로의 입장을 완전하게 이해하고 있지 않았는가? 그것을 이제 와서 서면으로 다시 되풀이할 필요는 어디에도 없네. 앞으로는 자네의 펜을 현재 맡고 있는 일에만 쓰도록 해주게.

내게 보고를 해주었으면 하는 것은 3가지가 있네. 첫째, 자네가 벌머 경사에게 받은 지시를 문서로 작성해서 보내줄 것. 이는 자네의 기억에서 새어나간 것이 없다는 사실 및 자네에게 위임한 사건의 정황에 대해서 자네가 전부 알고 있다는 사실을 우리에게 보이기 위함일세. 둘째, 앞으로 어떤 방법을 취할 생각인지 그것을 보고할 것. 셋째, 매일 그리고 만약 필요하다면 매시간 사건의 진척을 하나도 남김없이 보고할 것. 이건 자네의 의무일세. 나의 의무에 대해서는 필요한 시기에 이쪽에서 알려주도록 하겠네.

프랜시스 테이크스톤

매튜 샤핀이 테이크스톤 경감에게

런던 18－년 7월 6일

경감님.

귀관께서는 이미 상당한 나이에 이르셨고, 따라서 저처럼 생명과 능력의 절정에 있는 사람에 대해서는 매우 당연하게도 얼마간의 질투심을 느끼고 계십니다. 사정이 이러하니 귀관에 대해 동정을 품고, 귀관의 사소한 결점에 대해서 너무 가혹하게 행동하지 않는 것이 저의 의무라고 생각합니다. 따라서 귀관이 보내신 편지의 어조에 분개하지 않고 제가 타고난 관용을 내보여, 귀관의 무뚝뚝한 말도 저의 기억에서 지우겠습니다. 다시 말해서 테이크스톤 경감님, 저는 귀관을 용서하고 직무에 들어가기로 하겠습니다.

저의 첫 번째 의무는 벌머 경사님께 받은 지시에 대한 완전한 보고서를 작성하는 것입니다. 다음은 저의 의견을 가미한 보고서입니다.

소호 구 러더퍼드 가 13번지에 문방구점이 하나 있습니다. 야트만이라는 사람이 경영하고 있습니다. 결혼은 했습니다만 자녀는 없습니다. 야트만 부부 외에 이 집에서 사는 사람은 2층의 앞쪽 방을 빌린 제이라는 독신자, 다락방에서 자는 점원, 안쪽의 부엌에서 기거하며 잡일을 하는 하녀뿐입니다. 그 외에 일주일에 1번, 오전 중에만 이 하녀를 돕기 위해 일용직 여자가 찾아옵니다. 당연한 얘기지만 이들이 집 안을 자유롭게 드나들 수 있는 사람들의 전부입니다.

야트만 씨는 여러 해 이 사업을 해왔고 가게도 번성하여 그와 같은 지위를 가진 사람 가운데서는 훌륭하게 독립해서 운영해나갈 수 있게까지 되었습니다. 그런데 불행하게도 그는 투기로 재산을 늘리려 했습니다. 그래서 과감하게 투자에 뛰어들었으나 운이 따르지 않아 채 2년도 지나기 전에 다시 예전처럼 가난한 사람이 되었습니다. 재산을 정리하여 간신히 건져낸 것은 200파운드뿐이었습니다.

야트만 씨는 지금까지 익숙해져 있던 사치와 안락을 버리고 변한 환경에 맞섰으나, 가게에서 올리는 수입으로 얼마간이나마 저축할 수 있을 정도로 검약하는 것은 불가능하다는 사실을 알게 되었습니다. 최근에는 장사도 부진했습니다. 싸구려 선전을 하는 동업자가 오히려 세상의 신용을 떨어뜨렸기 때문이었습니다. 따라서 지난주까지 야트만 씨가 소유하고 있던 재산이라고는 정리 뒤에 남은 그 200파운드가 전부일 뿐이었습니다. 그 돈은 가장 믿을 수 있는 주식조직의 은행에 예금되어 있었습니다.

8일 전, 야트만 씨와 하숙인인 제이 씨 사이에서 현재 모든 분야에서 사업부진의 원인이 되고 있는 상업상의 장애가 화제에 오른 적이 있었습니다. 제이 씨(그는 사고와 범죄에 관한 짧은 기사나 그 외의 일반적인 뉴스 기사를 신문사에 공급하며 생활하고 있는, 요컨대 세상에서 말하는 매문가입니다)가 야트만 씨에게, 자신은 오늘 상업지구에 가서 주식조직의 은행에 대한 좋지 않은 소문을 들었다고 말했습니다. 그 소문은 다른 경로를 통해서 야트만 씨의 귀에도 이미 들어와 있었습니다. 하숙인의 입을 통해서 그 사실을 다시 확인하자 지난번의 손실에 넌덜머리가 났기에 바로 은행으로 가서 예금을 찾아오기로 했습니다.

그는 예금을 다음과 같은 금액의 은행권으로 받아왔습니다. 50파운드 지폐 1장, 20파운드 지폐 3장, 10파운드 지폐 6장, 5파운드 지폐 6장. 그가 이런 식으로 돈을 찾은 것은 같은 지구의 소상인들에게 확실한 담보를 잡고 바로 작은 돈을 빌려줄 수 있으리라 생각했기 때문이었습니다. 그런 소상인 중에는 그날의 생활에도 어려움을 겪을 정도의 사람들이 있습니다. 지금의 야트만 씨에게는 이러한 종류의 투자가 가장 안전하고 가장 유리하다고 여겨진 겁니다.

그는 그 돈을 봉투에 담아 가슴의 안주머니에 넣어가지고 집에 왔습니다. 그리고 집에 돌아와서 오래도록 쓰지 않았던 작고 납작한 양철 돈 상자를 찾아오라고 점원에게 말했습니다. 그것이 지폐를 넣어두기에 맞춤한 크기였다는 기억이 있었기 때문이었습니다. 한동안 그 상자를 찾아보았습니다만, 눈에 띄지 않았습니다. 야트만 씨는 아내에게 본 적 없냐고 커다란 목소리로 물었습니다. 그 말은 그때 차를 나르던 하녀 및 극장에 가려고 계단을 내려오던 제이 씨의 귀에도 들렸습니다. 결국 돈 상자는 점원이 찾아냈습니다. 야트만 씨는 지폐를 그 안에 담아 열쇠로 잠근 뒤, 상의 주머니에 넣었습니다. 상자는 아주 조금이기는 합니다만 사람들의 눈에 충분히 띌 만큼 주머니에서 삐져나와 있었습니다. 야트만 씨는 그날 밤 내내 2층에 있었습니다. 방문객도 없었습니다. 11시가 되어 잠자리에 들었는데 돈 상자는 머리맡에 놓아두었습니다.

이튿날 아침, 부부가 눈을 떠보니 그 상자가 사라져버렸습니다. 바로 그 지폐에 대한 영국은행의 지불은 정지되었습니다. 그러나 그 돈의 행방은 지금도 여전히 알 수가 없습니다.

여기까지 사건의 정황은 매우 명료합니다. 절도는 틀림없이 이 집에 살고 있는 누군가의 손에 의해서 행해진 것이라는 결론에는 아무래도 잘못된 점이 없는 듯합니다. 따라서 혐의는 하녀, 점원, 제이 씨에게 있습니다. 앞의 두 사람은 주인이 돈 상자를 찾고 있었다는 사실은 알고 있었으나, 무엇을 넣으려 했던 건지는 몰랐습니다. 말할 필요도 없이 돈을 넣으려 했다는 점은 상상하고 있었을 것입니다. 두 사람 모두에게, (하녀는 찻잔을 치우러 갔을 때, 점원은 가게 문을 닫고 계산대에 있는 현금상자의 열쇠를 주인에게 건네주러 갔을 때)

야트만 씨의 주머니 속에 있는 돈 상자를 보고, 주머니에 넣어둔 것을 보니 밤에는 침실로 가져갈 생각이로군, 하고 당연히 추론할 기회가 있었습니다.

한편 제이 씨는 그날 오후, 주식조직의 은행이 화제에 올랐을 때 야트만 씨가 은행 중 한 곳에 200파운드의 예금을 가지고 있다는 이야기를 들었습니다. 거기에 야트만 씨가 그 돈을 찾을 생각이라는 사실도 알고 있었으며, 그 후 계단을 내려오려 할 때 돈 상자를 찾는 목소리를 들었습니다. 따라서 그 돈이 집 안에 있으며, 찾고 있는 돈 상자는 그것을 넣어두기 위한 것이라고 추정했을 것임에 틀림없습니다. 하지만 야트만 씨가 밤사이에 그것을 어디에 둘 생각인지, 그 장소까지는 짐작할 수 없었을 것입니다. 상자를 찾기 전에 그는 이미 외출했으며, 돌아온 것은 야트만 씨가 잠든 이후였기 때문입니다. 따라서 가령 그가 절도를 저질렀다면, 완전히 추측에 의해서 침실에 들어갔다고밖에 볼 수 없습니다.

침실에 대해서는, 집 안에서의 그 위치 및 야간에 그 방으로 쉽게 들어갈 수단이 있다는 사실에 주의할 필요가 있습니다.

문제의 방은 2층 안쪽에 있습니다. 야트만 부인이 천성적으로 화재에 신경과민을 보이기에(그렇기에 혹시 문을 잠가 놓으면 만약의 경우에 방 안에서 산 채로 불에 타버리는 게 아닐까 걱정하고 있습니다) 야트만 씨는 침실의 문을 잠그는 습관을 가지고 있지 않습니다. 부부는 깊이 잠드는 편이라는 사실을 두 사람 모두가 인정했습니다. 따라서 침실을 뒤져야 겠다는 악의를 품은 사람이 감수해야 할 위험은 거의 없다고 해도 좋을 정도입니다. 그저 문의 손잡이를 돌리는 것만으로 방에 들어갈 수 있으며, 얼마간 조심해서 움직이면 잠들어 있는 부부의 눈을 뜨게 할 염려도 없습니다. 이러한 사실은 중요한 의미를 가지고 있습니다. 이는 돈을 내부의 인물이 훔친 것이라는 저희의 확신을 더욱 확고한 것으로 해줍니다. 왜냐하면 이번 절도의 경우는 상습범처럼 뛰어난 경계심과 기술을 가지고 있지 않은 사람이라도 저지를 수 있다는 사실을 나타내고 있기 때문입니다.

이상이 벌머 경사께서 처음으로 불려가 범인을 색출해내고 가능하다면 도둑맞은 돈을 찾아달라고 부탁받았을 때 들은 정황입니다. 벌머 경사님은 가능한 한 엄중하게 취조를 했습니다만 당연히 혐의가 있는 인물이라 여겨지는 그 누구에게서도, 그 어떤 증거의 한 조각도 밝혀내지 못했습니다. 도난사건이 있었다는 얘기를 들었을 때 그 사람들의 언동은, 죄가 없는 사람의 언동과 무엇 하나 다른 점이 없었습니다. 벌머 경사님은 처음부터 이번 사건은 은밀하게 조사하고 비밀리에 관찰하지 않으면 해결할 수 없다고 생각하셨습니다. 그랬기에 경사님께서는 가장 먼저 야트만 부부를 설득하여 동거인들의 범행이 아님을 완전히 믿고 있는 것처럼 행동하라고 부탁했으며, 그런 다음 하녀의 출입을 미행하여 교우·습관·비밀 등을 밝혀내는 일로 전투를 개시했습니다.

경사님 및 그의 조사에 힘을 보탠 유능한 사람들의 사흘 밤낮에 걸친 노력의 결과는, 하녀에 대한 혐의에는 그 어떤 확실한 이유도 없다는 사실을 확신케 하기에 충분한 것이었습니다.

그 다음에 경사님은 점원에 대해서도 같은 주의를 기울였습니다. 이 점원에 대해서 본인이 눈치 채지 못하도록 은밀하게 조사하기란 하녀의 경우보다 더 어렵고 불확실한 점이 있었지만, 그래도 그러한 어려움은 마침내 제거되었으며 그럭저럭 성과를 거두었습니다. 그리고 이번 경우에는, 하녀의 경우처럼 확실하지는 않지만, 그 점원과 돈 상자 도난사건과는 아무런 관계도 없다고 여겨질 만한 상당한 이유가 있다는 사실을 알게 되었습니다.

이러한 조사의 필연적인 결과로 혐의의 범위는 이제 하숙인인 제이 씨에게로만 한정되어버렸습니다.

제가 귀관의 소개장을 벌머 경사님께 제출했을 때, 그는 이미 이 청년에 대해서 얼마간 조사를 한 상태였습니다. 현 시점에서 그 결과는 반드시 희망적인 것만은 아닌 듯합니다. 제이 씨의 일상생활은 불규칙합니다. 술집에 수시로 드나들며 여러 방탕한 사람들과 교제하고 있는 듯 여겨지는 정황이 있습니다. 거래하고 있는 소상인들에게는 대부분 빚이 있습니다. 지난달 분의 방세를 야트만 씨에게 아직 지불하지 않았습니다. 어젯밤에는 술에 취해서 돌아왔으며, 지난주에는 내기권투를 하는 선수와 이야기 나누는 장면을 본 사람이 있습니다. 다시 말해서 제이 씨는 싸구려 원고를 신문에 기고하고 있기에 저널리스트라 자칭하고 있으나, 사실은 저급한 취미를 가진, 천박하고 악습에 물든 청년입니다. 그에 대해서 조금이라도 신용을 더해줄 만한 사실은 아직 발견되지 않았습니다.

벌머 경사님께 들은 이야기는 하나도 남김없이 여기에 보고하였습니다. 귀관께서도 빠진 점은 무엇 하나 발견하실 수 없으리라 확신하고 있습니다. 그리고 저에 대한 편견을 품고 계시다고는 하지만, 제가 여기에 작성한 보고서만큼 명쾌하게 사실을 보고한 것도 지금까지 귀관에게 제출된 적이 없었다는 사실 역시 인정하시리라 여겨집니다. 저의 다음 의무는 이번 사건이 제 손에 맡겨진 이상, 앞으로의 예정에 대해서 말씀드리는 것입니다.

무엇보다 먼저 벌머 경사님께서 손을 놓으신 부분에서부터 이번 사건을 다루는 것이 명백하게 저의 일입니다. 경사님의 권위를 신뢰하여 하녀 및 점원에 대해서는 제가 새삼스레 손을 대지 않아도 되리라 믿고 있습니다. 두 사람의 인격에 대해서는 이미 밝혀졌다고 봐야 할 것입니다. 앞으로 은밀한 조사를 계속해야 할 부분은, 제이 씨가 범인인가 아닌가 하는 문제입니다. 잃어버린 지폐를 포기하기에 앞서 우리는 가능하다면 제이 씨가 지폐에 대해서 무엇인가 알고 있는지를 확인해보아야 합니다.

다음에 쓸 내용은 야트만 부부의 충분한 양해를 얻어 제이 씨가 범인인지 아닌지를 밝혀내기 위해 제가 선택한 계획입니다.

저는 오늘, 셋방을 찾고 있는 청년인 척하여 야트만 씨의 집을 방문하겠다고 제안했습니다. 3층의 끝에 있는 방을 제게 셋방으로 보여주게 되어 있습니다. 그리고 저는 오늘 밤, 그럴 듯한 상점이나 사무소에 일자리를 구하기 위해 런던에 온 시골사람으로 그 방에 들어갈 예정입니다.

이렇게 해서 저는 제이 씨의 옆방에서 살게 될 것입니다. 두 방을 가로막고 있는 벽이라고는 단지 졸대와 회반죽뿐입니다. 그 벽의 중인방 부근에 작은 구멍을 뚫어놓으면 방에 있는 동안의 제이 씨의 행동을 살펴볼 수 있으며, 친구라도 놀러 온다면 어떤 이야기를 주고받는지 전부 들을 수도 있습니다. 제이 씨가 방에 있는 동안은 저도 반드시 관찰실에 붙어 있겠습니다. 외출을 하면 반드시 미행하겠습니다. 이렇게 감시를 하고 있으면 그의 비밀—만일 그가 분실한 지폐에 대해서 무엇인가 알고 있다면—을 반드시 밝혀낼 수 있으리라 믿고 있습니다.

이번 감시계획을 귀관께서 어떻게 생각하고 계실지, 저로서는 말씀드릴 수 없습니다. 제게는 이번 계획이 대담함과 간결함이라는 헤아릴 수 없는 장점을 함께 가지고 있는 듯 여겨집니다. 이러한 굳은 신념을 바탕으로 미래에 관해서는 매우 낙관적인 마음을 가지고 이번 보고를 마칩니다.

귀관의 충실한 종, 매튜 샤핀

동일인이 동일인에게

경감님.

제가 앞서 보낸 편지에 대해서 아무런 답장도 주시지 않았기에, 저에 대한 편견에도 불구하고 앞선 편지가 제 예측대로 귀관에게 좋은 인상을 준 것이라 상상하고 있습니다. 귀관의 웅변적인 침묵을 저는 시인의 표시라 생각하여 크게 만족하며 지난 24시간 동안의 진척을 계속해서 보고하도록 하겠습니다.

저는 이미 제이 씨의 옆방에 기분 좋게 둥지를 틀었습니다. 그리고 벽에 구멍을 하나가 아니라 2개씩이나 뚫었다는 사실을 매우 기뻐하고 있습니다. 저는 선천적으로 유머에 대한 센스를 가지고 있어서 약간 도를 넘어서는 경향이 있기는 합니다만, 이 2개의 구멍에 어울리는 이름을 붙였습니다. 하나는 엿보기 구멍, 다른 하나는 파이프 구멍이라고 이름 붙였습니다. 첫 번째 것은 그 이름 그대로입니다. 두 번째 구멍의 이름은 구멍에 꽂은 가느다란 양철 파이프, 즉 관에 의해서 붙여진 것으로 감시의 자리에 임하는 동안 그 끝이 귓가에 오도록 구부려 놓았습니다. 이렇게 해서 엿보기 구멍으로 제이 씨를 감시하는 동안에도 그 파이프 구멍을 통해서 그의 방에서 들려오는 모든 말을 한마디도 놓치지 않고 들을 수 있도록 해놓았습니다.

완전한 솔직함, 이는 제가 어린 시절부터 가지고 있던 미덕입니다. 따라서 제가 제안한 엿보기 구멍에 파이프 구멍을 더하는 독창적인 계획은 야트만 부인의 생각에서 온 것이라는 사실을, 이야기를 진행하기에 앞서 한마디 해두지 않을 수 없습니다. 이 부인—매우 총명하고 교양에 넘치며 그 언행은 솔직하면서도 눈에 띕니다—이 저로서는 아무리 칭찬해도 다 칭찬하지 못할 정도의 정열과 지성으로 저의 조그만 계획에 참여해주셨습니다. 야트만 씨는 돈을 도둑맞아 크게 낙담하고 있기에 제게 어떠한 도움도 줄 수 없는 상황입니다. 누가 보더라도 남편에 대해서 매우 깊은 애정을 품고 있는 야트만 부인은 돈을 잃었다는 슬픔보다도, 슬퍼하는 남편이 더 마음에 걸리는 듯, 남편이 지금 빠져 있는 안쓰러운 의기소침 상태에서 빠져나올 수 있도록 노력하고 있습니다.

"돈이란 건 말이죠, 샤핀,"이라고 그녀가 어제 눈에 눈물을 글썽이며 제게 말했습니다. "돈이란 건, 알뜰하게 절약하고 장사에 열심히 힘쓰면 다시 되찾을 수도 있어요. 도둑을 잡아야겠다고 제가 이렇게도 바라고 있는 이유는, 남편이 저렇게 실망하고 있기 때문이에요. 제가 잘못 생각하고 있는 걸지도 모르겠지만, 당신이 저희 집에 들어선 순간, 이건 잡을 수 있겠구나 하는 마음이 들었어요. 만약 돈을 훔친 악당을 찾아낸다면, 당신의 손으로 찾아낼 것이라고 믿고 있어요." 저는 이 기꺼운 칭찬을, 거기에 담긴 진의와 함께 받아들였습니다. 나는 곧 이 말에 어울리는 인간임을 보여줄 수 있으리라 확신하며.

여기서 일에 관한 이야기로 되돌아가겠습니다. 즉, 엿보기 구멍과 파이프 구멍에 대해서.

저는 몇 시간 동안 아무런 방해도 받지 않고 제이 씨를 관찰했습니다. 야트만 부인의 말에 의하면 평소에는 거의 방에 있지 않는다고 했습니다만, 오늘 제이 씨는 하루 종일 집에 들어앉아 있었습니다. 이것부터가 미심쩍은 행동입니다. 또 보고해야 할 것은 그가 오늘 아침에 늦게 일어났다는 사실(젊은 남자의 경우 이것은 늘 좋지 않은 징후입니다), 일어난 뒤에도 하품을 하기도 하고 머리가 아프다고 혼자서 불평을 하기도 하며 굉장히 긴 시간을 허비했다는 사실입니다. 방종한 사람이면 누구나 그렇듯 아침 식사에는 거의 입도 대지 않았습니다. 다음 행동은 담배를 피우는 일이었습니다. 도기로 구운 지저분한 파이프로 신사라면 피우기를 부끄러워할 만한 담배를 피웠습니다. 담배를 피우고 나더니 이번에는 펜과 잉크와 종이를 가져다 앉아서 끙끙 앓으며 글을 쓰기 시작했습니다. 그 끙끙 앓는 소리가 지폐를 훔쳤다는 데서 오는 회한의 신음인지, 눈앞에 있는 일이 지긋지긋해서 내는 소리인지 저로서는 뭐라 말씀드릴 수가 없습니다. 조금 쓰다가(엿보기 구멍에서 너무 멀리 떨어져 있었기에 어깨너머로 그것을 읽어낼 기회는 없었습니다) 의자의 등받이에 몸을 기대고 유행가를 흥얼거렸습니다. 그 가운데서 "나의 앤", "실패 주변", "낡은 개밥그릇" 정도만 알아들을 수 있었습니다. 그것이 공범자와 통신을 주고받기 위한 비밀 신호인지 어떤지는 아직 알아내지 못했습니다. 한동안 노래를 흥얼거리더니 그는 자리에서 일어나 방 안을 돌아다니다가 때때로 발걸음을 멈추어 책상 위에 있는 종이에 한 구절 덧붙여 쓰기 시작하곤 했습니다. 그러는 사이에 열쇠로 잠가놓은 찬장 앞으로 가서 그것을 열었습니다. 생각대로 되는 건가 싶어 저는 눈을 동그랗게 떴습니다. 찬장에서 무엇인가를 조심스럽게 꺼내는 것이 보였습니다. —이쪽으로 돌아섰습니다.— 제 눈에 들어온 것은 세상에나, 1파인트짜리 브랜디 병이었습니다. 그 술을 조금 마시더니 이 더없이 게으른 무뢰한은 다시 침대로 들어가 5분 뒤에 깊은 잠에 빠져버리고 말았습니다.

적어도 2시간쯤은 그의 코고는 소리를 들은 뒤, 저는 문을 노크하는 소리에 엿보기 구멍으로 다시 불려갔습니다. 제이 씨는 벌떡 일어나더니 이상하다 여겨질 정도로 잽싸게 문을 열었습니다.

아주 더러운 얼굴의 조그만 남자아이 하나가 들어와서 "원고를 기다리고 있습니다."라고 말하자마자 바닥에 한참 닿지 않는 발을 늘어뜨린 채 의자에 앉더니 곧 잠들어버리고 말았습니다. 제이 씨는 혀를 차더니 젖은 수건을 머리에 두르고 원고지로 돌아가서 손가락이 버티는 한 펜을 움직여 마구 써대기 시작했습니다. 때때로 자리에서 일어나 수건을 물에 적시고 그것을 다시 머리에 감으며 그는 이 일을 3시간 가까이 계속했습니다. 마침내 완성한 원고지를 접고 남자아이를 깨워 원고를 건네주며 다음과 같은 주목할 만한 말을 했습니다. "이봐, 잠꾸러기 꼬마, 일어나. 어서 출발해. 사장을 보거든 내가 가지러 가면 바로 내줄 수 있도록 돈을 준비해두라고 전해줘." 사내아이는 빙그레 웃더니 밖으로 나갔습니다. 저는 이 '잠꾸러기'의 뒤를 미행하고 싶다는 유혹에 휩싸였으나 마음을 바꾸어 제이 씨의 행동을 감시하는 편이 더 안전하다고 생각했습니다.

30분쯤 지나자 그는 모자를 쓰고 밖으로 나갔습니다. 물론 저도 모자를 집어들고 밖으로 나갔습니다. 계단을 내려갈 때, 마침 위로 올라오고 있는 야트만 부인과 마주쳤습니다. 부인과 저는 제이 씨가 외출을 하여 그가 가는 곳이라면 어디든 제가 미행을 하는 동안, 부인이 제이 씨의 방을 수색하기로 사전에 얘기를 해두었습니다. 제이 씨는 가장 가까이에 있는 술집으로 곧장 가더니 식사를 위해 양고기요리를 2접시 주문했습니다. 저는 옆의 부스에 자리를 잡고 역시 양고기요리 2접시를 주문했습니다. 술집에 들어선 지 1분도 지나지 않아서 맞은편 테이블에 앉아 있던, 매우 수상한 태도와 모습을 한 청년 하나가 흑맥주 잔을 손에 들고 제이 씨의 자리로 왔습니다. 저는 신문을 읽는 척하며 직무상 모든 신경을 집중하여 귀를 기울였습니다.

"조금 전에 잭이 와서 자네에 대해 묻던데."라고 그 청년이 말했습니다.

"무슨 말이라도 남겨놓고 갔는가?"라고 제이 씨가 물었습니다.

"응."하고 상대방이 말했습니다. "혹시 자네를 보게 되면 오늘 밤, 특별히 만났으면 좋겠다는 말을 전해달라고 했어. 7시에 러더퍼드의 자네 방으로 찾아가겠다며."

"알겠네. 그 전까지는 돌아가도록 하지."

이 말을 듣더니 수상한 모습의 청년은 흑맥주를 마셔버리고 자신은 바쁜 일이 있다며 인사를 한 뒤(이 사내를 공범이라 봐도 거의 틀림없을 듯합니다), 가게에서 나갔습니다.

6시 25분 30초—이런 중대한 사건에서는 시간에 특별히 주의를 기울이는 것이 무엇보다 중요합니다—에 제이 씨는 식사를 마치고 밥값을 지불했습니다. 26분 45초에는 저도 식사를 마치고 밥값을 지불했습니다. 그로부터 10분 뒤, 저는 러더퍼드 가의 집으로 들어와 복도에서 야트만 부인을 만났습니다. 부인의 얼굴에는 우울함과 실망의 빛이 어려 있었고, 그것을 본 저도 완전히 비관에 빠져버렸습니다.

"아무래도,"라고 제가 말했습니다. "제이 씨의 방에서는 범행을 뒷받침할 만한 것이 전혀 나오지 않은 모양이로군요."

부인은 머리를 흔들며 한숨을 쉬었습니다. 부드럽지만 불안과 근심에 잠겨 떠는 듯한 한숨으로, 솔직히 말씀드리겠는데 그 소리를 듣는 순간 제 가슴이 어지러워졌습니다. 그 순간 저는 임무조차 잊은 채, 야트만 씨에 대한 부러움으로 가득했습니다.

"절망해서는 안 됩니다, 부인."이라고 조용히 어루만지는 듯한 투로 말했는데 그것이 부인의 마음에 울림을 준 모양이었습니다. "저는 수수께끼와도 같은 대화를 들었습니다. 미심쩍은 냄새가 나는 약속이 있다는 사실을 알고 있습니다. 그렇기에 오늘 밤에는 엿보기 구멍과 파이프 구멍에 매우 커다란 기대를 걸고 있습니다. 놀라셔서는 안 됩니다. 오늘 밤에야말로 저희는 드디어 범인을 잡느냐 잡지 못하느냐 하는 갈림길에 서게 될 것이라 여겨집니다."

이렇게 해서 저의 직무에 대한 정열적 헌신이 애정을 이기고 말았습니다. 저는 부인을 바라보며 ─윙크를 하고 ─고개를 끄덕인 뒤 ─자리를 떴습니다.

감시실로 들어와서 보니 제이 씨는 담배파이프를 물고 안락의자에 앉아 천천히 양고기요리를 소화시키고 있었습니다. 테이블 위에는 컵이 2개, 물통이 1개, 그리고 예의 1파인드짜리 브랜디 병이 놓여 있었습니다. 7시가 가까운 시간이었습니다. 7시가 되자 '잭'이라 일컬어졌던 인물이 들어왔습니다.

그는 흥분해 있는 듯했습니다. 매우 흥분한 모습이었다고 기꺼이 말씀드리겠습니다. 당장에라도 성공을 거둘 것이라는 생각이 들자 그 기쁨이 머리끝에서부터 발끝까지 전신으로 번져나갔습니다(조금 강한 표현을 쓰자면). 숨을 죽인 채 예의 엿보기 구멍으로 보고 있자니 방문객—이 유쾌한 사건의 '객'입니다—은 테이블에 제이 씨와 마주보고, 제 쪽으로 얼굴을 향해 앉았습니다. 두 사람의 얼굴에 떠오르는 표정의 차이를 계산에 넣지 않는다면, 다른 점에 있어서는 두 무뢰한이 매우 닮았기에 한눈에 형제라는 결론에 도달할 수 있었습니다. 객은 깔끔하고 복장도 훌륭했습니다. 그 점은 저도 처음부터 인정하겠습니다. 이는 아마도 저의 결점 가운데 하나일 테지만, 저는 정의와 공평을 아슬아슬한 한계로까지 확장시킵니다. 저는 바리새인과 같은 위선자가 아닙니다. 악덕이라 할지라도 그것을 메울 만한 것이 있으면 공평하게 취급을 해줍니다. 그렇습니다, 무슨 일이 있어도 악덕을 공평하게 다루어주는 것입니다.

"무슨 일이야, 잭." 하고 제이 씨가 말했습니다.

"내 얼굴을 봐도 모르겠단 말이야?"라고 잭이 말했습니다. "우물쭈물하고 있어서는 위험해. 어중간한 태도는 그만두고 죽이 되든 밥이 되든 내일모레 해보는 게 어때?"

"그렇게 빨리?"라고 제이 씨가 매우 놀란 듯한 모습으로 말했습니다. "그래, 알았어. 너만 괜찮다면 나도 괜찮아. 하지만 잭, '다른 한 사람'도 준비가 된 건가? 확인해보았나?"

이렇게 말할 때 그는 미소 짓고 있었습니다. —불길한 미소였습니다.— 그리고 '다른 한 사람'이라는 말에 특히 힘을 주었습니다. 명백히 이번 사건에는 제3의 악당, 성명미상의 무법자가 관계하고 있는 것입니다.

"내일, 우리들과 만나서 직접 판단하도록 해. 내일 아침 11시에 리젠트 공원의 에비뉴 로드로 꺾어지는 모퉁이에서 기다리고 있어."

"그럼 가도록 하지."라고 제이 씨가 말했습니다. "브랜디 한 잔 어떤가? 왜 일어나는 거지? 설마 가려는 건 아니겠지?"

"갈 거야."라고 잭이 말했습니다. "솔직히 말하자면 나는 흥분해서 차분함을 잃었기에 어디에서든 5분 이상 가만히 앉아 있을 수가 없어. 네게는 우습게 보일지도 모르겠지만, 나는 언제나 신경이 곤두서 있어서 말이지. 솔직히 말하자면 들키는 게 아닐까 심장이 떨려. 거리에서 나를 2번쯤 보는 녀석이 있으면, 저 녀석 혹시 스파이 아닐까 싶어서……."

이 말을 듣자 저는 다리가 부들부들 떨려오는 것만 같았습니다. 엿보기 구멍에서 떨어지지 않을 수 있었던 것은 오로지 정신력 덕분입니다. 정신력 이외에는 아무것도 없었습니다. 저는 명예를 걸고 이렇게 말할 수 있습니다.

"한심하기는."하고 제이 씨가 상습범죄자의 뻔뻔스러움을 담아 외쳤습니다. "지금까지 비밀을 잘 숨겨왔잖아. 끝까지 잘해내지 못할 이유가 없어. 자, 브랜디라도 한 잔 마셔봐. 나처럼 마음이 편안해질 테니."

이번에도 잭은 브랜디를 거절하고, 역시 돌아가겠다고 말했습니다.

"여기저기 돌아다니다보면 마음이 가라앉을지도 모르니까."라고 잭은 말했습니다. "잊어서는 안 돼. 내일 아침 11시에 리젠트 공원의 에비뉴 로드 쪽이야."

이런 말을 남기고 그는 나갔습니다. 비정한 형제는 커다랗게 웃으며 다시 지저분한 도기 파이프를 피우기 시작했습니다.

저는 침대 끝에 앉았는데 말 그대로 흥분 때문에 몸이 떨려왔습니다.

훔친 은행권을 현금으로 바꾸려는 시도가 아직 행해지지 않았다는 사실을 저는 명백히 알고 있으며, 벌머 경사님도 사건을 제 손에 넘기실 때 같은 의견이었다는 사실을 여기에 덧붙여도 상관없으리라 여겨집니다. 제가 지금 여기에 쓴 대화에서 자연스럽게 끄집어낼 수 있는 결론이란 어떤 것일까요? 일당들은 내일 모여서 훔친 돈을 각자의 몫에 따라 나누고 그 다음 날 은행권을 현금화하는 데 가장 안전한 방법을 의논할 것임에 틀림없습니다. 제이 씨는 이번 사건의 주범으로, 아마도 가장 커다란 위험—즉, 50파운드 은행권을 현금화하는 일—을 감행할 것이라 여겨집니다. 따라서 저는 계속해서 그를 미행하기 위해 리젠트 공원으로 가서, 거기서 오가는 대화를 듣기에 전력을 다하겠습니다. 그 이튿날 다시 만날 약속이 교환되면, 물론 저도 그 장소로 가겠습니다. 그건 나중의 일이고, 당장 내일은 유능한 사람 2명의 응원을 필요로 합니다(만남 이후 악당들의 개별행동에 대비하여). 이는 악당의 두 앞잡이를 미행하기 위해서입니다. 단, 여기서 솔직하게 말씀드리겠는데, 만약 악당들이 한꺼번에 움직일 경우,

응원부대는 아마도 예비전력으로 남겨두게 되리라 여겨집니다. 저는 당연히 야망에 불타오르고 있어서 가능하다면 도둑을 발견하는 공로를 저 혼자만의 것으로 삼고 싶기 때문입니다.

7월 8일

2명의 부하가 신속하게 도착했다는 사실을 감사의 마음을 담아 보고드립니다. 그다지 유능한 사람들 같지는 않지만 다행스럽게도 저는 언제나 그들을 지도할 수 있는 장소에 있으리라 여겨집니다.

오늘 아침의 첫 번째 일은 당연히 2명의 새로운 인물이 등장했다는 사실을 야트만 부부에게 설명하여 실수를 범하지 않도록 하는 일이었습니다. 야트만 씨(여기서만 하는 이야기인데, 기력이 없는 가엾은 사내입니다)는, 그저 머리를 숙인 채 앓는 소리만 냈을 뿐입니다. 야트만 부인(얼마나 우수한 여성인지)은 모든 사실을 이해했다는 듯한 매력에 넘치는 표정을 보여주었습니다.

"어머, 샤핀 씨."라고 부인이 말했습니다. "그런 사람들이 오다니, 전 정말 안타깝네요. 지원을 부탁하다니 당신 스스로가 당신의 성공을 의심하고 있는 것 같잖아요."

저는 자신도 모르게 부인에게 윙크를 하고(부인은 아무런 불만도 토로하지 않고 제가 그렇게 하는 것을 허락해주고 있습니다), 예의 익살스러운 투로 그건 약간 오해를 하고 있는 것이라고 말해주었습니다.

"그 사람들을 부른 건 부인, 제가 성공을 확신하고 있기 때문입니다. 돈을 반드시 되찾겠습니다. 그건 저 자신을 위해서만이 아니라 사장님을 위해서, 그리고 당신을 위해서입니다."

저는 마지막 말에 적잖이 힘을 주어 말했습니다. 부인은 "어머, 샤핀 씨."라고 다시 말하더니—동시에 뺨을 아름답게 물들이며— 바느질감으로 시선을 떨어뜨렸습니다. 야트만 씨만 세상에서 사라져준다면, 저는 이 여성과 세상의 끝까지 가겠다는 마음이 들었습니다.

저는 두 부하를 먼저 보내 제가 지령을 내릴 때까지 리젠트 공원의 에비뉴 로드에서 기다리라고 말했습니다. 그리고 30분 뒤에 저는 제이 씨에게서 떨어지지 않도록 하며 같은 방향으로 미행을 했습니다.

두 공범자는 약속 시간을 어기지 않고 도착했습니다. 이런 내용을 쓰자니 얼굴이 붉어집니다만, 말씀드리지 않을 수 없습니다. 사실 세 번째 악당—저의 보고 중에 등장하는 성명미상의 무법자, 혹은 원하신다면 형제들 사이에서 오간 대화에 등장하는 수수께끼의 '다른 한 사람'이라고 불러도 상관없습니다만—은 놀랍게도 여성이었습니다. 게다가 더 좋지 않은 것은 그녀가 젊은 여성이었다는 점입니다. 그리고 한층 더 슬퍼해야 할 일은 아름다운 여성이었다는 점입니다! 이 세상의 범죄에는 반드시 여성이 개재되어 있다는 신념이 점차 강해지는 것에 오랜 세월 저항을 해왔었습니다. 그러나 오늘 아침에 이 슬픈 경험을 하고난 뒤부터는, 이 서글픈 결론에 더 이상 반대를 할 수 없게 되었습니다. 저는 여성을 포기하겠습니다. 야트만 부인만은 별개입니다만, 여성을 포기하겠습니다.

'잭'이라 불리는 사내가 그 여성에게 팔을 내밀었습니다. 제이 씨는 그녀의 반대편에 나란히 섰습니다. 그리고 세 사람은 나무들 사이를 천천히 걸어갔습니다. 저는 일정한 거리를 두고 세 사람을 미행했습니다. 부하 2명도 역시 일정한 간격을 두고 제 뒤를 따라왔습니다.

매우 안타깝게도 발각될 위험이 있었기에 그들의 이야기를 들을 수 있을 만큼 가까이 다가가기란 불가능한 일이었습니다. 저는 그저 그들의 몸짓과 움직임을 통해서 세 사람 모두가 커다란 관심을 가지고 있는 문제에 대해서 매우 진지하게 이야기하고 있다고 추측할 수 있을 뿐이었습니다. 이런 식으로 15분 내내 이야기를 나눈 뒤, 그들은 갑자기 발걸음을 돌려 갔던 길을 되돌아오기 시작했습니다. 이런 위급한 상황에서도 저는 평정을 잃지 않았습니다. 두 부하에게는 아무렇지도 않은 척 그대로 걸어가 그들 곁을 스쳐 지나라고 신호를 보낸 뒤, 저는 얼른 한 그루 나무 뒤에 몸을 숨겼습니다. 그들이 제 곁을 지날 때 '잭'이 제이 씨에게 다음과 같이 말하는 것이 들려왔습니다.

"그럼 내일 아침 10시 반으로 하지. 그리고 마차로 와야 한다는 사실을 잊어서는 안 돼. 이 부근에서는 마차를 잡을 수 있을 것 같지 않으니까."

제이 씨가 뭐라고 짧게 대답했으나 저는 알아들을 수가 없었습니다. 그들이 처음 만났던 장소로 돌아와 뻔뻔스럽게도 거기서 정중하게 악수를 나누었기에 보고 있는 저는 기분이 나빠질 정도였습니다. 그런 다음 세 사람은 헤어졌습니다. 저는 제이 씨를 미행했습니다. 부하 2명도 세심한 주의를 기울여 다른 두 사람을 미행했습니다.

제이 씨는 러더퍼드 가로 돌아오지 않고 스트랜드로 갔습니다. 그곳의 지저분하고 미심쩍은 건물 앞에 멈춰 섰습니다. 문에 적힌 글자에 의하면 신문사입니다만, 제가 판단하기에는 장물취급을 업으로 삼고 있는 곳의 온갖 외관을 갖추고 있었습니다.

아주 잠깐 그 건물 안에 머물렀다 싶더니 제이 씨는 손가락을 조끼 주머니에 찌른 채 휘파람을 불며 나왔습니다. 저처럼 신중한 사람이 아니었다면 그 자리에서 체포했을 것이라 여겨집니다. 두 공범자를 잡을 필요가 있다는 사실, 조금 전 내일 아침에 만나기로 한 약속을 방해하지 않는 것이 중요하다는 사실을 떠올린 것입니다. 이처럼 어려운 상황에서 이처럼 냉정함을 잃지 않았다는 점은, 아직 형사로서 명성도 없이 이제 막 발을 들여놓은 젊은이로서는 좀처럼 취하기 어려운 행동이라 여겨집니다.

제이 씨는 이 미심쩍은 외관을 가진 건물에서 담뱃가게로 갔고 시가를 피우며 잡지를 읽었습니다. 잠시 후 담뱃가게에서 나와 어슬렁어슬렁 술집으로 가더니 거기서 예의 양고기 요리를 먹었습니다. 저도 술집까지 어슬렁어슬렁 걸어가서 양고기요리를 먹었습니다. 먹기를 마친 그는 하숙으로 돌아왔습니다. 저도 먹기를 마치고 하숙으로 돌아왔습니다. 그리고 그의 코고는 소리를 듣자마자 저도 졸음이 쏟아져 침대 안으로 들어갔습니다.

이튿날 아침 일찍 두 부하가 보고를 위해 찾아왔습니다.

두 사람이 뒤를 따라갔더니 '잭'이라는 이름의 사내는 리젠트 공원에서 그리 멀지 않은, 보기에 상당히 훌륭한 별장풍 주택의 문 근처에서 예의 여성과 헤어졌다고 합니다. 그는 혼자가 되자 오른쪽으로 꺾어져 주로 상점경영자들이 살고 있는 교외 주택가와 같은 길을 걸어갔습니다. 마침내 그러한 집 가운데 한 채의 통용문 앞에 멈춰 서더니 자신의 열쇠로 문을 열고 안으로 들어갔습니다. ─문을 열 때 주위를 둘러보다 길 맞은편에서 어슬렁거리고 있던 저의 부하를 의심스럽다는 듯 바라보았다고 합니다. 부하가 보고한 내용은 이것이 전부입니다. 저는 그들을 방에 남겨두어 일이 생겼을 때 손을 빌리기로 하고, 엿보기 구멍으로 가서 제이 씨의 모습을 살펴보았습니다.

그는 옷을 갈아입기에 정신이 없었는데 원래부터 단정치 못한 몸에서 그 흔적을 완전히 지우기에 커다란 노력을 기울이고 있었습니다. 이는 제가 예상하고 있던 그대로였습니다.

제이 씨 같은 부랑자라 할지라도 훔친 은행권을 현금으로 바꾸는 위험한 일을 할 때는 말쑥한 차림을 하는 것이 중요하다는 사실을 알고 있는 것입니다. 10시 5분이 지나서는 초라한 모자에 마지막 솔질을 하고 더러워진 장갑을 빵 부스러기로 문질렀습니다. 10시 10분에 거리로 나가서 가장 가까운 곳에 있는 마차 대기소로 갔습니다. 저와 부하들도 그 뒤를 따랐습니다.

그가 마차에 올랐기에 저희도 마차에 올라탔습니다. 어제 공원에서 그들 세 사람을 미행했을 때 만날 장소는 듣지 못했지만, 얼마 가지 않아서 예의 에비뉴 로드 입구 방향으로 가고 있다는 사실을 깨달았습니다.

제이 씨를 태운 마차가 천천히 공원으로 들어섰습니다. 저희는 의심을 받지 않도록 공원 밖에서 마차를 세웠습니다. 그리고 상대 마차를 도보로 미행하기 위해 저는 마차에서 내렸습니다. 그 순간 상대방의 마차도 멈추더니 두 공범자가 나무들 사이로 다가오는 것이 보였습니다. 그들이 거기에 오르자 마차는 곧 되돌아오기 시작했습니다. 저는 저희가 타고 온 마차로 서둘러 돌아가 마부에게 상대방 마차를 먼저 보낸 뒤 조금 전처럼 미행을 계속하라고 명령했습니다.

마부는 저의 명령에 따랐으나 어설프게 행동했기에 상대방에게 들켜버리고 말았습니다. 3분쯤 미행했을 때(조금 전에 왔던 길을 되돌아가고 있었습니다), 상대방과 어느 정도 간격을 유지하고 있는지 보기 위해 저는 창밖으로 얼굴을 내밀었습니다. 그러자 상대방 마차의 창에서도 모자가 2개 나오더니 얼굴이 2개, 제 쪽을 보고 있는 것이 눈에 들어왔습니다. 저는 식은땀을 흘리며 좌석에 앉았습니다. 이 표현은 그다지 품위 있는 것이 아니지만, 다른 말로는 그 괴로웠던 순간의 제 입장을 묘사할 길이 없습니다.

"들켰어."라고 제가 부하들에게 가만히 말했습니다. 두 사람은 놀라서 저를 보았습니다. 저의 감정은 절망의 밑바닥에서 단번에 분노의 절정으로 바뀌었습니다.

"마부가 어설프게 행동했기 때문이야. 자네들 중 한 명은 내리게."라고 저는 위엄을 담아서 말했습니다. "내려서 마부의 머리를 내리치게."

저의 명령에는 따르지 않고(이 명령위반 행위를 본청에는 보고하지 마시기 바랍니다) 그들은 창밖으로 얼굴을 내밀었습니다. 그리고 제가 자리에 앉히려 했을 때 다시 좌석에 앉았습니다. 그런데 제가 분노를 표출하려던 순간, 둘 모두 히죽히죽 웃으며 말했습니다. "밖을 좀 보십시오."

저는 밖을 보았습니다. 도둑들이 탄 마차는 멈춰 있었습니다.

어디에 멈췄다고 생각하십니까?

놀랍게도 교회의 문 앞이었습니다!

이 발견이 세상의 평범한 사람들에게는 어떤 효과를 줄지 저로서는 알 길이 없습니다. 저는 원래 신앙이 두터운 편이기에 그 광경을 보자 두려움이 넘쳐났습니다. 저도 범죄자들의 악랄하기 짝이 없는 술책을 책에서 종종 읽은 적이 있습니다. 그러나 교회로 들어가 미행을 따돌리려 하는 세 명의 도둑 이야기 같은 것은 과문한 탓인지 아직 들어본 적이 없습니다. 이처럼 후안무치하고 독신적인 행위는 범죄사에서도 그 예를 찾아볼 수 없으리라 여겨집니다.

저는 씁쓸한 표정을 지어 히죽히죽 웃고 있는 부하들을 제지했습니다. 그들의 천박한 마음속에 어떤 것이 떠올랐는 지는 쉽게 추측해볼 수 있었습니다. 만약 저도 표면에 드러난 현상밖에 볼 능력이 없었다면, 말쑥하게 차려 입은 두 남자와 한 여성이 평일 오전 11시 이전에 교회로 들어가는 모습을 보고 부하들이 틀림없이 도달했을 것이라 여겨지는 경솔한 결론에 쉽게 도달했을지도 모릅니다. 그러나 실제로 단순한 현상은 저를 속일 힘을 가지고 있지 못합니다. 저는 마차에서 내려 부하 한 명을 데리고 교회 안으로 들어갔습니다. 다른 부하 한 명은 제의실 쪽의 문을 감시하라고 보냈습니다. 귀신의 눈을 속일 수는 있을 것입니다. 그러나 매튜 샤핀의 눈을 속일 수는 없습니다.

저는 발소리를 죽여 회랑의 계단을 올랐고, 오르간이 있는 층에서 꺾어져 정면에 있는 커튼 사이로 엿보았습니다. 그랬 더니 세 녀석 모두 아래쪽의 기다란 의자에 앉아 있었습니다. 그랬습니다, 정말 믿을 수 없는 일이지만 아래쪽의 기다란 의자에 분명히 앉아 있었습니다!

제가 어떻게 할까 망설이는 사이에 제의실에서 성직자 복장을 정식으로 갖춘 목사가 반승을 데리고 모습을 드러냈습니다. 저의 머릿속에서는 회오리바람이 일고 눈앞이 흐릿해졌습니다. 제의실에서 행해진 도난사건에 대한 어두운 기억이 되살아났습니다. 저는 정식 복장을 갖춘 훌륭한 사람을 위해서 몸을 떨었습니다. 심지어는 반승을 위해서까지 몸을 떨었습니다.

목사가 제단의 난간 안쪽에 섰습니다. 불한당 세 명이 다가갔습니다. 목사가 성경을 펼쳐 읽기 시작했습니다. 어느 부분을 읽었느냐고 귀관은 물으시겠지요?

저는 조금의 망설임도 없이 대답하겠습니다. 결혼식을 위한 내용의 첫 번째 부분이라고.

부하는 대담하게도 제 얼굴을 바라본 뒤, 손수건으로 자신의 입을 막았습니다. 저는 그에게는 조금도 신경을 쓰려 하지 않았습니다. '잭'이라는 사내가 신랑이고 제이라는 사내가 아버지 역할을 맡아 신부를 신랑에게 넘겨주는 모습을 지켜본 뒤, 저는 부하를 데리고 교회에서 나와 제의실 문을 감시하고 있던 부하와 합류했습니다. 저와 같은 입장에 놓이면 약간은 의기소침해져서, 내가 아주 멍청한 실수를 저지른 것이 아닐까 생각하기 시작하는 사람도 있을 것입니다. 그러나 어떤 종류의 불안도, 어떤 정도의 불안도 저는 느끼지 않았습니다. 저의 판단에는 조금의 잘못도 없다고 생각했기 때문입니다. 그리고 다행스럽게도 그로부터 이미 3시간이 지난 지금까지도 제 마음은 이전과 변함없이 차분함과 희망으로 가득 차 있습니다.

부하와 교회 밖에서 합류하자마자 저는 그와 같은 일이 벌어졌지만 역시 상대방 마차를 미행할 생각이라고 말했습니다. 이러한 결심을 하게 된 이유는 곧 아시게 되리라 믿습니다. 두 부하는 저의 결심에 깜짝 놀랐습니다. 그리고 그중 한 명이 시건방지게도 이렇게 말했습니다.

"실례합니다만, 저희가 뒤쫓고 있는 것은 대체 누구입니까? 돈을 훔친 사람입니까, 아니면 아내를 훔친 사람입니까?"

또 한 명의 비열하기 짝이 없는 부하가 웃음소리를 올려 그를 격려했습니다. 두 사람 모두 공식적인 징계를 받아 마땅합니다. 그리고 저는 진심으로 믿고 있는데, 두 사람 모두 반드시 징계를 받게 될 것입니다.

결혼식이 끝나자 예의 세 사람이 마차에 올랐고, 저희 마차(근처에 세워둔 것을 상대방이 눈치 채지 못하도록 교회 모퉁이를 돌아선 곳에 잘 숨겨두었습니다)는 다시 그들의 마차를 미행하기 시작했습니다.

저희는 그들 뒤를 따라서 남서철도의 종착역까지 갔습니다. 신혼부부는 리치먼드행 표를 끊었습니다. 요금을 반 파운드짜리 금화로 지불했기에 녀석들을 체포하는 기쁨을 제게서 앗아갔습니다. 만약 은행권으로 지불했다면 틀림없이 제가 체포했을 테지만. 두 사람은 제이 씨와 헤어질 때, "수신지의 주소를 잊어서는 안 돼. 바빌론 테라스 14번지야. 다음 주의 내일, 같이 식사를 하자."라고 말했습니다. 제이 씨는 그 초대에 응하고 장난스러운 투로, 지금부터 당장 하숙으로 돌아가 이런 말쑥한 옷은 벗어버리고 다시 편안하고 지저분한 원래의 모습으로 돌아가야겠다고 말했습니다. 그렇게 그가 집까지 무사히 돌아온 모습을 지켜본 저는 지금, (그의 염치도 모르는 발언을 그대로 쓰자면) 편안하고 지저분한 모습으로 돌아왔다고 보고하지 않을 수 없습니다.

여기서 문제는 일단락 지어졌고, 제가 첫 번째 단계라 부른 것도 끝났습니다.

경솔한 판단을 내리는 사람들이, 지금까지 제가 취한 행동에 대해서 무슨 말을 할지는 저도 잘 알고 있습니다. 그들은 제가 정말 터무니없게도 한심하기 짝이 없는 착각을 한 것이라고 주장할 것입니다. 또 제가 보고한 미심쩍은 대화에 대해서는, 도둑결혼을 뜻대로 성공시키기 위한 어려움과 위험을 이야기한 것에 지나지 않는다고 말할 것입니다. 그리고 자신들의 주장이 옳다는 사실을 부정할 수 없을 것이라며 그 증거로 교회의 장면을 이야기할 것입니다. 그렇다면 그렇게 말하도록 그냥 내버려두시기 바랍니다. 그것까지는 저도 반대하지 않겠습니다. 그리고 세상물정에 밝은 저의 총명함 깊은 곳에서 나오는 하나의 질문을 드리도록 하겠습니다. 이 질문에 대해서는 저를 철천지원수로 여기는 적이라 할지라도 그렇게 쉽게 대답하지는 못할 것입니다.

결혼 사실을 인정한다 한들, 그 사실이 그 비밀 거래와 관계가 있는 세 사람의 무죄를 증명하는 증거가 될 수 있을까요? 저는 그렇게 생각하지 않습니다. 그것은 오히려 제이 씨와 그 일당에 대한 저의 의심을 더욱 깊어지게 만들 뿐입니다. 왜냐하면 그들이 돈을 훔친 명백한 동기를 나타내고 있기 때문입니다. 리치먼드로 신혼여행을 떠나려는 신사에게는 돈이 필요합니다. 또 거래하는 상인에게 외상투성이인 신사에게도 돈이 필요합니다. 이를 범죄 동기로 보는 것이 과연 억지스러운 트집일까요? 유린당한 도덕의 이름으로 저는 그것을 부정하겠습니다. 이들 두 사내는 서로 공모하여 이미 한 여성을 훔쳤습니다. 그러니 두 사람이 공모하여 돈 상자를 훔치지 않았다고 어찌 말할 수 있겠습니까? 저는 굳건한 미덕의 논리라는 입장을 취하고 있는 것입니다. 그리고 이 입장에서 저를 한 치라도 움직이려 하는 악덕의 궤변에 대해서는 용감히 맞서 싸우겠습니다.

미덕이라는 말이 나왔으니, 이번 사건에서 제가 취한 이견해를 야트만 부부에게도 취했다는 사실을 덧붙여 말씀드리겠습니다. 이 교양이 풍부하고 매력이 넘치는 부인도 처음에는 제 논리의 정밀한 연결고리를 이해하지 못하는 듯했습니다. 솔직히 고백하자면 부인은 머리를 흔들고, 눈물을 흘리고, 남편과 함께 200파운드를 잃었다는 사실에 대해서 성급하게 슬퍼하며 한탄했습니다. 하지만 제가 조금 더 자세히 설명하고, 부인도 조금 더 주의해서 들었기에 결국은 부인의 생각도 바뀌었습니다. 지금은 제 의견에 동의하여 제이 씨,

혹은 '잭' 씨, 혹은 사랑의 도피행각을 벌인 여성의 혐의를 깨끗하게 씻어낸 것처럼 여겨지는 비밀 결혼이라는 뜻밖의 사태에도 아무런 의미가 없다고 생각하고 있습니다. '뻔뻔스러운 달창'이라는 것이 그 여성에 대해 이야기할 때 부인이 쓴 말입니다만, 그 말은 못 들은 것으로 하겠습니다. 더욱 중요한 것은 야트만 부인이 저에 대한 신뢰를 아직 잃지 않았다는 사실, 그리고 야트만 씨도 부인을 따라서 앞으로의 성과에 희망을 갖도록 노력하겠다고 약속했다는 사실입니다.

이제는 새로운 정황이 전개되었으니 저로서는 본청의 지령을 기다릴 수밖에 없습니다. 저는 다음 책략을 가지고 있는 사람의 평정함으로 새로운 지령을 기다리고 있겠습니다. 제가 교회의 문에서 종착역까지 일당 세 명을 미행한 데에는, 그럴 만한 동기가 2가지 있었습니다. 첫 번째는 역시 그들을 범인이라고 믿었기에 직무상의 문제로 미행한 것입니다. 두 번째는, 저의 개인적인 투기의 문제인데, 사랑의 도피행각을 벌인 부부가 사람들의 눈을 피해 숨어든 장소를 밝혀내, 그 정보를 젊은 여성의 가족이나 친구에게 상품으로 팔아야겠다고 생각했기 때문입니다. 이렇게 해서 일이 어떤 식으로 진행되든 시간을 헛되이 낭비한 것은 아니라는 사실을 저는 지금부터 벌써 자랑스럽게 생각하고 있습니다. 만약 본청에서 저의 행동을 시인해주신다면, 앞으로의 조치에 대해서는 복안을 가지고 있습니다. 만약 본청에서 시인을 해주지 않으신다면 저는 손에 넣은 정보를 판매하기 위해서 리젠트 공원

부근에 위치한 품위 있는 별장풍의 주택으로 찾아갈 것입니다. 어느 쪽이든 이번 사건 덕에 저의 주머니에는 돈이 들어올 것이며, 빈틈이 없는 비범한 인물로 저의 통찰력에 한층 더 관록이 붙을 것입니다.

한마디 더, 덧붙여두고 싶은 것이 있습니다. 만약 제이 씨 및 그 일당은 이번 돈 상자 절도사건과 무관하다고 주장하는 사람이 있다면 저는 그 사람에게—그것이 설령 테이크스톤 경감님이라 할지라도— 그렇다면 소호 구 러더퍼드 가에서 절도를 저지른 것은 누구냐고 반문하겠습니다.

귀하의 충실한 종, 매튜 샤핀

테이크스톤 경감이 벌머 경사에게

버밍햄, 7월 9일

벌머 경사.

그 멍청한 애송이 매튜 샤핀이 내 예상을 배신하지 않고 러더퍼드 가 사건을 엉망으로 만들어버리고 말았다네. 나는 일이 있어서 이곳을 비울 수 없기에 자네가 사건을 다시 조사해주었으면 하여 이렇게 편지를 쓰는 것이네. 샤핀 녀석이 보고라 칭한, 영문을 알 수 없는 편지를 동봉하겠네. 일단 읽어보도록 하게. 읽고 나서 이 잠꼬대의 의미를 어떻게든 파악했다면 자네도 나와 마찬가지로 이 자만심 강한 바보 녀석이 올바른 방향을 제외한 다른 모든 곳에서 범인을 뒤쫓고 있었다는 사실을 알게 될 걸세. 일이 여기까지 왔으니 자네라면 5분 만에 진범을 잡을 수 있으리라 생각하네. 바로 해결해서 이쪽으로 보고를 주었으면 하네. 그리고 샤핀에게는 추후 통지가 있을 때까지 청에는 나올 필요가 없다고 전해주기 바라네.

프랜시스 테이크스톤

벌머 경사가 테이크스톤 경감에게

런던, 7월 10일

테이크스톤 경감님.

편지 및 동봉하신 것, 무사히 잘 받아보았습니다. 현명한 사람은 어리석은 사람에게서도 늘 배운다는 속담이 있습니다. 자신의 어리석음을 폭로한 샤핀의 장황한 보고를 다 읽고 났을 때, 귀관이 생각하신 것처럼 저는 러더퍼드 가 사건을 결말까지 전부 꿰뚫어볼 수 있었습니다. 30분 후에 저는 그집으로 찾아갔습니다. 그리고 처음으로 얼굴을 마주한 것은 바로 샤핀 씨였습니다.

"저를 지원하러 오셨나요?"라고 그가 말했습니다.

"그런 건 아니야."라고 제가 말했습니다. "추후에 통지가 있을 때까지 자네는 청에 나오지 않아도 된다는 말을 전해주러 온 거야."

"상관없습니다."라고 그가 자기 실력에 대한 오만함에 조금도 상처받지 않은 듯한 모습으로 말했습니다. "당신이 제게 질투심을 품으리라는 건 예상하고 있었습니다. 그것도 당연한 일이니 탓하거나 하지는 않겠습니다. 자, 들어오셔서 편히 계시기 바랍니다. 저는 지금부터 리젠트 공원 근처로 저만의 탐정 사업이 있어서 가볼 생각이니까요. 그럼, 이만, 경사님."

이런 말을 남긴 채 그는 밖으로 나갔습니다. 이는 제가 바라던 바였습니다.

하녀가 현관문을 닫자마자 저는 주인에게 은밀히 하고 싶은 얘기가 있다는 사실을 전해달라고 했습니다. 하녀가 가게 안쪽의 객실로 안내해주었습니다. 들어가 보니 야트만 씨는 혼자서 신문을 읽고 있었습니다.

"예의 도난사건 때문에 왔습니다만."하고 제가 말했습니다.

그가 불쾌하다는 듯 저의 말을 가로막았습니다. 원래가 가련하고 나약하고 여자 같은 사내였으니까요. "네, 네, 알고 있습니다. 3층 벽에 구멍을 뚫은 그 솜씨 좋은 사내가 잘못을 저질러서 제 돈을 훔친 악당을 잡아들일 단서가 사라져버렸다는 말을 하러 오신 거죠?"

"그렇습니다. 제가 온 것은 그 일도 있습니다. 하지만 그 외에도 다른 얘기가 또 있습니다."

"도둑을 밝혀내기라도 했나요?"라고 그가 전보다 더 불쾌하다는 듯한 투로 말했습니다.

"그렇습니다. 밝혀낸 듯합니다."

그가 읽고 있던 신문을 내려놓고 약간 걱정스럽다는 듯한, 겁먹은 듯한 얼굴을 하기 시작했습니다.

"설마 우리 가게의 점원은 아니겠지요. 그 사람을 위해서 점원이 아니기를 바랍니다."

"아닙니다. 다시 한 번 맞혀보시기 바랍니다."라고 제가 말했습니다.

"저 게으름뱅이에 방종한 하녀인가요?"

"그야 물론 그 여자는 게으름뱅이입니다. 게다가 방종한 여자입니다. 처음 조사를 했을 때부터 그 사실을 알고 있었습니다. 그러나 도둑은 아닙니다."

"그럼 대체 누구란 말입니까?"라고 주인이 말했습니다.

"지금부터 매우 불쾌하고 전혀 생각지도 못했던 말씀을 드려야 할 것 같으니, 실례하지만 마음을 굳게 다잡으시기 바랍니다. 그리고 화를 내셔서는 곤란하니 만약을 위해서 말씀드리겠는데, 저는 당신보다 강하며 혹시 제게 손을 대신다면 저도 제 마음과는 달리 순수하게 자기방어를 위해서 당신에게 아픔을 줄지도 모릅니다."

그의 얼굴이 창백하게 변하더니 의자를 1m쯤 제게서 떨어뜨렸습니다.

"누가 당신의 돈을 훔쳤는지 듣고 싶다고 당신은 말씀하셨죠?"라고 제가 말을 이었습니다. "무슨 일이 있어도 그에 대한 대답을 하라고 하신다면……."

"무슨 일이 있어도 대답을 해주셨으면 합니다."라고 그가 힘없는 목소리로 말했습니다. "누가 훔친 겁니까?"

"부인께서 훔치셨습니다."라고 제가 조용히, 그러나 그와 동시에 분명하게 말했습니다.

그는 마치 제가 칼이라도 들이민 것처럼 의자에서 벌떡 일어나 주먹으로 테이블을 내리쳤는데, 그것이 너무 격렬했기에 판자가 깨질 정도였습니다.

"자, 진정하세요."라고 제가 말했습니다. "흥분하셔서는 진상을 설명할 수가 없습니다."

"그건 거짓말이야."라고 그가 다시 주먹으로 테이블을 내리치며 말했습니다. "저급하고 비열하고 수치를 모르는 거짓말이야. 당신은 어째서……."

그는 말을 끊고 의자에 털썩 쓰러지더니 어리둥절하다는 듯 주위를 둘러보다 마침내 커다란 소리로 울기 시작했습니다.

"냉정함을 되찾으신다면,"하고 제가 말했습니다. "당신도 신사이시니 조금 전에 하신 말씀을 분명히 취소하시리라 생각합니다. 그렇게 하시기 전에 가능하다면 저의 설명을 들어보시기 바랍니다. 샤핀 군은 참으로 엉뚱하고 한심한 보고를 본청의 경감님 앞으로 보내고 있었습니다. 그런데 거기에는 자신의 멍청한 행동과 말뿐만 아니라 야트만 부인의 행동과 말도 적혀 있습니다. 대부분의 경우 그런 보고는 쓰레기통에 버려집니다만, 샤핀 군의 보고는 우연히도 거기에 적혀 있는 헛소리에서, 글을 쓴 멍청한 본인은 처음부터 끝까지 꿈에서도 전혀 깨닫지 못한 결론을 이끌어낼 수 있었습니다. 이 결론에 대해서 저는 커다란 확신을 가지고 있습니다. 따라서 부인께서 그 청년의 어리석음과 자만심을 이용하여 일부러 다른 엉뚱한 인물에게 혐의가 있는 것처럼 꾸며 자신의 죄가 드러나는 것을 막으려 했다는 것이 진실이 아니라면 저는 지금의 직업을 그만두겠습니다. 이 말씀은 확신을 가지고 드리는 것입니다만, 조금 더 자세한 이야기가 있습니다. 부인께서 왜 그 돈을 훔치셨는지, 그 돈으로, 혹은 그 돈의 일부로 무엇을 하셨는지 결정적인 의견을 말씀드릴 생각입니다. 부인을 본 사람은 누구나 복장에 관한 훌륭한 취향과 아름다움에 마음을 빼앗겨버리고 맙니다."

제가 마지막 말을 하는 동안 주인은 마침내 말을 할 수 있을 만큼의 기력을 되찾은 듯합니다. 그리고 바로 제 말을 끊었는데 그것은 마치 문방구점의 주인이 아니라, 공작이라도 된 듯한 투였습니다.

"아내에 대해 비열한 비방을 할 생각이라면 조금 더 다른 방법을 찾는 것이 좋을 것 같네요."라고 그가 말했습니다. "지난 1년 동안 의류점에서 온 청구서가 실제로 지금 저의 영수증 철에 보관되어 있으니."

"실례의 말씀입니다만, 그런 건 아무런 증거도 되지 않습니다. 저희와 같은 일을 하다보면 매일 같이 맞닥뜨리게 됩니다만, 의류점이라는 곳에는 어떤 교활한 습관이 있습니다. 기혼 여성의 경우, 의류점에 그렇게 말해두기만 하면 의류점에서 2통의 청구서를 만들게 할 수 있습니다. 1통은 남편이 보고 지불하는 청구서, 다른 한 통은 비밀 청구서로 나머지 물건은 전부 거기에 기록되어 있고 아내가 여유가 생길 때마다 조금씩 나눠서 몰래 지불합니다. 저희가 평소 경험한 바에 의하면 이처럼 조금씩 나눠서 지불하는 돈은 대부분의 경우 가계비에서 짜내는 듯합니다. 당신들의 경우, 나누어서 내야 할 돈이 지불되지 않은 듯 여겨집니다. 의류점에서는 고소를 하겠다고 협박하고, 당신의 재정상태가 변했다는 사실을 알고 있기에 부인은 이러지도 저러지도 못하는 상황이었습니다. 그래서 그 비밀 청구서의 금액을 당신의 돈 상자로 지불한 것입니다."

"그런 말은 믿을 수 없어."하고 그가 말했습니다. "당신이 하는 말 하나하나는 저희 아내에 대한 혐오스러운 모욕입니다."

"당신도 남자라면,"하고 제가 시간과 말을 절약하기 위해서 그의 말을 끊었습니다. "조금 전에 말씀하신 청구서를 영수증 철에서 떼어 지금 당장 저와 함께 부인이 거래하는 가게로 가보시는 건 어떻겠습니까?"

이 말을 들은 그는 시뻘게진 얼굴로 당장 청구서를 떼어내고 모자를 썼습니다. 저는 작은 가방에서 분실된 은행권의

번호가 적힌 목록을 꺼내들고 그와 함께 바로 집에서 나왔습니다.

　그 의류점(예상한 대로 웨스트엔드에 있는 화려한 가게였습니다)에 도착한 저는 중요한 문제로 조용히 만나고 싶다고 가게의 마담에게 말을 전했습니다. 마담과 제가 이와 같은 미묘한 문제를 조사하기 위해서 만난 것은 이번이 처음이 아니었습니다. 마담은 저를 보자마자 바로 남편을 불러오라고 사람을 보냈습니다. 저는 야트만 씨를 소개하고 용건을 이야기했습니다.

　"전적으로 개인적인 문제겠지요?"라고 남편이 물었습니다. 저는 고개를 끄덕였습니다.

　"그리고 얘기가 새어나갈 염려는 없겠죠?"라고 마담이 말했습니다. 저는 이번에도 고개를 끄덕였습니다.

　"경사님께 장부를 잠깐 보여드리려고 하는데, 당신도 이견은 없겠지?"라고 남편이 말했습니다.

　"당신이 괜찮을 거라고 생각하신다면 전 조금도 상관없어요."라고 마담이 말했습니다.

　이 사이에 가엾은 야트만 씨는 저희의 정중한 상의와는 전혀 어울리지 않는 놀라움과 침통함 그 자체인 듯한 얼굴을 하고 있었습니다. 장부를 가져왔습니다. 야트만 부인의 이름이 적혀 있는 페이지를 1분 동안 살펴보자 제가 조금 전에 한 말에 무엇 하나 거짓이 없다는 사실이 충분히, 아니 너무 충분하다 싶을 정도로 증명되었습니다.

하나의 장부에는 야트만 씨가 이미 지불한, 남편용 청구액이 기입되어 있었습니다. 그리고 다른 하나의 장부에는 비밀의 청구액이 기입되어 있었는데 그것도 지불을 마친 상태였습니다. 지불한 날짜는 돈 상자를 분실한 이튿날로 되어 있었습니다. 그 장부에 의하면 비밀의 청구액은 175파운드 몇 실링에 이르렀으며, 3년 동안에 걸친 것이었습니다. 분할금은 단 1번도 지불된 적이 없었습니다. 마지막 줄에 다음과 같은 말이 기입되어 있었습니다. 〈세 번째 독촉, 6월 23일〉 저는 그것을 가리키며 마담에게 이것은 '이번 6월'을 의미하는 것이냐고 물었습니다. 역시 그것은 이번 6월이라는 의미로, 마담은 독촉장과 함께 법률적인 수속을 밟겠다고 덧붙인 것을 크게 후회하고 있었습니다.

"가게에서는 괜찮은 단골이라면 3년 동안은 외상을 주시는 줄 알았는데요."라고 제가 말했습니다.

마담이 야트만 씨를 한번 쳐다본 뒤, 제 귓가에 대고 속삭였습니다. "남편의 주머니 사정이 나쁘지 않을 때는 말이죠."

마담은 이렇게 말하며 청구서를 가리켰습니다. 야트만 씨의 재정이 기울기 시작한 뒤의 내용도, 그 이전 해의 금액과 다를 바가 없어서 야트만 부인의 지위에서는 어마어마한 것이었습니다. 다른 면에서는 절약했을지 모르겠지만, 특히 의상 문제에 있어서만은 절약을 하지 않았던 것입니다.

이후로는 현금 출납부를 형식적으로 살펴보는 일만이 남아 있을 뿐이었습니다. 돈은 은행권으로 지불되었는데 그 금액과 번호가 저의 목록과 정확히 일치했습니다.

그 일이 끝나자 저는 야트만 씨를 당장 가게에서 데리고 나가는 것이 가장 좋으리라 생각했습니다. 그는 보기에도 안쓰러울 정도의 상태였기에 저는 마차를 불러 집까지 배웅을 해주었습니다. 처음 그는 어린아이처럼 흐느껴 울었습니다만 저의 위로에 곧 잠잠해졌습니다. 그리고 그의 명예를 위해서 덧붙이지 않을 수 없는데, 그는 마차가 집 앞에 도착했을 때 조금 전에 한 말에 대해서 정중하게 사과를 했습니다. 그에 대한 보답으로 저는 앞으로 부인과의 사이를 원만하게 이끌어나갈 방법을 조언해주어야겠다고 생각했습니다. 그러나 제게는 거의 신경도 쓰지 않고 그는 이혼이라는 등의 말을 혼자 중얼거리며 2층으로 올라가버렸습니다. 야트만 부인이 이 난국을 잘 헤쳐나갈 수 있을지 불안한 마음이 듭니다. 아마도 히스테리를 부리며 소란을 피워 가엾은 남편을 겁먹게 해서 결국은 용서를 받지 않을까 싶습니다. 그러나 그러한 일은 저희가 관여할 바가 아닙니다. 저희에 관해서만 말하자면 사건은 이것으로 끝난 셈입니다. 그리고 이 보고도 그와 함께 결론에 다다른 것이라 보아야 할 것입니다.

당신의 명령에 따라서,

토머스 벌머

추신: 덧붙여 말씀드리겠는데 러더퍼드 가를 떠날 때 짐을 가지러 온 매튜 샤핀 씨를 만났습니다.

"어떻습니까?"라고 그가 아주 기분 좋다는 듯 두 손을 비비며 말했습니다. "지금 그 품위 있는 별장풍의 집에 다녀왔는데 말이죠, 용건을 꺼내자마자 저를 단번에 내쫓아버렸습니다. 폭행 사실을 목격한 증인이 둘 있습니다. 이걸 문제삼는다면 100파운드가 될 겁니다."

"축하드립니다."라고 저는 말했습니다.

"감사합니다."라고 그가 말했습니다. "범인을 잡아서, 저도 역시 축하드린다고 말씀드릴 수 있을 때는 언제입니까?"

"언제든 그렇게 하십시오."라고 제가 말했습니다. "범인은 이미 잡았으니까요."

"생각했던 대로군요. 제가 밥상을 차려놓으니 당신이 껴들어서 모든 공로를 독차지한 거로군요. 범인은 물론 제이 씨겠지요?"

"아니요."

"그럼 누구죠?"

"야트만 부인에게 물어보세요."라고 저는 말했습니다. "당신에게 이야기를 하려 기다리고 있으니까요."

"그렇게 하죠. 저 역시도 당신에게 듣는 것보다는 그 아름다운 부인에게 듣는 편이 훨씬 더 유쾌하니까요."라고 말한 뒤, 그는 서둘러 집 안으로 들어갔습니다.

여기에 대해서는 어떻게 생각하십니까? 샤핀 씨를 대신하실 생각이 있으십니까? 저는 절대로 사양하겠습니다!

테이크스톤 경감이 매튜 샤핀 씨에게

7월 12일

샤핀 씨.

추후에 통지가 있을 때까지 청에 나오지 않으셔도 된다는 말씀, 벌머 경사로부터 이미 들으셨으리라 생각합니다. 여기서 저의 직권으로, 귀하가 형사과의 일원으로 근무하는 것을 분명히 거절하겠습니다. 이 편지가 본청으로부터의 정식 해고통지를 대신하는 것이라고 생각해주시기 바랍니다.

개인적으로 말씀드리겠는데 해고했다고 해서 귀하의 인격에 어두운 그림자를 드리울 뜻은 없습니다. 단지 귀하께서 저희 직업에 적합할 만큼 영리하지 않다는 사실을 의미하는 것일 뿐입니다. 만약 저희 과에 신규채용이 필요하다면, 저희는 비교도 할 수 없을 만큼 야트만 부인이 더 적임자라고 생각할 것입니다.

당신의 충실한 종, 프랜시스 테이크스톤

앞의 왕복서신에 관해 테이크스톤 씨가 덧붙인 말

앞선 왕복 문서의 마지막 1통에 대해서 본관은 어떤 중요한 설명을 덧붙일 입장이 아니다. 매튜 샤핀 씨는 벌머 경사와 밖에서 만난 지 5분 뒤에 러더퍼드 가의 그 집에서 나왔다는 사실이 밝혀졌다. 태도는 공포와 경악의 표정을 그대로 드러내고 있었으며, 왼쪽 뺨에 여성의 손바닥에 의한 것이라 여겨지는 선명한 붉은 반점이 남아 있었다. 그리고 야트만 부인에 대해서 매우 심한 험담을 하는 것을 점원이 들었으며, 거리의 모퉁이를 돌아설 때 앙심을 품고 주먹을 굳게 쥔 모습이 목격되었다. 그 이후 그의 소식은 알 수 없다. 아마 지방 경찰에라도 그 귀중한 근무태도를 팔아볼 생각으로 런던을 떠난 것이라 여겨진다.

야트만 씨 부부의 흥미로운 가정문제에 대해서는 더 이상 알려진 것이 없다. 그러나 야트만 씨가 의류점에서 돌아간 날 주치의가 급히 불려왔다는 사실이 확인되었다. 그로부터 얼마 지나지 않아 근처 약국에서는 야트만 부인을 위해 진정제를 처방했다. 그 이튿날 같은 약국에서 야트만 씨가 각성제를 샀으며, 또 그 이후에는 순회도서관에 나타나 여성 병자에게 위로가 될 만한, 상류생활을 묘사한 소설을 빌려갔다. 이러한 사정들로 추측해볼 때, 그는 이혼이라는 으름장을 실행에 옮기는 것은 바람직하지 않다고 생각하고 있는 듯하다. 적어도 부인의 과민한 신경조직이 지금과 같은 상태(이는 가설이다)에 있는 한은.

보헤미아의 스캔들

.

아서 코난 도일(Arthur Conan Doyle)

영국 에든버러에서 태어났다. 대학 졸업 후 선박에서의 의사 경험을 거쳐 포츠머스에서 개업했으나 환자가 없어 소설을 쓰기 시작했다. 1891년 런던에서 다시 개업했지만 역시 성공하지 못했기에 작품에 전념하기로 결심하고 1892년에 『셜록 홈즈의 모험』과 『셜록 홈즈의 회상』(1894) 등 홈즈 시리즈 단편을 차례차례로 발표하여 추리소설의 장르를 확립했다. 냉정하고 날카로운 홈즈와 온후한 왓슨이 여러 사건에 도전하는 이 시리즈는 60여 편에 이른다. 1902년, 보어 전쟁에서 의사로 활약했으며, 영국의 참전을 정당화하는 등의 업적으로 기사 작위에 서임되었다. 제1차 세계대전에서 아들을 잃은 후 심령현상에 관심을 보였다.

1

세상 사람들에게는 정체불명의 수상한 여인으로 알려져 있는 아이린 애들러. 셜록 홈즈는 그녀를 언제나 '그 여성'이라고만 불렀다. 애들러나 아이린 등의 다른 이름으로 부르는 것을 단 한 번도 들은 적이 없었다. 홈즈가 보기에 애들러 앞에서 다른 모든 여성들은 빛을 잃어버리고 마는 듯하다.

그렇다고 해서 홈즈가 애들러에게 연애감정을 품고 있는 것은 아니다. 인간의 모든 감정, 특히 연애감정은 홈즈에게 방해가 될 뿐이다. 냉정하고 완벽하게 균형 잡힌 마음을 가진 그는 그런 감정을 받아들일 수 없는 것이다.

내가 보기에 홈즈는 전례를 찾아볼 수 없을 정도로 완벽한 추리와 관찰의 기계였다. 하지만 연애에 관해서는 완전히 문외한이었다. 그런 다정하고 달콤한 기분에 대해서는 진지하게 얘기한 적이 한 번도 없었다. 반드시 비아냥거림과 비웃음을 섞어서 얘기하곤 했다. 옆에서 보기에 그런 다정한 감정은 매우 기분 좋은 것이다. 사람의 행동이나 동기를 있는 그대로 보여주니 말이다.

하지만 그것도 훈련된 추리가에게는 방해가 될 뿐이다. 복잡하고 섬세하게 조절되고 있는 마음에 그런 감정이 스며들면 혼란이 일어나 정확하게 움직일 수 없게 된다. 그것은 정밀한 기계에 모래 알갱이가 들어가거나, 성능 좋은 돋보기에 금이 간 것보다 훨씬 더 커다란 일이었다.

그런 홈즈에게도 특별한 여성이라는 것이 존재했다. 그녀가 바로 지금 이야기한 아이린 애들러로, '그 여성'이 바로 그녀를 가리키는 말이었다.

지금부터 그 아이린 애들러와 홈즈의 만남에 대해서 이야기하려 한다.

그 무렵 나는 홈즈를 만날 기회가 그리 많지 않았다. 나의 결혼으로 둘 사이가 멀어졌기 때문이었다. 나는 결혼이 가져다주는 행복감과 처음으로 일가의 가장이 되었기에 가정을 둘러싸고 일어나는 여러 가지 일들에 마음을 빼앗겼다.

하지만 홈즈는 자유분방한 성격으로 세상과의 귀찮은 관계를 싫어했기 때문에 변함없이 베이커 가(街)의 집에서 낡은 책들 속에 파묻혀 있었다. 사건이 없을 때는 집 안에 들어앉아 무료함을 달래기 위해서 코카인을 주사하고 몽롱함에 빠져 있었다. 그러다 일단 사건이 일어나면 무서운 기세로 조사에 착수했다. 그런 날들의 반복이었다. 그리고 여전히 범죄 연구에 몰두했다. 뛰어난 추리력과 놀랄 만한 관찰력으로 단서를 쫓았으며, 경찰이 포기하고 있던 사건의 수수께끼를 풀어냈다.

나도 때때로 홈즈의 활약에 대한 소식을 들을 수 있었다. 트레포프 살인사건 때문에 러시아의 오데사라는 곳으로 초대를 받아 갔다는 이야기. 실론 섬의 트링코말리에서 앳킨슨 형제가 일으킨 무시무시하고 기괴한 사건을 해결했다는 이야기. 네덜란드 왕실에서 부탁한 일을 멋지게 해결했다는 이야기도 들은 적이 있었다.

하지만 이렇게 홈즈가 대활약을 펼쳤다는 이야기는 신문을 읽은 사람이라면 누구나 알고 있는 사실로 오랫동안 그를 만나지 못했기에 나 역시 그 이상의 일에 대해서는 알 수가 없었다.

그렇게 오랫동안 홈즈를 만나지 못하다가 1888년 3월 20일에 다시 그를 만날 수 있었다. 다시 개인병원을 운영하기 시작한 나는 왕진을 나갔다가 집으로 돌아오는 길에 우연히 베이커 가를 지나게 되었다. 그리운 하숙집의 문을 보자, 그 무시무시했던 '진홍빛에 관한 연구' 사건에 대한 일과 아내에게 청혼했던 일들이 떠올라 더 이상 치밀어 오르는 감정을 억누를 수 없었다. 홈즈를 만나 요즘에는 그 천재적인 재능을 어떤 식으로 사용하고 있는지 묻고 싶어서 견딜 수가 없었다.

2층을 올려다보니 등불이 환하게 밝혀져 있었다. 커다란 홈즈의 그림자가 창가에 두 번 비쳤다. 고개를 숙이고 손을 뒤로 돌려 잡은 채 방 안을 돌아다니고 있었다. 또 사건을 맡은 것이다. 코카인이 가져다주는 황홀경에서 깨어나 새로운 일에 열중하고 있는 것이다. 이윽고 현관의 벨을 눌러 전에 홈즈와 둘이서 살았던 방 안으로 들어갔다.

홈즈의 태도는 쌀쌀맞았으며, 변변한 인사 한마디 건네지 않았다. 하지만 그것은 평소와 다를 바 없는 태도로 그는 좀처럼 기분을 드러내 보이지 않았다. 내가 찾아왔다는 사실을 마음속으로는 기뻐하고 있다는 것을 나는 알 수 있었다. 홈즈는 부드러운 눈빛으로 안락의자에 앉으라고 손짓했다. 그리고 담뱃갑을 던져주더니 술이 담긴 통과 소다수의 기구가 있는 곳도 손가락으로 가리켰다.

그런 다음, 난롯불 앞에 서서 무언가 생각에 잠긴 표정으로 나를 뚫어져라 쳐다보았다.

홈즈가 입을 열었다.

"자네, 결혼생활이 만족스러운 모양이군. 전에 우리가 만났을 때보다 7파운드 반(1파운드는 약 454g) 정도 몸무게가 늘었지?"

"7파운드야!"

내가 대답했다.

"그런가? 조금 더 생각한 뒤에 얘기할 걸 그랬군. 아주 조금 더. 그런데 다시 병원을 시작했나보군. 그럴 생각이라는 얘기는 들은 적이 없는데."

"그럼 어떻게 알아낸 거지?"

"추리해낸 거지. 그뿐만 아니라 자네가 얼마 전에 내린

비에 흠뻑 젖었었다는 사실, 자네 집에 아주 조심성 없고 야무지지 못한 가정부가 있다는 사실도 알고 있다네. 어떤가?"

"홈즈, 자네에게는 정말 당해낼 수가 없군. 만약 자네가 몇 백 년 전에 태어났다면 자네는 틀림없이 마법사라는 이름으로 화형에 처해졌을 거야.

그렇다네, 틀림없이 지난 목요일에 시골길을 걷다가 비에 흠뻑 젖어서 집으로 돌아갔지. 하지만 옷을 갈아입었는데 어떻게 그런 추리를 할 수 있었는지 도저히 알 수가 없군.

가정부인 메리 제인에게는 두 손 다 들었어. 아내조차도 견디지 못하고 결국에는 본인에게 해고한다고 통보했다네. 그런데 그 사실은 또 어떻게 알아냈는지 정말 신기할 따름일세."

홈즈는 혼자 껄껄 웃더니 두 손을 비벼댔다. 길고 가느다란 손가락이 매우 섬세하게 보였다.

"아주 간단한 일이지. 우선 자네 왼쪽 구두의 안쪽을 보게나. 바로 난롯불이 비치는 부분을 말이야. 그곳 가죽에 여섯 개의 긴 흠집이 나란히 나 있는 게 보이지? 그건 구두 바닥 옆에 묻었던 진흙을 털어내려다 누군가 조심성 없는 사람이 만들어낸 흠집일세. 금방 알아볼 수 있지.

바로 거기서 두 가지 사실을 추리해낼 수 있어. 하나는, 날씨가 아주 궂은 날에 자네가 밖에 있었다는 사실. 또 다른 하나는, 구두에 흠집을 낼 정도로 조심성 없는 런던 가정부의 표본 같은 사람이 자네 집에 있다는 사실. 그리고 자네가 다시 의사를 시작했다는 것도 아주 간단히 알 수 있었어. 요오드포름 냄새를 풍기고 있고, 오른쪽 검지에는 초산 때문에 검은 얼룩이 생기지 않았나? 게다가 '여기에 청진기가 있습니다.'라고 말하듯 실크해트의 한쪽 끝부분이 불룩하게 부풀어 올랐고. 그런 신사가 방 안으로 들어왔네. 개인병원을 차린 의사라는 사실을 꿰뚫어보지 못한다면 내가 얼마나 머리가 나쁜 사람이란 말인가?"

홈즈의 추리가 너무나도 간단했기에 나도 모르게 웃으며 이렇게 말했다.

"자네의 설명을 듣고 있으면 언제나 너무 간단해서 그 정도는 나도 식은 죽 먹기로 해낼 수 있을 것 같다는 생각이 들어. 그런데 막상 해보면 전혀 감도 못 잡겠어. 자네에게 하나하나 추리과정에 대한 설명을 듣기 전까지는 영문을 모르겠다니까. 내 눈도 자네에게 지지 않을 만큼 좋은데 말이야."

"당연하지."

이렇게 대답한 홈즈가 궐련에 불을 붙인 뒤, 안락의자에 털썩 주저앉으며 말을 이었다.

"자네는 사물을 보고 있기는 하지만 관찰은 하고 있지 않아. 사물을 본다는 것과 관찰한다는 것은 전혀 다른 성질의 일이야. 가령, 자네 현관에서 이 방으로 오르는 계단은 수도 없이 봐왔겠지?"

"물론 수도 없이 봐왔지."

"몇 번 정도?"

"글쎄, 몇 백 번 정도 되지 않을까?"

"그럼 계단이 몇 개인지 알고 있나?"

"몇 개냐고? 모르겠는데."

"그렇겠지. 관찰하지 않았기 때문일세. 보고 있기는 하지만 말이야. 내가 하고 싶은 말도 바로 그걸세. 난 정확히 알고 있어. 열일곱 개. 나는 눈으로 봄과 동시에 관찰하고 있기 때문에 알고 있는 거야. 그건 그렇고, 자네는 내가 맡은 사건에 흥미를 갖고 있고 그중 몇몇 사건은 기록으로 남겼을 정도니 이번 사건도 틀림없이 재미있을 거라고 생각할 걸세."

홈즈가 책상 위에 펼쳐두었던, 분홍빛이 도는 두꺼운 종이로 만들어진 편지지 한 장을 내게 던져주었다.

"조금 전에 막 배달된 걸세. 소리 내서 읽어봐 주겠나?"

그 편지에는, 날짜는 물론 보낸 사람의 주소와 이름조차도 적혀 있지 않았다. 편지에는 다음과 같은 내용이 적혀 있었다.

〈오늘 밤 7시 45분에 매우 중요한 문제로 상의 드릴 것이 있어 어떤 사람이 선생님을 찾아뵐 것입니다. 얼마 전 선생님께서 유럽의 한 왕가를 위해서 하신 일을 보면 이번 사건도 안심하고 맡길 수 있는 분이라는 사실을 알 수 있습니다. 그 점에 대해서는 여러 방면의 사람들로부터 말씀을 들었습니다. 제발 위의 시간에 댁에 계시기를, 그리고 찾아뵙는 사람이 복면을 하고 있어도 이해해주시기를 바랍니다.〉

　"정말 이상한 편지로군. 대체 뭣 때문에 이러는 것 같나? 홈즈."

　"아직 아무런 자료도 없네. 자료가 없는데 이론을 세우려 드는 것은 커다란 잘못이지. 그렇게 하면 말이지, 사실에 맞는 설명을 찾아내는 대신 미리 만들어둔 설명에 맞도록 사실을 왜곡하게 된다네. 지금은 우선 이 편지에 대해서만 생각하기로 하세. 이 편지를 통해서 어떤 추측이 가능하겠나?"

　나는 편지의 필적과 종이의 질에 대해서 유심히 관찰했다.

　"이 편지를 쓴 사람은 상당한 부자일 걸세. 왜냐하면 이렇게 질이 좋은 종이라면 한 다발에 반 크라운 이하로는 살 수 없을 테니까. 빳빳하고 딱딱한 게 조금은 특이한 종이로군."

　나는 홈즈가 쓰는 방법을 따라해보려 했다.

　"특이하다는 말은 정확한 것 같군. 영국에서 만든 종이가 아니야. 불에 비춰보게나."

　홈즈의 말대로 해보니 알파벳이 새겨져 있는 게 눈에 들어왔다. 대문자 E와 소문자 g가 한 묶음으로 적혀 있었고 대문자 P, 그리고 대문자 G와 소문자 t가 한 묶음으로 적혀 있었다.

　"무슨 뜻일 것 같나?"

홈즈가 내게 물었다.

"종이를 마는 사람의 이름, 아니 이니셜이겠지."

"아닐세. Gt라는 건 독일어 '게젤샤프트(Gesellschaft)'
의 약자로 회사를 뜻하는 말일세. 영어의 Co와 같은 것이지.
그리고 P는 독일어의 종이(Papier)를 나타내는 것이고. 남은
건 Eg인데 이건 틀림없이 지명일 거야. 대륙지명사전을 한번
찾아보세."

홈즈가 책장에서 갈색의 두꺼운 책을 꺼내왔다.

"이글로(Eglow), 이글로니츠(Eglonitz)……. 아, 이거야.
이그리아(Egria)의 약자였어. 여기는 보헤미아 지역 중에서
도 독일어가 사용되고 있는 지방 도시로 칼스배드와 가까운
곳이지. 사전에는 이렇게 적혀 있네.

〈보헤미아 출신의 오스트리아 장군이었던 발렌시타인이
죽은 곳으로 유명하다. 또한 유리공장과 종이공장이 많은 곳
으로 알려져 있다.〉

하하! 어떤가? 이를 통해서 무엇을 알 수 있겠나?"

홈즈가 승리감에 눈을 반짝이며 파란 담배연기를 뿜어 올
렸다.

"이건 보헤미아에서 만든 종이로군."

내가 말했다.

"그렇다네. 그리고 이 편지를 쓴 사람은 독일인이야. 문장
에 어색한 곳이 있었지? 영어라면 동사가 먼저 와야 하는데
깜빡 하고 문장의 가장 끝에 가져다 놓았네. 프랑스 사람이나

러시아 사람도 이렇게는 쓰지 않아. 그러니까 이제 이 보헤미아에서 만들어진 편지지를 사용한 사람, 얼굴을 보이고 싶지 않아 복면을 하고 올 독일인이 대체 어떻게 해주기를 바라는 걸까 하는 문제만 남은 셈일세.

이런, 우리가 이야기를 나누고 있는 사이에 벌써 주인공이 나타난 듯하군. 이로써 우리의 의문도 시원하게 풀릴 것 같네."

그 순간 높이 울리는 말 발굽소리와 보도 가장자리에 수레바퀴가 닿아 긁히는 소리가 밖에서 들려왔다. 뒤이어 벨을 세차게 울리는 소리가 들려왔다. 홈즈가 휘파람을 한번 불었다.

"소리로 봐서 마차는 쌍두마차로군."

그리고는 창밖을 내다보며 말을 이었다.

"아, 역시 내 말대로야. 멋진 브룸 형 사륜마차에 말들도 훌륭해. 한 마리에 150기니는 하겠는걸. 이번 사건, 내용은 어떨지 몰라도 돈은 클 거 같네, 왓슨."

"홈즈, 나는 그만 가보는 게 좋겠지?"

"아니, 그럴 리가 있겠나? 거기 있어주게. 유명한 존슨 박사[3] 곁에 그의 전기를 써준 보스웰이 있었던 것처럼 내 옆에는 자네가 있어주지 않으면 도무지 힘이 나질 않아. 그리고 이번 사건은 틀림없이 재미있을 거야. 놓치면 후회할 걸세."

---

3) 영국의 문학자. 1709~1784.

"하지만 의뢰인이……."

"걱정할 거 없네. 내게는 자네의 도움이 필요하고, 그건 곧 의뢰인에게도 자네가 필요하다는 얘기가 되니까. 자, 왔네. 저 의자에 앉아서 가능한 한 주의해서 살펴보길 바라네."

무겁고 느린 발걸음소리로, 손님이 계단을 올라 복도를 걸어오고 있다는 사실을 알 수 있었다. 문 앞에서 잠깐 멈춰 서더니 쿵쿵 하는 아주 커다란 소리로 문을 두드렸다.

"들어오세요!"

홈즈가 말했다.

키가 6피트 6인치(약 2m)는 충분히 되고도 남을 만한 거구의 사내가 방 안으로 들어섰다. 영웅 헤라클레스처럼 다부지고 늠름해 보이는 몸이었다. 사치스럽고 화려한 옷을 입고 있었는데, 영국에서라면 악취미라는 말을 들을 만한 차림이었다.

우선 소매단과 목깃에 폭이 넓은 아스트라한 가죽을 댄 더블코트. 그리고 안쪽에 불타는 듯 새빨간 비단을 댄 짙푸른 망토. 목 앞쪽에는 번쩍번쩍 빛나는 녹주석 브로치. 거기다 장딴지의 중간 부분까지 오는 부츠 안쪽으로는 푹신푹신한 모피가 보였다. 머리끝에서 부터 발끝까지 요란스러운 사치, 그 자체라는 느낌을 주었다.

챙이 넓은 모자를 손에 들고 있었으며, 얼굴 윗부분이 가려지는 검은 복면을 두르고 있었다. 그 복면을 잘 둘렀는지 지금 막 확인한 듯했다. 왜냐하면 방에 들어선 순간 그의 손이 아직도 얼굴 부분에 있었기 때문이었다. 복면에 싸이지 않은 얼굴 밑 부분을 보니, 두꺼운 입술이 처져 있었으며 턱은 곧고 길었다. 틀림없이 고집스러울 정도로 의지가 강한 사람일 것이다.

"편지는 받아 보셨겠죠? 이곳으로 찾아뵙겠다고 적혀 있었을 겁니다."

남자가 굵고 갈라지는 목소리로 물었다. 독일어 억양이 매우 심했다.

의뢰인은 우리 두 사람을 번갈아가며 바라보았다. 누구에게 이야기해야 좋을지 당황스러운 모양이었다.

"앉으세요."

홈즈가 입을 열었다.

"여기는 내 친구인 왓슨 박사예요. 종종 사건 해결을 도와주는 파트너이기도 하죠. 그런데 당신은 어떤 분이신가요?"

"폰 크람 백작이라 불러주시기 바랍니다. 보헤미아의 귀족입니다. 당신 친구 분은 더할 나위 없이 중요한 문제를 밝혀도 상관이 없을 정도로 분별력 있는 훌륭한 신사시겠죠? 아니라면 선생님하고만 이야기하고 싶습니다만."

나는 자리에서 일어나 밖으로 나가려 했다. 그런데 홈즈가 내 손목을 잡고 의자 쪽으로 당기면서 이렇게 말했다.

"둘이서 들을 수 없다면 말씀은 아예 듣지 않겠습니다. 내게 이야기하실 내용이라면 전부를 이 신사에게 들려줘도 상관없습니다."

백작이 넓은 어깨를 들썩였다.

"그렇다면 말씀드리기 전에 두 분 모두 약속해주셨으면
합니다. 이 일을 앞으로 2년 동안은 절대 다른 사람에게 말하
지 않겠다고. 2년 후에는 전혀 문제될 것이 없습니다. 하지만
지금은 유럽 전체가 발칵 뒤집힌다고 말해도 결코 과장된
표현이 아닐 만큼 커다란 문제입니다."

"약속하지요."

홈즈가 말했다.

"저도 약속하겠습니다."

나도 말했다.

"그리고 이 복면에 대해서도 용서를 해주셨으면 합니다.
제게 이 일을 맡긴 어떤 지위 높은 분이 얼굴을 감추라고
하셨기 때문에 복면을 했습니다. 그리고 조금 전에 말씀드렸
던 이름도 사실은 본명이 아닙니다."

이상한 손님이 말했다.

"그건 나도 눈치 채고 있었습니다."

홈즈가 무뚝뚝하게 말했다.

"매우 복잡하고 미묘한 사정이 있어서 그러는 겁니다. 이
사건이 세상에 알려지면 한 유럽 왕실의 명예가 실추될 것입
니다. 가능한 모든 예방책을 동원해서 그런 일이 일어나지
않도록 막고 싶습니다. 정확하게 말씀드리자면 보헤미아 왕
국의 유서 깊은 왕실, 올므슈타인 가에 얽힌 문제입니다."

"그것도 알고 있었습니다."

중얼거리듯 이렇게 말한 홈즈는 안락의자에 몸을 깊숙이 묻으며 눈을 감았다.

축 늘어진 홈즈의 단정치 못한 모습을 보고 손님은 어이가 없는 모양이었다. 정력적이고 유럽에서 가장 날카로운 추리력을 가진 사립탐정이라는 소개를 받고 홈즈를 찾아왔음에 틀림없었다.

천천히 눈을 뜬 홈즈가 거구의 손님을 답답하다는 듯이 바라보며 말했다.

"폐하께서 자신의 사건임을 인정하시고 말씀해주신다면 나는 더 큰 힘이 되어드릴 수 있습니다."

깜짝 놀란 손님은 의자에서 벌떡 일어나 마음에 커다란 동요가 인 듯 빠른 걸음으로 방 안을 왔다갔다 했다. 그러다 이제 포기했다는 듯 얼굴의 복면을 거칠게 벗어 바닥에 내동댕이치며 외쳤다.

"그렇소! 바로 내가 보헤미아의 왕이오. 대체 왜 그 사실을 숨기려 했던 거지?"

"글쎄, 왜 그러셨을까요? 나는 폐하가 방으로 들어와 말을 꺼내기도 전부터 보헤미아의 국왕이신 카셀파르슈타인 대공, 빌헬름 고츠라이히 시기스몬 드 폰 올므슈타인 폐하라는 사실을 알고 있었습니다."

홈즈가 조용히 말했다.

이상한 손님은 그제야 의자로 돌아가 앉더니 하얗게 튀어나온 이마로 손을 가져갔다.

"하지만 이해할 수 있겠지? 나는 스스로 이런 일을 처리하는 데 익숙하지가 않아. 그렇다고 다른 사람에게 모든 사실을 털어놓고 문제를 해결해달라고 하면, 약점을 잡혀 나중에 문제가 될지도 모르고. 그만큼 중대한 문제일세. 그래서 자네와 직접 상의를 하려고 프라하에서 여기까지 몰래 찾아온 것일세."

"이제, 그 얘기를 들려주세요."

이렇게 말한 홈즈는 다시 눈을 감았다.

"간단히 말하자면 이렇게 된 걸세. 지금으로부터 5년쯤 전, 바르샤바에 한동안 머물렀던 적이 있었지. 그때 아이린 애들러라는 한 강열한 여인을 알게 되었네. 유명한 여자이니 자네도 이름을 들은 적이 있을지 모르겠군."

"왓슨, 미안하지만 내 색인에서 좀 찾아봐주지 않겠나?"

홈즈가 눈을 감은 채 중얼거리듯 말했다.

색인이란 여러 인물이나 사건에 대한 요점을 적어 정리해둔 메모를 말하는 것이다. 홈즈가 오랜 세월에 걸쳐서 만들어 온 것으로 어떤 인물이나 문제든 이것만 찾으면 바로 조사를 할 수 있었다. 그때도 아이린 애들러의 경력을 바로 찾아낼 수 있었다. 그것은 유대 랍비에 관한 항목과 심해어에 대한 논문을 쓴 해군 중령에 관한 항목 사이에 있었다.

"잠깐 보여주게나."

이렇게 말한 홈즈가 색인을 읽기 시작했다.

"흠, 1858년, 미국 뉴저지 출생. 콘트랄토(여성 최저음)

가수. 스칼라 극장 출연…… 음! 바르샤바 왕실 오페라의 프리마돈나…… 굉장하군! 후에 오페라 무대에서 떠나 지금은 런던에서 살고 있음. 그랬군. 폐하, 이 젊은 여성과 알게 되어 후에 문제가 될 만한 편지를 보내셨군요. 그래서 그걸 되찾고 싶으신 거죠?"

"정확히 맞혔네. 그걸 어떻게……"

"그 여자와 비밀리에 결혼하셨나요?"

"아닐세."

"법률적으로 문제가 될 만한 서류를 건넨 적이 있었나요?"

"없었네."

"그렇다면 폐하의 마음을 알 수가 없군요. 이 여자가 협박할 목적으로 폐하의 편지를 사용한다 하더라도 그것이 정말 폐하가 보낸 편지라는 증거는 어디에도 없지 않습니까?"

"필체가 증거가 될 걸세."

"설마! 필체는 위조할 수 있습니다."

"내 전용 편지지를 사용했네."

"훔칠 수 있습니다."

"내 봉인이 찍혀 있어."

"그것도 위조할 수 있습니다."

"내 사진도 가지고 있네."

"사진은 돈을 주고 살 수도 있습니다."

"아니, 두 사람이 같이 찍은 거야."

"이런, 그건 문제가 됩니다. 폐하, 왜 그런 경솔한 행동을 하셨습니까?"

"내가 제정신이 아니었네."

"정말 큰 실수를 하셨군요."

"당시 나는 황태자였어. 아직 어렸지. 이제 겨우 서른이 됐으니 말일세."

"그건 무슨 일이 있어도 찾아야 합니다."

"나도 시도해봤지만 전부 실패했다네."

"돈을 주는 겁니다. 사들이세요."

"그 여자가 팔려 하질 않네."

"그럼 훔치는 건 어떻겠습니까?"

"벌써 다섯 번이나 시도해봤네. 두 번, 도둑을 고용해서 애들러의 집을 샅샅이 뒤지게 했고, 여행 중에 짐을 빼앗아 조사해보게도 했다네. 길목을 지키고 있다 그녀를 덮친 적도 두 번이나 있었지. 하지만 모두 실패로 돌아갔고 사진은 아직도 찾지 못했네."

"흔적도 없이 사라졌단 말입니까?"

"감쪽같이 사라졌다네."

"조금 재미있는 문제로군요."

홈즈가 웃으며 말했다.

"하지만 내게는 웃을 일이 아니야."

"정말 그렇습니다. 그 여자, 사진으로 무슨 짓을 할 생각일까요?"

"나를 파멸시키려 하고 있어."

"어떻게?"

"나는 곧 결혼을 할 걸세."

"그 얘기는 이미 들었습니다."

"상대는 스칸디나비아 국왕의 둘째 딸인 크로틸드 로스만 폰 살세 메닌겐 공주일세.

그쪽 왕가의 가풍이 엄격하다는 건 자네도 들어서 알고 있겠지? 공주도 성격이 매우 예민한 사람이라네. 내 행적에 조금이라도 이상한 점이 있으면 이 혼담은 바로 깨지고 말거야."

"애들러가 뭐라고 했습니까?"

"그 사진을 저쪽 왕가에 보내겠다더군. 그 여자라면 정말로 보낼 걸세. 보내고도 남을 여자지. 자네는 모르겠지만 애들러는 강철 같이 강한 마음을 가진 여자일세. 매우 아름다운 여성의 얼굴을 가지고 있지만 마음은 어떤 남자에게도 지지 않을 만큼 강하네. 내가 다른 여자와 약혼하면 무슨 짓을 해서라도 깨트리려 할 거야."

"공주에게 아직 사진을 보내지 않은 게 확실합니까?"

"확실하네."

"어떻게 아십니까?"

"약혼을 발표하는 날 저쪽으로 보내겠다고 했네. 발표는 다음 월요일에 하기로 했지."

홈즈가 하품 섞인 목소리로 말했다.

"아, 그럼 아직 3일간의 여유가 있군요. 아주 잘됐습니다.

안 그래도 바로 조사해두고 싶었던 중요한 일이 한두 가지 있었는데. 폐하, 당분간은 런던에 계시겠지요?"

"당연히 그래야지. 폰 크람 백작이라는 이름으로 랭험 호텔에서 묵고 있네."

"그럼 조사상황을 메모해서 보내드리도록 하겠습니다."

"그렇게 좀 해주게. 걱정이 돼서 견딜 수가 없으니."

"그리고 사진을 찾는 데 드는 비용은?"

"전부 자네에게 맡기겠네."

"모든 것을?"

"그 사진을 찾을 수만 있다면 내 왕국의 한 지방을 떼어주 어도 좋다고 생각하고 있을 정도라네."

"당장 일에 착수하는 데 드는 돈은?"

왕이 망토 밑에서 새미가죽으로 된 묵직해 보이는 주머니를 꺼내 테이블 위에 올려놓았다.

"금화 300파운드와 지폐 700파운드가 들어 있네."

홈즈는 수첩을 한 장 찢어내 영수증을 써서 왕에게 건네주었다.

"그렇다면 그 여자의 주소는?"

홈즈가 물었다.

"세인트 존스 우드의 서펜타인 대로에 있는 브라이오니 저택."

홈즈가 주소를 받아 적었다.

"한 가지만 더 여쭙겠습니다. 사진은 카비네판입니까?"

"그렇소."

"그럼 폐하, 이만 돌아가셔서 편안히 주무십시오. 곧 좋은 소식을 보낼 수 있을 겁니다. 그리고 왓슨, 자네도 잘 가게 나."

왕의 마차가 거리를 달리기 시작했다. 그 마차소리를 들으며 홈즈가 말했다.

"내일 오후 3시에 여기로 와줬으면 고맙겠네. 이 조그만 문제에 대해서 자네와 이야기를 나누고 싶거든."

2

다음 날 오후, 정각 3시에 나는 베이커 가의 집에 있었다. 하지만 홈즈는 외출에서 아직 돌아오지 않았다. 여주인의 말에 의하면 홈즈는 아침 8시 조금 지나서 집을 나섰다는 것이었다.

나는 난로 옆에 앉았다. 홈즈가 몇 시에 돌아오든 기다릴 생각이었다. 나는 이미 이 사건에 관한 홈즈의 조사에 깊은 관심을 갖게 되었다. 전에 두 가지 범죄사건에 대해서 기록을 한 적이 있었는데 이번 사건에 그들 사건에 서려 있던 것과 같은 섬뜩하고 기묘한 부분은 없었다.

하지만 사건 자체가 재미있을 뿐만 아니라, 의뢰인의 신분이 아주 높다는 사실만으로도 그리 흔히 볼 수 있는 사건은 아니었다. 그리고 내가 관심을 갖게 된 것은 홈즈가 손을 댄 사건이 단순히 재미있기만 해서가 아니었다. 홈즈가 사건의 정세를 완벽하게 파악하고 정확하게 추리해 나가는 모습을 보는 것은 멋진 구경거리가 아닐 수 없었다. 그가 일하는 법을 연구하고, 어려운 문제를 신속하고 명쾌하게 풀어가는 방법을 따라 가보고 싶어서 견딜 수 없이 되어버린 것이다.

나는 언제나 홈즈가 일에 성공하는 모습만을 봐왔다. 그랬기에 설마 그가 실패하리라고는 꿈에도 생각지 못했었다.

4시 가까이 돼서 문이 열리더니 술에 취한 마부가 방 안으로 들어왔다. 머리카락은 엉망으로 헝클어져 있었으며, 수염이 덥수룩한 얼굴은 새빨갛고, 옷은 너덜너덜 초라하기 짝이 없는 모습이었다. 홈즈의 뛰어난 변장 실력에는 이미 적응을 했다고 생각했는데, 이 꾀죄죄한 마부를 세 번이나 거듭 들여다보고 나서야 그가 홈즈라는 사실을 알 수 있었다.

홈즈는 내게 고개를 끄덕이고 침실로 들어갔다가 5분쯤 뒤에 나왔다. 평소와 다름없이 트위드로 만든 신사복을 입은 말쑥한 차림이었다. 그리고 두 손을 주머니에 넣은 채 난로 앞으로 두 다리를 길게 뻗더니 우스워서 견딜 수 없다는 듯 웃음을 터뜨렸다.

"아, 정말!"

이렇게 외친 홈즈는 다시 웃음을 터뜨리더니 결국에는 의자 위에서 몸을 축 늘어뜨리고 말았다.

"왜 그래?"

"얘기가 정말 재미있게 돌아가네. 내가 오전 중에 무슨 일을 했는지 자네는 모르겠지? 특히 마지막에 무슨 일을 했는지는."

　"알 수 없지. 하지만 틀림없이 아이린 애들러의 평소 습관이나 살고 있는 집 등에 대해서 살피고 왔겠지."

　"정확히 맞혔네. 그런데 정말 재미있는 건 그 다음이었지. 들어보게나. 8시 조금 넘어서 실직 중인 마부로 변장하고 여기서 나갔다네. 말을 다루는 사람들은 상대방을 생각하는 마음이나 동료의식이 놀랄 만큼 강하다네. 그러니까 그런 사람들 사이에 들어가면 알고 싶은 건 무엇이든 알 수가 있어.

　나는 바로 브라이오니 저택으로 갔어. 한적하고 세련된 건물이었네. 뒤쪽에 정원이 있고, 정면은 바로 도로와 면해 있어. 2층 건물이고, 안으로 들어서는 문에는 처브 자물쇠가 달려 있더군. 현관 오른쪽은 멋진 장식으로 꾸민 커다란 거실일세. 바닥까지 닿을 듯한 커다란 창이 달려 있지. 그 창에는 어린애라도 열 수 있을 것 같이 아주 간단한 영국식 자물쇠가 달려 있었고, 건물 뒤쪽에는 이렇다 할 특별한 점이 없었네. 마차를 넣어두는 창고의 지붕에서 바로 손이 닿을 만한 곳에 복도의 창이 있다는 점 외에는.

　나는 집 주위를 돌며 다양한 각도에서 자세히 조사했지. 하지만 그 외에 특별히 눈에 띄는 점은 없었다네. 그런 다음 길을 따라 돌아다녀보니 생각했던 대로 뒤뜰 담을 따라서 난 좁다란 길에 마구간이 있었다네. 마부가 말을 돌보고 있기에 그를 잠깐 도와줬다네. 그에 대한 보답으로 2펜스와 혼합 맥주 한 잔, 그리고 파이프에 셔그 담배(독한 살담배)를 두 번 넣어주더군.

거기다 덤으로 아이린 애들러에 대해서 내가 알고 싶어하던 정보를 전부 알려주었다네. 그 정보를 얻기 위해서 아무런 흥미도 없는, 동네 사람들에 대한 얘기를 5, 6분 정도 들어야 하기는 했지만.”

“그래, 아이린 애들러에 대한 어떤 정보를 얻었지?”

“그게 말일세, 그 동네 남자들 전부 애들러 때문에 제정신이 아닌 것 같더군. 서펜타인 대로의 마부들은 모두 입을 모아 그녀가 이 세상에서 가장 아름다운 여자라고 말하더라고.

애들러는 가끔 콘서트에서 노래를 부를 뿐 조용히 생활하고 있다고 하네. 매일 5시에 마차로 외출을 했다가 정각 7시에 저녁을 먹으러 돌아온다더군. 무대에 출연할 때를 제외하면 그 외의 시간에는 거의 외출을 하지 않는다고 하네. 그녀를 찾아오는 남자는 딱 한 명밖에 없는데, 뻔질나게 드나드는 모양이야. 잘생긴 얼굴에 검은 피부, 건장한 남자라더군. 하루에 한 번은 꼭 찾아오고 때로는 두 번 찾아오는 경우도 있다더군. 이름은 갓프리 노턴이고 법무협회에 소속된 변호사라네. 마부를 친구로 두면 얼마나 도움이 되는지 이제 알았겠지? 그들은 서펜타인 대로에서 노턴을 자주 태웠기 때문에 모르는 것이 없었지.

마부들의 이야기를 전부 들은 후에 나는 다시 한 번 브라이오니 저택 쪽으로 돌아가 부근을 서성이며 작전을 짰다네.

갓프리 노턴이라는 사람은 이번 사건에서 중요한 위치를 차지하고 있어. 변호사라는 점에 무슨 의미가 있을 듯했어. 애들러와 이 남자는 어떤 관계에 있는 걸까? 어째서 그렇게 자주 애들러를 찾아가는 걸까? 애들러가 변호를 부탁한 것일까? 아니면 단순한 친구? 그도 아니면 애인? 만약 노턴이 애들러의 변호사라면 사진은 그에게 맡겼을 거야. 친구나 애인이라면 그렇게 하지는 않았겠지만.

이 문제에 대한 답에 따라서 내 수사방침이 달라질 터였어. 이대로 브라이오니 저택에서 조사를 계속해야 할지, 법무협회에 있는 노턴의 사무실에 주의를 기울여야 할지. 이는 참으로 미묘한 문제로, 덕분에 내 수사범위가 넓어져버렸어. 너무 자질구레한 것까지 설명을 해서 조금 따분했을지는 몰라도 사건의 정황을 알기 위해서는 자네도 이 조금 까다로운 문제를 알아둘 필요가 있네."

"모든 신경을 집중해서 자네 얘기를 듣고 있네."

내가 대답했다.

"내가 그 문제로 고민하고 있을 때였네. 이륜마차 한 대가 브라이오니 저택 앞에 멈추더니 그 안에서 신사 한 명이 뛰어내렸네. 아주 잘생겼으며, 피부는 거뭇했고 매부리코에 수염을 기르고 있었지. 조금 전에 들었던 노턴임을 바로 알아차릴 수 있었어.

매우 다급한 일이 있었던 모양이더군. 마부에게 기다리라고 외치더니 문을 열어준 가정부를 떠밀듯 집 안으로 뛰어들었다네. 집 안의 구조를 잘 알고 있는 사람처럼 보였어. 그 사람은 30분 정도 집 안에 있었네. 방 안을 서성이며 흥분한 듯 이야기하고 손을 내젓는 모습이 거실 창문을 통해서 가끔 보였네. 여자의 모습은 전혀 보이질 않았고.

그러다 사내는 왔을 때보다 더 다급한 모습으로 밖으로 나왔지. 마차에 오르더니 주머니에서 금시계를 꺼내 바라보더군.

'서둘러 전속력으로 달리게!'

사내가 외쳤다네.

'우선 리젠트 가의 그로스 앤 핸키 상점에 갔다가 엣지웨어 대로의 세인트 모니카 교회로 가주게. 20분 안에 가주면 반 기니를 주겠네!'

마차는 떠나버렸다네. 그의 뒤를 쫓아야 할지 말아야 할지 망설이고 있을 때 골목에서 조그맣고 멋진 사륜마차가 나타났다네. 마부는 코트의 단추를 반밖에 채우지 않았고 넥타이도 옆쪽으로 비뚤어져 있더군. 마구도 무엇 하나 제대로 걸려 있는 것이 없었다네. 이 마차가 현관 앞에 도착하자마자 여자가 밖으로 나와 마차에 뛰어오르더군. 바로 그때 잠깐 여자의 얼굴을 볼 수 있었는데 과연 남자가 목숨을 걸 만한 미인이더군.

'존, 세인트 모니카 교회로.'

여자가 외쳤다네.

'20분 안에 가주면 반 소블린을 주겠어.'

이런 좋은 기회는 다시 찾아오지 않을 걸세 왓슨. 마차를 따라 뛰어갈까, 아니면 여자가 탄 마차 뒤에 매달려 갈까 망설이고 있는데 마침 다른 마차가 한 대 오더군. 내 모습이 초라했기에 마부는 망설이듯 나를 훑어봤다네. 하지만 나는 그가 거절하기 전에 마차로 뛰어올랐지.

　'세인트 모니카 교회까지 가주게. 20분 안에 가주면 반 소블린을 주지.'

　나도 똑같이 외쳤다네.

　11시 35분이었다네. 거기서 무슨 일이 있을 것이라는 사실만은 확실히 알 수 있었지.

　마부는 바람처럼 마차를 몰았다네. 내 평생 그렇게 빠른 말을 타본 건 처음이었네. 하지만 그래도 앞서 출발한 두 대의 마차를 따라잡을 수는 없었지. 내가 도착했을 때 이륜마차와 사륜마차는 모두 교회의 문 앞에 서 있었고 말에서는 김이 오르고 있었어. 나는 마부에게 삯을 지불하고 서둘러 교회 안으로 들어갔다네. 안에는 내가 뒤쫓던 두 사람과 하얀 가운을 걸친 목사 한 사람이 있었다네. 목사가 두 사람에게 무슨 말을 건네고 있는 듯했네. 세 사람은 제단 앞에 모여 서 있었다네.

　나는 우연히 교회에 들어온 한가로운 사람인 양 옆의 통로로 어슬렁어슬렁 걸어갔다네. 그런데 세 사람이 일제히 나를 바라보았기에 놀라지 않을 수 없었지. 그리고 갓프리 노턴이 서둘러 내게로 달려왔다네.

'자네 마침 잘 왔어! 정말 고마워. 자, 이리 오게!'

'왜 이러십니까?'

내가 물었네.

'그러지 말고 이리로 오게. 3분이면 돼. 아니면 법적으로 무효가 되어버린단 말일세.'

나는 질질 끌려가다 시피해서 제단 위로 올라갔다네. 문득 정신을 차리고 보니, 귀에 대고 속삭이는 말을 그대로 따라 하기도 하고, 전혀 알지도 못하는 일을 맹세하기도 하고 있더 군. 그러니까 나도 모르는 사이에 미혼여성인 아이린 애들러 와 독신남성인 갓프리 노턴의 정식결혼식에 입회하게 된 거 야.

순식간에 식이 끝나자 신랑과 신부가 좌우 양쪽에서 내게 인사를 했어. 목사는 목사대로 정면에서 나를 바라보며 빙그 레 웃고 있었지. 정말 이렇게 어처구니없는 경우는 내 태어나 서 처음 당해보네. 조금 전에 웃은 것도 그때의 일이 생각나 서였어.

아무래도 결혼 허가증에 어떤 문제가 있어서 누군가가 입 회하지 않으면 식을 거행할 수 없다고 목사가 거절을 했던 모양이야. 그런데 운 좋게도 마침 내가 나타났기에 노턴은 입회인을 찾으러 거리로 뛰어나가지 않아도 좋게 된 것인 듯했어. 신부가 감사의 뜻으로 소블린 금화를 주기에 기념으 로 시곗줄에 달아놓으려고 받아왔네."

"정말 뜻밖의 일이 벌어졌군. 그 다음은 어떻게 됐나?"

내가 말했다.

"응, 그 순간 내 계획이 엉망이 될 위험이 있다는 사실을 깨달았지. 두 사람이 바로 신혼여행을 떠날지도 몰랐으니까. 그래서 나도 빨리 손을 쓰지 않으면 안 되겠다고 생각했어. 그런데 두 사람은 교회 문 앞에서 헤어져 남자는 법무협회로, 여자는 자신의 집으로 돌아가더군.

헤어질 때 여자가 이렇게 말했네.

'평소와 다름없이 5시에 마차로 공원을 드라이브하겠어요.'

내가 들은 건 그게 전부였네. 두 사람은 서로 다른 방향으로 마차를 달려 그곳을 떠났고 나도 준비를 하러 집으로 돌아온 거야."

"준비라니?"

"차가운 고기와 맥주 한 잔."

홈즈가 이렇게 말하더니 벨을 울렸다.

"바빠서 식사도 제대로 못했네. 하지만 오늘 밤에는 더욱 바쁠 것 같아. 왓슨, 자네가 조금 도와줬으면 하는데."

"기꺼이 도와주지."

"법에 어긋나는 일이라도?"

"상관없네."

"잡혀갈지도 모르네."

"좋은 일을 위해서라면, 상관없네."

"아, 물론 좋은 일을 위해서지."

"그럼 자네 말대로 하겠네."

"자네가 꼭 도와줄 줄 알고 있었네."

"그런데 대체 무슨 일을 하려는 거지?"

"터너 부인이 음식을 가져오면 자세한 얘기를 들려주겠네."

부인이 가져온 간단한 요리를 성급히 먹어치우며 홈즈가 말을 이었다.

"자, 별로 시간이 없으니 먹으면서 얘기하겠네. 이제 곧 5시야. 지금부터 2시간 안으로 현장에 가 있어야만 하네. 아이린 양, 아니 노턴 부인은 7시에 드라이브에서 돌아오니까. 우리는 그 시간에 맞춰서 브라이오니 저택에 가 있어야 하네."

"그래서 어떻게 할 생각이지?"

"그건 내게 맡겨두게나. 이미 모든 준비는 끝났어. 단, 한 가지 해둘 말이 있네. 무슨 일이 있어도 자네는 절대로 관여해서는 안 되네. 알겠나?"

"절대로 참견하지 말란 말이지?"

"아무것도 해서는 안 돼. 조금 불쾌한 일이 일어날 거네만 그래도 관여해서는 안 되네. 그 일이 일어나면 나는 집 안으로 실려 들어갈 거야. 그리고 4, 5분 뒤에 거실의 창문이 열릴 거야. 자네는 그 창문 바로 옆에서 기다려주기 바라네."

"알았어."

"내 모습이 보일 테니 주의해서 봐주기 바라네."

"알았어."

"그리고 내가 손을 들면, 이런 식으로 말일세, 그러면 자네는 내가 건네줄 물건을 방 안으로 던지고 '불이야'라고 소리 지르게. 알겠나?"

"잘 알겠네."

"이건 그리 위험한 물건은 아니야."

홈즈가 주머니에서 담배처럼 생긴 긴 원통을 꺼냈다.

"배관공들이 흔히 쓰는 발연통인데 저절로 불이 붙도록 양 끝에 뇌관을 심어놨어. 자네는 이걸 던지기만 하면 되네. 그리고 불이라고 외치면 구경꾼들이 몰려들어 부산을 떨어 줄 거야. 그러면 자네는 길 끝까지 빠져나와서 나를 기다리고 있게나. 나도 10분쯤 후에 그곳으로 갈 테니. 무슨 말인지 알겠지?"

"처음에는 그냥 지켜보고 있다가 창문 옆으로 다가간다. 그리고 자네를 보고 있다가 자네가 신호를 하면 이걸 던지고 불이라고 외친다. 그리고 길 끝까지 빠져나와서 자네를 기다리면 되는 거지?"

"그래."

"알겠네. 맡겨두게나."

"고맙네. 이제 시간이 된 것 같군. 지금부터 연기해야 할 새로운 역할에 대한 준비를 해야겠네."

침실로 들어간 홈즈가 몇 분 후에 모습을 드러냈다. 다정하고 정직해 보이는 독립교회파 목사의 모습이었다. 챙이 넓은 검은 모자, 헐렁헐렁한 바지, 하얀 넥타이. 친절함을 느낄 수 있는 미소, 다정하고 인정 많은 눈빛으로 나를 바라보았다. 유명 배우인 존 헤어가 아니고서는 연출해낼 수 없는 분위기였다.

홈즈는 그저 옷만 갈아입는 것이 아니었다. 표정, 태도, 마음까지가 새로운 역에 따라 바뀌어버리는 것이다. 홈즈가 범죄 전문가가 됨으로 해서 연극계는 뛰어난 배우를 한 명, 그리고 과학계는 날카로운 이론가를 한 명 잃은 셈이다.

우리는 6시 15분을 조금 넘은 시각에 베이커 가의 집에서 나왔는데 그래도 예정보다 10분 일찍 서펜타인 가에 도착했다. 주위에는 이미 땅거미가 내려앉기 시작했다. 여주인이 돌아오기를 기다리면서 브라이오니 저택 앞을 어슬렁거리고 있자니 마침 가로등에 불이 들어오기 시작했다. 브라이오니 저택은 홈즈의 짧은 설명으로 내가 상상하고 있던 집 그대로였다.

하지만 주위는 내가 생각하고 있던 것처럼 그렇게 조용하지는 않았다. 아니 오히려 조용한 지역의 좁은 통로 치고는 놀랄 정도로 활기에 넘쳐나는 곳이었다. 길모퉁이에서는 초라한 차림의 남자 몇몇이 서로 웃으며 담배를 피우고 있었다. 가위 가는 사람이 숫돌을 돌리고 있었으며, 두 근위병이 아이 보는 여자를 놀리고 있었다. 그리고 담배를 입에 문 채 거리를 서성이는 훌륭한 옷차림의 청년들도 있었다.

함께 집 주위를 서성이다 홈즈가 입을 열었다.

"이보게, 왓슨. 두 사람의 결혼으로 사건이 오히려 더 간단해졌다네. 그 사진은 두 사람 모두에게 영향력을 발휘할 수 있네. 우리의 의뢰인이 공주에게 그 사진을 보이고 싶어 하지 않는 것만큼이나 그 여자도 갓프리 노턴에게 그것을 보이고 싶지 않을 걸세. 그런데 문제는 그 사진을 어디에 숨겼느냐 하는 거지."

"글쎄, 정말 어디다 숨긴 걸까?"

"설마 가지고 다니지는 않겠지. 카비네판이라고 하니. 너무 커서 여자들 옷 속에는 숨길 수 없을 테니까. 또 왕이 언제 사람들을 시켜서 몸을 뒤질지 모른다는 것도 잘 알고 있을 테고. 이미 두 번이나 그런 일을 당했으니까. 그러니 애들러가 그것을 가지고 다닐 리는 없어."

"그럼 어디에?"

"그녀의 은행금고나 변호사, 두 군데를 생각해볼 수 있겠지. 하지만 나는 두 군데 모두 아니라고 보네.

여자들이란, 천성적으로 비밀을 좋아해서 혼자서만 감추려드는 법이니 다른 사람에게 넘기지는 않았을 거야. 자신이 가지고 있다면 마음을 놓을 수 있겠지만, 실업가 같은 사람들에게 넘겨주면 뒤에서 손을 쓰거나 정치적인 압력을 가할지도 모르니까. 그리고 애들러는 2, 3일 안으로 그 사진을 사용할 생각으로 있네. 바로 가져올 수 있는 곳에 두었을 거야. 그렇다면 역시 그녀의 집 안이라는 얘기가 되네."

"하지만 도둑놈들이 두 번이나 집 안을 뒤지지 않았나?"

"흥! 녀석들이 제대로 뒤지기나 했겠어?"

"그럼, 자네는 어떻게 찾아낼 생각인가?"

"찾아낼 생각은 없네."

"그럼 어떻게 하겠다는 거지?"

"저쪽에서 그곳의 위치를 말하게 하는 거지."

"그걸 말해주겠나?"

"말하지 않고는 못 배기게 만들어야지. 가만, 마차가 오는 소리가 들리네. 애들러의 마차야. 그럼, 내가 말한 대로 확실하게 해주게나."

그 순간, 거리 모퉁이를 돌아 들어오는 마차의 불빛이 보이기 시작했다. 조그맣고 세련된 사륜마차로 브라이오니 저택 입구에서 멈춰 섰다.

그러자 모퉁이에 있던 부랑자 중 한 명이 마차의 문을 열어주고 동전을 얻으려고 마차가 있는 쪽으로 달려들었다. 하지만 그 사람은 같은 목적으로 달려오던 다른 부랑자에게 밀려 넘어졌다. 곧 격렬한 싸움이 벌어졌다. 그런데 두 근위병이 한 쪽 부랑자 편을 들자 가위 가는 사람이 화를 내며 또 다른 부랑자의 편을 들기 시작했기에 소란은 더욱 커져만 갔다. 그때 마차에서 내린 애들러는 주먹과 지팡이가 오가는 대난투극 속으로 순식간에 말려들고 말았다.

홈즈가 부인을 지키기 위해 치열한 몸싸움이 벌어지고 있는 곳 속으로 뛰어들었다. 그렇게 간신히 부인 옆까지 갔나 싶었는데 비명과 함께 얼굴에서 피를 뚝뚝 흘리며 쓰러져버리고 말았다. 그 모습을 보고 두 근위병은 서둘러 도망을 쳤으며, 부랑자들도 반대 방향으로 도망을 쳐버리고 말았다. 그러자 이번에는 그때까지 난투에 가담하지 않고 지켜보고 있던 멋진 차림의 청년들이 모여들기 시작했다. 부인을 도우려다 부상을 당한 홈즈를 살펴보기 시작했다.

아이린 애들러는 급히 현관의 계단을 오르고 있었다. 하지만 계단 꼭대기에 오르자 그 자리에 멈춰서, 그 아름다운 모습을 현관 불빛에 드러내며 거리 쪽으로 몸을 돌렸다.

"그분 많이 다치셨나요?"

"죽었습니다."

몇몇 사람이 대답했다.

"아니, 아직 죽지는 않았어."

다른 사람이 외쳤다.

"하지만 병원으로 옮길 때까지 버티지는 못할 것 같은데."

"용감한 사람이었어요. 이 사람이 없었다면 저 부인은 지갑과 시계를 전부 털렸을 거예요. 그 사람들 난폭한 강도들이에요. 아, 아직 숨을 쉬어요."

여자의 목소리도 들려왔다.

"길바닥에 눕혀둘 수는 없지. 부인, 이 사람을 댁으로 데려가도 괜찮겠습니까?"

"거실로 모시고 오세요. 편안한 소파가 있으니까요. 이리 오세요."

홈즈는 천천히 그리고 엄숙하게 브라이오니 저택 안으로

옮겨져 길거리 쪽으로 난 방에 눕혀졌다. 나는 창문 옆, 홈즈가 말한 자리로 가서 그의 모습을 가만히 지켜보았다. 방 안에는 램프가 밝혀져 있었으며, 커튼도 열려 있었기 때문에 소파에 누워 있는 홈즈의 모습이 아주 잘 보였다.

그때 홈즈가 자신의 연기에 죄책감을 느끼고 있었는지 나로서는 알 길이 없다. 하지만 나는 우리가 속이고 있는 그 아름다운 여인을 보고 있는 동안 부끄러움을 느끼지 않을 수 없었다. 부상당한 사람을 성심껏 간호하고 있었다. 지금까지 살아오면서 자신을 그렇게 부끄럽게 여긴 적이 없을 정도였다. 그렇다고 해서 홈즈와 약속한 역할을 포기한다면 나는 용서받지 못할 배신을 하게 되는 셈이었다. 나는 마음을 독하게 먹고 외투 속에서 발연통을 꺼냈다. 그리고 우리가 그녀에게 상처를 주려는 것이 아니라 그녀가 다른 사람에게 상처를 주려는 것을 우리가 막으려 하는 것이라고 생각하기로 했다.

홈즈가 소파에서 일어나 숨이 막히니 맑은 공기를 쐬어야겠다는 듯한 몸짓을 했다. 바로 가정부가 달려와서 창문을 활짝 열어젖혔다. 그와 동시에 홈즈가 손을 올리는 것이 보였다. 신호였다. 나는 바로 발연통을 방 안으로 던졌다. 그리고 큰 소리로 외쳤다.

"불이야!"

내가 그렇게 외치자마자 주위에 있던 사람들 모두가 소리 높여 '불이야!' 하고 외쳤다. 신사, 하인, 가정부 할 것 없이, 옷차림과는 상관없이 모든 사람들이 외쳤다. 방 안에서 자욱

한 연기가 뭉게뭉게 피어오르더니 창밖으로 흘러나오고 있었다. 사람들이 이리저리 뛰어다니는 모습이 얼핏 보이고 곧 홈즈의 목소리도 들려왔다. 불이 난 게 아니라며 사람들을 진정시키고 있었다.

　나는 소리 지르는 인파 속을 헤치고 나와 거리 모퉁이까지 도망쳤다. 그로부터 10분 후에 홈즈가 나의 팔을 잡고 소동이 벌어진 현장에서 빠져나왔기에 그제야 안심을 할 수 있었다. 몇 분 동안 홈즈는 아무런 말도 하지 않은 채 서둘러 발걸음을 옮겼다. 엣지웨어 대로로 나가는 조용한 골목으로 접어들어서야 드디어 입을 열었다.

　"아주 잘 했네, 왓슨. 대단한 활약이었어. 모든 일이 잘 풀려가고 있네."

　"사진을 찾았나?"

　"숨겨둔 곳을 알아냈지."

　"어떻게 알아낸 거야?"

　"그 여자가 알려줬다네. 내가 말한 대로."

　"대체 어떻게 된 건지 도무지 알 수가 없군."

　홈즈가 웃으며 말했다.

　"자네에게 숨길 생각은 조금도 없네. 아주 간단한 일이었지. 그 거리에 있던 사람들이 전부 내 친구들이었다는 건 자네도 이미 눈치 챘겠지? 하룻밤 계약으로 고용을 했어."

　"그건 나도 짐작하고 있었네."

　"그리고 나는 붉은 물감을 녹여 손바닥 안쪽에 숨기고 있었지. 싸움이 시작되자마자 뛰어들어서 쓰러졌네. 그때 손을 얼굴로 가져가서 가엾은 구경거리가 됐다네. 낡은 수법이 지."

"그것도 대충은 눈치 채고 있었네."

"그리고 집 안으로 실려 갔고, 그 여자도 거절할 수는 없었을 거야. 달리 방법이 없었을 테니까. 게다가 내가 점 찍어두었던 거실로 나를 데리고 갔네. 사진은 틀림없이 거실이나 침실 중 한 곳에 숨겨두었을 테니 거기를 확인해보기로 마음 먹고 있었네. 나를 소파에 눕히기에 숨 막히는 척하며 창문을 열게 해서 자네에게 기회를 준 걸세."

"그게 어떤 도움이 됐단 말이지?"

"아주 커다란 도움이 됐지. 여자는 자신의 집에 불이 나면 본능적으로 가장 중요한 물건이 있는 곳으로 뛰어간다네. 그건 도저히 억누를 수 없는 충동이야. 나는 지금까지 그 본능을 몇 번이고 이용해왔네. 가짜 달링튼 스캔들 사건 때도 그랬고, 앤즈워스 성 사건 때도 그랬고, 이게 큰 도움이 됐었지. 결혼한 여자는 아기가 있는 곳으로 달려가네. 독신인 경우에는 보석상자가 있는 곳으로 달려가지.

그런데 지금 그 여자에게 있어서 가장 중요한 것은 우리가 찾고 있는 사진이라는 걸 누구보다도 잘 알고 있지 않은가? 틀림없이 가장 먼저 그곳으로 달려갈 것이라고 생각했네. '불이야!'라고 소리 지른 자네의 외침은 정말 그럴 듯했어. 그 연기와 외침 속에서는 제 아무리 침착한 여자라도 당황하지 않을 수 없었을 걸세.

　애들러 역시 멋진 반응을 보여줬다네. 사진을 숨겨둔 곳은, 오른쪽 벨과 연결되어 있는 끈의 바로 위에 판자가 연결된 부분이 있는데 그 뒤쪽이라네. 그 여자가 바로 그쪽으로 달려가서 사진을 절반 정도 꺼내는 모습을 내 눈으로 확인하고 왔네. 그리고 내가 불이 아니라고 외치자 그녀는 사진을 제자리에 돌려놓고는 발연통을 힐끗 쳐다보더니 방 밖으로 뛰어나갔어. 그리고는 아직 돌아오지 않았네.

　나는 자리에서 일어나 그 방에서 빠져나왔네. 당장 사진을 가지고 올까도 생각해봤지만 마부가 방으로 들어와 나를 빤히 쳐다보기에 나중에 찾으러 오는 게 안전하겠다고 판단했지. 조급하게 서두르면 사소한 일로 계획을 망쳐버릴 수도 있으니까."

　"그래, 앞으로 어떻게 할 건가?"

　내가 물었다.

　"실질적인 조사는 이것으로 끝났네. 내일 보헤미아 왕과 함께 애들러를 찾아갈 생각이야. 괜찮다면 자네도 같이 가주지 않겠나? 우리는 거실로 안내를 받아 거기서 애들러가 준비를 하고 나올 때까지 기다리게 될 걸세. 하지만 그녀가 나왔을 때 우리는 사진과 함께 사라지고 없을 거야. 자신의 손으로 직접 그것을 찾는다면 폐하도 무척 기뻐할 걸세."

　"그럼 언제 찾아갈 생각이지?"

　"아침 8시에. 그녀는 그때까지도 자고 있을 테니 방해받지 않고 일을 해낼 수 있을 거야. 그리고 서둘러야 하는 이유가 한 가지 더 있네. 결혼으로 그녀의 생활과 습관이 완전히 바뀌어버릴지도 모르니까. 한시라도 빨리 폐하에게 전보를 쳐둬야겠어."

베이커 가에 도착한 우리는 문 앞에서 멈춰 섰다. 홈즈가 주머니에서 열쇠를 꺼내려는 순간 누군가 지나가던 사람이 말을 걸어왔다.

"셜록 홈즈 씨, 안녕하세요?"

그때, 몇몇 사람이 거리를 지나고 있었는데 말을 걸어온 것은 빠른 걸음으로 우리 앞을 지나쳐간, 긴 외투를 입은 마른 청년인 듯했다.

"전에 들어본 적이 있는 목소린데."

이렇게 말한 홈즈는 가로등이 희미하게 비추고 있는 거리를 뚫어져라 바라보았다.

"근데 그게 누구였더라."

3

그날 밤, 나는 베이커 가에서 묵었다. 그리고 다음 날 아침, 둘이서 아침으로 커피와 토스트를 먹고 있는데 보헤미아 왕이 방 안으로 뛰어들었다.

"벌써 손에 넣었는가?"

홈즈의 어깨를 붙들고 뜨거운 시선으로 그의 얼굴을 들여다보았다.

"아직 아닙니다."

"그래도 가능성은 있는 거겠지?"

"가능성은 충분히 있습니다."

"그럼 어서 나가세. 도저히 가만히 있을 수가 없네."

"마차를 불러야 합니다."

"아니, 내 사륜마차가 우리를 기다리고 있네."

"그거 잘 됐습니다."

우리는 밑으로 내려가 다시 한 번 브라이오니 저택을 향해 출발했다.

"아이린 애들러는 결혼을 했습니다."

마차 안에서 홈즈가 말했다.

"뭐, 결혼을 했다고? 언제?"

"어제 했습니다."

"그럼, 상대는?"

"노턴이라는 영국인 변호사입니다."

"아이린이 그런 사람을 사랑할 거라고는 생각되지 않는데."

"나는 그녀가 노턴을 사랑하고 있기를 바랍니다."

"어째서?"

"그러면 앞으로 폐하께 폐를 끼칠 염려가 없어지기 때문입니다. 남편을 사랑하고 있다면 폐하에 대해서는 더 이상 애정을 느끼고 있지 않을 것입니다. 폐하를 사랑하지 않는다면 폐하께서 하시는 일을 방해하려 들지도 않을 겁니다."

"그도 그렇군. 아! 하지만……, 그녀가 나와 같은 신분이었다면! 최고로 멋진 왕비가 될 수 있었을 텐데."

왕은 다시 기운 없는 모습으로 돌아가 서펜타인 대로에 도착할 때까지 아무런 말도 하지 않았다. 브라이오니 저택의 문은 열려 있었다. 돌계단 위에 중년을 지난 여자가 서 있었다. 그녀는 비웃는 듯한 표정으로 우리가 마차에서 내리는 모습을 지켜보았다.

"셜록 홈즈 씨이십니까?"

그녀가 물었다.

"내가 홈즈예요."

홈즈가 의심스럽다는 듯, 조금 놀란 표정으로 그녀를 바라보았다.

"역시 그랬군요! 당신이 여기에 오실 거라고 부인께서 말씀하셨습니다. 부인은 남편 되시는 분과 함께 5시 15분 기차로 채링 크로스 역을 출발하여 대륙으로 떠나셨습니다."

"뭐라고?"

놀라움과 분함으로 혈색이 변한 홈즈가 휘청거렸다.

"그 사람이 영국을 떠났다는 말인가?"

"두 번 다시 돌아오시지 않을 겁니다."

"혹시 편지 같은 걸 남기지 않았나? 아, 모든 게 끝장이군."

왕이 갈라지는 목소리로 말했다.

"조사해보도록 합시다."

홈즈가 그 가정부를 밀쳐내듯 하며 거실로 뛰어들었다.

왕과 나도 그의 뒤를 따라 들어갔다. 가구가 여기저기 흩어져 있었으며, 선반도 전부 떼어놓은 상태였고, 서랍도 열려 있었다. 떠나기 전에 아이린이 황급히 짐을 꾸린 듯했다. 벨의 끈이 있는 쪽으로 달려간 홈즈가 조그만 문을 열어 손을 안으로 찔러 넣었다. 그 안에서 사진 한 장과 편지가 나왔다.

사진에는 이브닝드레스를 입은 아이린 애들러의 모습이 담겨 있었다. 편지의 겉에는 '셜록 홈즈 선생님께. 방문하시면 읽어보시기 바랍니다.' 라는 글이 적혀 있었다. 홈즈가 서둘러 봉투를 뜯었으며 우리 세 사람은 그것을 읽기 시작했다. 지난 밤 12시에 쓴 것으로 다음과 같은 글이 적혀 있었다.

〈셜록 홈즈 선생님.

정말 훌륭한 솜씨였습니다. 저를 완벽하게 속이셨습니다. '불이야' 라는 외침을 들은 순간까지 조금도 의심하지 않았습니다. 하지만 그 직후, 제 스스로 비밀을 폭로해버렸다는 사실을 깨닫고 이런 생각이 들었습니다.

몇 개월 전에 선생님을 조심하라는 주의를 들은 적이 있었습니다. 만약 왕께서 누군가에게 부탁을 한다면 틀림없이 선생님께 할 것이라며. 그리고 선생님의 주소까지 알려줬습니다. 그럼에도 불구하고 저는 선생님께서 알고 싶어 하시는 것을 스스로 알려드린 꼴이 되어버리고 말았습니다. 수상하다는 생각이 들기 시작한 뒤부터도 그렇게 친절하고 다정한 목사님이 나쁜 사람일 것이라고는 여겨지지 않았습니다.

선생님도 아시는 바와 같이 저는 배우로 활동해왔습니다. 남자로 변장하는 건 식은 죽 먹기보다 쉬운 일입니다. 덕분에 지금까지도 마음 내키는 대로 행동할 수 있었습니다. 저는 마부인 존에게 선생님을 감시하라고 시킨 뒤, 2층으로 뛰어 올라갔습니다. 주로 산책할 때 입는 남자 옷으로 갈아입고 밑으로 내려가니 마침 선생님께서 돌아가시려던 참이었습니다. 그래서 선생님의 뒤를 밟아 댁 앞까지 가서 그 유명한 셜록 홈즈 선생님께서 사건에 관여하셨다는 사실을 확인했습니다. 그리고 조금은 뻔뻔스럽다고 생각하실지 모르겠지만 인사를 하고 남편을 만나러 법무협회로 갔습니다. 선생님처럼 무시무시한 분이 저희를 노리고 있으니 도망을 치는 게 상책이라고 저희는 생각했습니다. 그러니 내일 저를 찾아오셔도 빈집만이 선생님을 기다리고 있을 것입니다. 사진에 대해서는 걱정하지 말라고 선생님의 의뢰인에게 전해주시기 바랍니다. 지금은 훨씬 더 좋은 분과 서로 사랑하고 있습니다. 폐하께서는 지난날 한때 불장난을 했던 여자의 방해 같은 것은 걱정하실 필요 없이 당신이 하고 싶은 대로 하시면 됩니다.

그 사진은 제 몸을 지키는 무기로써 제가 가지고 있겠습니다. 앞으로 폐하께서 무슨 일을 하시든 이것만 있으면 저는 안심할 수 있습니다. 그리고 다른 사진을 한 장 놓고 가겠습니다. 원하신다면 폐하께서 가지고 계시기 바랍니다.

그럼 안녕히 계십시오, 셜록 홈즈 선생님.

"정말 대단한 여자야. 아, 정말 대단해!"

세 사람이 편지를 전부 읽고 나자 보헤미아 왕이 탄식하듯 외쳤다.

"내가 말한 대로 현명하고 야무진 여자 아닌가? 틀림없이 훌륭한 왕비가 될 수 있었을 텐데. 나와 신분이 다르다는 사실이 안타깝기 짝이 없네."

"내가 보기에도 이 여자와 폐하 사이에는 너무나도 커다란 수준 차이가 있습니다."

홈즈가 비아냥거리듯 말했다.

"의뢰하신 일을 좀 더 만족스럽게 해결하지 못해서 참으로 죄송합니다."

"무슨 말인가? 아주 만족스럽네. 그녀가 약속을 지키리라는 건 누구보다도 내가 잘 알고 있네. 사진은 이미 태워버린 거나 다름없어."

"그렇게 말씀하시니 나도 마음이 놓입니다."

"자네에게는 말로 표현할 수 없을 정도로 커다란 신세를 졌네. 자네가 원하는 게 있으면 말해보게나. 이 반지는……"

왕이 손가락에 끼고 있던 뱀처럼 생긴 에메랄드 반지를 빼더니 손바닥에 올려 앞으로 내밀었다.

"폐하는 내가 이것보다 더 소중하게 생각하고 있는 것을 가지고 계십니다."

홈즈가 말했다.

"무엇이든 말해보게나."

"이 사진입니다."

왕이 깜짝 놀라며 홈즈를 바라보았다.

"아이린의 사진 말인가? 알겠네. 자네가 원한다면 그렇게 하지."

"감사합니다, 폐하. 이제 모든 일이 끝났으니 그만 인사를 드리겠습니다."

이렇게 말한 홈즈는 가만히 머리를 숙였다. 그리고 보헤미아 왕이 내민 손은 쳐다보지도 않고 나와 함께 집으로 돌아왔다.

보헤미아 왕을 두려움으로 몰아갔던 스캔들은 이렇게 끝났다. 이는 셜록 홈즈의 교묘한 계획이 한 여인의 기지로 인해서 깨져버린 이야기이기도 하다.

홈즈는 곧잘 여자들의 현명하지 못함을 비웃곤 했었는데 이 사건 후로는 그런 말을 들을 수가 없었다. 그리고 아이린에 대한 이야기를 하거나 그 사진에 대해서 이야기할 때면 언제나 '그 여성'이라고만 불렀다.

미지의 살인자

헨리 크리스토퍼 베일리(Henry Christopher Bailey)

영국 런던에서 태어났다. 옥스퍼드에서 고전을 배웠으며 재학 중부터 소설을 발표했다. 졸업 후, 신문사에 입사해 극평을 썼으며 제1차 세계대전 시에는 종군기자로 활약했다. 1914년부터 의사이자 탐정인 레지널드(레지) 포춘을 주인공으로 하는 탐정소설 시리즈를 집필하기 시작, 1948년까지 23권에 이르는 작품을 써서 인기를 끌었다. 세이어스, 크리스티 등과 함께 영국의 5대 탐정소설가로 불렸다.

예전에 클럽의 여러 멤버들이 모여 레지널드 포춘 씨가 어떻게 해서 범죄에 관한 내무부의 뛰어난 고문이 되었는지에 대해 토론을 한 적이 있었다. 의사들은 그가 유능한 외과의이자 병리학자라는 사실을 인정하기는 했지만, 결코 국제적인 명의라고는 할 수 없다고 했다. 한 영국학사회 회원은 포춘 씨가 수많은 학생이나 정치가나 관료보다도 자연과학에 대해서 더 잘 알고 있다고 주장했다. 한 화가는 비즈니스를 아는 사내라는 말을 들은 적이 있다고 말했으며, 그와 거래하고 있는 은행가는 포춘 씨를 고가구의 감정가라고 믿고 있었다. 어쨌든 그가 매우 좋은 사람이라는 점에 관해서는 누구 하나 이견을 보이지 않았다. 그러니까 다른 말로 하자면, 보는 사람에 따라서 서로 다른 모습으로 그를 받아들인다는 말이다.

포춘 씨 자신은 신의 섭리에 의해서 개업의가 되었으며, 요통이나 홍역 치료에 임해야 할 운명이라고 믿고 있었다. 모든 분야의 일들을 어느 정도까지는 알고 있지만, 어떤 것도 완전하게는 알지 못하는 그가 우연한 일을 계기로 어떤 분야의 전문가가 되어버렸다는 사실을 자신은 약간 불만스럽게 생각하고 있는 듯했으며 실제로 그런 속내를 들은 사람도 있었다. 나의 유일한 장점은 당황해도 실수를 저지르지는 않는 점이라고, 그 자신은 말하리라.

문제는 바로 거기에 있었다. 그는 인간을 꿰뚫어보는 비범한 눈을 가지고 있었다. "그 사람은 신기할 정도로 인간이라는 것을 잘 알고 있어." 경외심을 담아 이렇게 말한 것은 벨 경정이었다. "인간의 마음을 마치 냄새나 색깔처럼 감지하는 특별한 감각을 가지고 있는 것 같아." 게다가 머리가 명석했다. 그는 중요한 일과 그렇지 않은 일을 결코 혼동하지 않았으며, 필요한 일을 행함에 있어서 주저한 적이 지금껏 한 번도 없었다.

그것은 예의 미지의 살인자 사건을 다루었을 때 보여준 그의 태도만 생각해봐도 알 수 있는 일이었다.

그해 크리스마스에는 흥미로운 범죄가 그렇게 많지 않았다. 그랬기에 결혼식 전날 밤에 백악갱에서 시체로 발견된 험프리 비갓 경의 기묘한 사건이 신문 지면을 떠들썩하게 했으며, 검시배심이 이를 사고사라고 판정한 뒤에도 여전히 신문은 앞뒤가 맞지 않는 날조기사와 잔인한 살인에 대한 암시, 여러 가지 단서에 대한 이야기로 세상의 관심을 부채질하고 있었다. 그러나 범죄수사부의 과학고문은 그러한 것들에 마음이 흐트러지지 않았다. 청년은 갱 안으로 떨어져 죽은 것이며, 그 이상의 일은 알 길이 없다는 사실을 알고 있었기 때문이었다. 오랜 노력 끝에 존 앰버와의 약혼에까지 다다른 지금, 포춘 씨의 머릿속은 행복으로 가득했다. 노력한 것은 자신이라고 앰버 양은 말하고 있는데, 그 이야기에 대해서는 다음 기회에 하기로 하겠다. 크리스마스 직후에 그녀는 구호원 아이들의 파티에 그를 데리고 갔다.

그곳은 구식 고아원으로 커다란 건물은 초라했으나 가정적이고 따뜻한 분위기가 가득 넘쳐나고 있었다. 옛날부터 오래된 직함과 새로운 직함을 가진 사람들, 돈과 지혜가 있는 사람들이 이 시설 아이들의 친구였다. 앰버 양이 깃발과 종이로 만든 장미 장식 아래를 지나 앵무새 우리처럼 떠들썩한 홀로 레지 포춘을 안내했을 때, 그는 약간 간담이 서늘해졌다. "어머, 용기를 내세요."라고 그녀가 말했다. "차를 마시고 난 뒤의 소란스러움에 비하면 이건 그나마 조용한 편이에요. 게다가 아직은 차분한 거예요. 조금 더 있으면 틀림없이 훨씬 더 뜨거워질 거예요."

"당신, 나를 속였군." 포춘 씨가 씁쓸한 얼굴로 말했다. "자선가란 훌륭한 사람이라고 생각했는데."

"당신 말씀대로예요. 겁먹지 마세요. 당신은 게으름뱅이 자선가예요."

"그런데 저 사람은 크랩 워남인가?"

"네, 맞아요. 워남 대위예요." 그녀가 나이 든 기수 같은 얼굴의 야윈 사내에게 아름다운 미소를 보냈다. 남자는 얼굴을 붉히며 눈짓으로 가볍게 인사했다. "저분의 부인을 아세요? 아주 훌륭한 분이세요."

"가엾은 사람이로군. 저 사람은 여기가 별로 편하지 않은 것 같아. 크랩 워남을 마지막으로 본 건 베를린의 지옥굴 같은 곳이었는데 그때는 아주 즐거운 듯했어."

"그런 일은 잊으세요."라고 앰버 양이 작은 목소리로 말했다. "저분의 부인을 만나면 틀림없이 잊게 될 거예요. 게다가 아드님이 매우 귀여워요."

"그의 아들이라고?" 레지가 놀라서 말했다.

"아니요. 부인은 미망인이었어요. 저분께서는 부인과 아드님을 진심으로 사랑하고 있어요."

레지는 아무런 말도 하지 않았다. 워남 대위는 아내를 사랑하고 있는 남자치고는 여자들을 보는 눈에 지나칠 정도로 욕망이 담겨 있는 듯 느껴졌다. 그렇게 생각한 순간, 워남 대위가 퍼뜩 제정신으로 돌아왔다. 고지식하지만 아직 아름다움의 흔적을 남기고 있는 조그만 체구의 여성이 사령관의 어머니처럼 그에게 말을 걸었다. 그는 머쓱한 표정을 지었으며 이야기가 끝나자마자 서둘러 달아났다.

온통 검은색뿐인 목깃 부근에 하얀색을 얼핏 드러나게 해서 소박하지만 기품 있어 보이는 차림을 한 그 여성은 사람들 사이를 분주하게 돌아다니며 모두에게 각자의 일을 명령했다. "모두 저 여성의 말대로 움직이는군. 존, 대체 누구지?"

"챈트리 여사예요."라고 앰버 양이 대답했다. "여기서 저분은 신적인 존재예요."

마침내 챈트리 여사가 그들이 있는 곳으로 왔다. 레지는 이상할 정도로 반짝임을 머금고 있는 두 눈을 내려다보며, 존과의 약혼을 축하하고, 오늘의 방문에 감사를 표하고, 그에게 오후의 지시를 거침없이 내리는 이 조그만 여성의 활력 넘치는 모습에 그저 감탄할 뿐이었다. 이처럼 빠른 투로 말하는 사람을 본 것은 이번이 처음이었다. 그가 어리둥절해 하고 있는 동안 존은 한 공동침실로 가서 환등기를 비추며 신데렐라를 들려주었으며, 그는 갑자기 준비하기로 한 공연을 돕기 위해 다른 공동침실로 끌려갔다. 방의 문이 닫힐 때 직원들과 방문객들을 원탁게임으로 불러 모으는 챈트리 여사의 빠르고 울림 좋은 목소리가 들려왔다.

그는 고통스러웠다. 목소리도 제대로 나지 않는 사람들이 보란 듯이 노래를 불렀으며, 목소리가 너무 큰 사람들이 침통하고 얌전한 아이들을 앞에 두고 재즈를 불렀다. 아이들과 자기 자신이 가엾어진 그는 마술사로 얼른 모습을 바꾸었다. 마침내 관객들이 활기를 띠기 시작했을 때, 요란스러운 비명이 그의 이야기를 중단시켰다. "지금 들린 건 아저씨의 뼈에서 난 소리야." 겁먹은 아이들에게 그가 서둘러 말했다. "아저씨가 칼을 귀로 넣어 발로 빼낼 때면 언제나 그런 소리가 들리지. 하지만 조금도 아프지 않아. 자동차가 경찰 아저씨의 발을 밟았을 때 한 말이랑 똑같아. 이건 친절한 마음에서 한 일이라고. 이리 오렴, 제니 렌. 코를 저금통 대신 써서는 안 돼." 코에서 동전을 빼내는 동안 아이는 얌전하게 있었다.

문이 열리더니 새파랗게 질린 얼굴의 간호사가 꺼져들어 갈 듯한 목소리로 말했다. "의사선생님은요? 당신이 의사선생님이신가요?"

"그래요."라고 레지가 대답했다. "얘들아, 조금만 기다려라. 펀치 씨가 아기 위로 넘어졌어. 펀치 씨는 늘 등을 다치거든. 모두 실망했니? 이런, 이런. 고민은 모두 낡은 도구자루에 넣어버려라." 그는 아이들이 즐겁게 웃는 소리를 등 뒤로 들으며 방에서 나왔다.

"대체 무슨 일이죠?"

간호사는 부들부들 떨고 있었다.

"저기서, 그녀가 2층에서……"

레지는 한달음에 계단을 달려 올라갔다. 조그만 거실의 문이 열려 있었다. 안에서는 사람들이 책상 앞에 앉아 있는 여자 한 명을 가만히 바라보고 있었다. 여자의 옷은 거뭇하게 젖어 있었으며, 머리가 앞쪽으로 힘없이 늘어져 있었다. 목을 옆으로 베인 깊은 상처가 일직선으로 벌어져 있었다.

"이건 사람이 너무 많은데요."라고 그가 말하고 구경꾼들을 손짓으로 내몰았다. 단 한 사람, 당당한 체구의 노부인이 남았는데, 고아원의 원장이라고 자신을 소개했다. 레지는 문을 닫은 뒤 의자 안의 시체 곁으로 돌아왔다. 축 늘어진 손을 잠깐 만져보고, 머리를 들어올려 생기 없는 얼굴을 자세히 들여다보았다. "언제 발견됐죠? 제가 비명을 들었을 때로군요, 음." 그는 바닥을 살펴보았다. 그런 다음 원장에게 물었다. "이 사람은 누구죠?"

"여기서 함께 살고 있는 에밀리 홀 의사선생님이세요. 포춘 씨, 어떻게 좀 도와주실 방법이 없나요?"

"이미 숨을 거두셨습니다."라고 레지가 대답했다.

"이 무슨 끔찍한 일이죠, 선생님? 이게 대체 어떻게 된 일인가요?"

"글쎄요, 저도 잘 모르겠습니다. 그녀의 목은 날카로운 칼로, 아마도 뒤에서 베인 것 같습니다. 한동안은 살아 있었지만 어떻게 손을 쓸 수 없었기에 결국은 숨을 거두고 만 것입니다. 아직 시간은 그렇게 많이 지나지 않았습니다. 소리를 지른 건 누구였죠?"

"발견한 간호사였어요. 우리 고아원 출신인 이디스 베이커라는 아이예요, 포춘 씨. 그 아이는 예전부터 가엾은 홀 선생님이 마음에 들어 하셨어요. 그 아이를 간호사로 키우겠다는 선생님의 희망에 따라서 계속 여기에서 살게 되었어요. 그 아이는 홀 선생님께 헌신적이었어요. 여자아이다운 애정이라고 해야 할지."

"그녀가 이 방으로 들어와서— 이것을 발견— 비명을 질렀다는 거죠?"

"그 아이는 그렇게 말했어요."

"그렇군요." 레지는 한숨을 쉬었다. "아이들에게는 가여운 일이지만, 경찰을 부를 필요가 있겠습니다."

"그건 이미 지시를 해두었어요."라고 원장이 위엄을 담아 말했다.

"그리고 이 사실을 누구에게도 말해서는 안 된다고 이디스 베이커의 입을 단속할 필요가 있습니다." 레지가 문을 열었다.

"이디스는 말하지 않을 거예요." 원장이 쌀쌀맞게 말했다. "입이 아주 무거운 아이이니."

"가엾게도. 하지만 방문객 중 누군가가 이야기할 염려가 있습니다. 그들의 입도 막아둘 필요가 있을 겁니다." 그는 마침내 원장을 방에서 내몰고 열쇠구멍의 열쇠를 돌린 뒤, 그것을 바라보고 서 있었다. "그래, 아주 자연스러워. 하지만 앞뒤가 너무 잘 맞아."라고 그는 중얼거린 뒤, 문 쪽으로 등을 향해 커다란 안락의자를 바라보았다. 의자의 쿠션은 누군가가 거기에 앉았던 흔적을 내보이고 있었으나 그것 자체에는 특별히 주목할 만한 가치가 없었다. 단, 의자의 팔걸이에 아직 완전히 마르지 않은 작은 혈흔이 남아 있었다. 그는 쿠션을 들어올려 보았다. 뒤쪽에서 더욱 커다란 혈흔을 발견할 수 있었다. 포춘 씨는 눈썹을 찌푸렸다. "미지의 살인자가 저 여자의 목을 베고— 여기로 와서— 의자를 피로 더럽히고 — 쿠션을 뒤집어서— 그 위에 앉아— 여자가 죽어가는 모습을 지켜보았다. 이건 상당히 잔인하군." 그는 방 안을 돌아다니기 시작했다. 난로 앞 깔개와 난로 안에 몇 방울인가의 피가 떨어져 있을 뿐, 아무런 단서도 발견되지 않았다. 그는 무릎을 꿇고 불 안을 들여다보았으며, 부젓가락을 사용해 얇은 금속조각을 불 안에서 집어냈다. 그것은 외과용 메스였다. 그는 여자의 시체 쪽으로 시선을 가져갔다. "흉기는 당신의 밥줄이었군요, 홀 선생. 그리고 이디스 베이커는 간호사고요. 그녀는 당신에게 '여자아이다운 애정'을 품고 있었다던데. 그렇다면 일이 어떻게 되는 건가?"

누군가가 문을 열려 하고 있었다. 포춘 씨가 열쇠를 돌리자 경찰에서 온 사람이 서 있었다. "나는 레지널드 포춘일세."라고 그가 설명했다. "사건은 이쪽이야."

"성함은 전부터 들어서 알고 있습니다." 경위가 공손하게 말했다. "끔찍한 사건이로군요. 당신이 현장에 계시다니, 행운입니다."

"글쎄, 과연 그럴지."라고 레지가 중얼거렸다.

"자살도 생각해볼 수 있겠습니까?"

레지는 머리를 흔들었다. "그랬으면 좋겠지만. 끔찍한 살인이야. 잔인하기 짝이 없는. 저기에 흉기가 있네. 불 속에서 꺼내두었어."

"의사가 쓰는 메스로군요. 그에 대해서 무슨 생각이라도?" 레지는 머리를 흔들었다. "발견자는 의무실의 간호사라고 하던데요."

"나는 그 아이에 대해서 알지 못해."라고 레지는 말했다. "자네는 이 방을 살펴보게. 나는 아래층으로 가볼 테니."

홀에서는 장식품과 아이들에게 건네지지 못한 선물을 매

단 크리스마스트리가 인기척 없는 정적 속에서 반짝이고 있었다. 존 앰버가 그를 맞으러 왔다. 그는 단 한마디도 하지 않고 크리스마스트리의 선물을 바라보았다.

"어떻게 하실 생각인가요?"라고 그녀가 마침내 물었다.

"이걸로 멋진 하루도 끝이야. 아이들이 가엾어."

"원장님이 아이들을 방으로 돌려보냈어요."

포춘 씨는 웃고 있었다. "그런다 한들 끔찍한 사건이 없어지는 것도 아닐 텐데."

앰버 양은 바로는 대답하지 않았다. 잠시 후 마침내 입을 열었다. "당신, 아주 무서운 얼굴을 하고 있어요." 실제로 평소의 혈색 좋고 쾌활해 보이는 둥근 얼굴에는 얼마간 사나운 표정이 깃들어 있었다.

"내가 한심하게 여겨져서 견딜 수가 없어. 사람들은 어디에 있지?"

"그녀가 돌려보냈어요."

"그 여자라면 그럴 만도 하지. 대단한 주최자야. 아무리 그래도 여자가 한 명 살해당했는데 현장에 있던 사람들을 경찰이 오기 전에 한 사람도 남김없이 돌려보내다니! 이건 범죄가 아니야, 악몽이야."

"하지만 모두 돌아가고 싶어 했는걸요."

"그야 그랬겠지."

"레지, 누구를 염두에 두고 있는 거죠?"

"누군가를 의심하고 싶어도 사실이 전혀 없기에 손을 들

수밖에 없어. 원장님은 어디에 계시지?"

그들이 원장의 방으로 가려던 순간 경위가 2층에서 내려왔다. "2층의 조사는 끝났습니다. 제가 할 수 있는 일은 별로 없는 것 같습니다. 하지만 아래층에서는 할 일이 아주 많습니다. 아마도 여러 가지 기묘한 이야기를 듣게 되겠지요. 이런 시설에는 언제나 소문이 가득 들어차 있는 법이니까요. 사람들이 너무나도 친밀하게 생활하고 있기 때문에 불화나 적의가 생겨나서……." 그는 도중에 말을 끊고 깜짝 놀란 듯 레지의 얼굴을 보았다. 원장실에서 흐느껴 우는 소리가 새어나왔다. 그는 노크도 하지 않고 문을 열었다.

원장이 재판관처럼 차가운 표정으로 책상 앞에 앉아 있었다. 간호사 제복을 입은 젊은 여자가 챈트리 여사의 가슴에 기대어 울고 있었으며, 챈트리 여사가 그녀를 위로하듯 쓰다듬으며 귓가에 대고 속삭이고 있었다.

"이거 실례했습니다."라고 경위가 눈을 둥그렇게 뜨고 말했다.

"아니요, 조금도 개의치 않습니다. 이 아이가 이디스 베이커로, 홀 선생님이 살아 계실 때의 모습을 마지막으로 본 사람이라 여겨집니다. 그리고 시체를 처음으로 발견한 것도 이 아이입니다."

"그리고 이 아이는 고인을 아주 좋아했어요."라고 챈트리 여사가 다정하게 덧붙였다. "안 그러니, 얘야?"

"이 아이의 진술을 듣지 않을 수 없습니다."라고 경위가 말했다. 그러나 소녀는 정신없이 몸부림치며 울고 있었다.

"얘, 그만 진정해라." 챈트리 여사가 그녀를 달랬다. "경위님은 그저 네가 홀 양과 헤어졌을 때, 그리고 시체를 발견했을 때의 상황을 물어보시려는 것뿐이야."

"이디스, 그만하지 못하겠니!" 원장이 커다란 소리로 나무랐다.

"당신 같은 사람 정말 싫어요."라고 소녀는 외친 뒤, 벌떡 일어나 방 밖으로 달려나갔다.

"저 아이의 진술이 반드시 필요합니다."라고 경위가 말했다.

"보신 것처럼 성격이 격한 아이라서요."라고 원장이 말했다.

"가엾게도." 챈트리 여사가 자리에서 일어났다. "저 아이는 선생님을 진심으로 따르고 있었어요. 제가 가서 아이를 살펴보고 올게요, 원장님."

"저 아이가 오늘 오후에 무엇을 하고 있었는지 알고 계신 분 안 계십니까?"라고 경위가 물었다.

"제가 모두에게 물어볼게요."라고 원장이 대답한 뒤, 호출 벨을 울렸다.

"어쨌든,"하고 레지 포춘이 끼어들었다. "어떤 조그만 단서도 놓쳐서는 안 됩니다. 다른 사람들이 오늘 오후에 무엇을 했는지 살펴봐주시기 바랍니다."

원장이 놀란 듯 그를 바라보았다. "설마 방문자들을 말하는 건 아니겠죠, 포춘 씨?"

"당신의 아이들을 말하는 겁니다."라고 레지가 대답하자 원장은 더욱 뜻밖이라는 듯한 얼굴을 했다. "정말 끔찍한 사건입니다, 이건."

그런 다음 그는 앰버 양을 집까지 데려다주었다. 가는 내내 입을 다물고 있었는데 이는 기분이 좋지 않다는 증거였다. 그러나 그녀는 기분이 좋지 않은 포춘을 처음 보았다. 그녀는 총명한 여성이었다. 헤어지기 직전에 그녀가 말했다. "당신 자신에 대해서는 잘 알고 계시겠죠? 당신은 언제나 옳아요."

이튿날 아침, 시드니 로머스가 런던 경찰국의 자기 방에 얼굴을 내밀었을 때 이미 레지 포춘이 기다리고 있었다. "이봐, 이봐!"라고 그가 항의했다. "대체 어떻게 된 일이야? 설마 자네가 이 시간에 깨어 있는 건 아니겠지? 아직 11시도 안 됐다고. 여기에 있는 건 자네의 유령일거야."

"난 열의로 가득 차 있어, 로머스. 고아원에서의 살인이 마음에 걸려서 말이지."

"그런가, 드디어 자백할 마음이 들었는가? 난 처음부터 자네를 의심하고 있었어, 포춘. 그게, 어디였더라." 그가 걸려 있던 신문 가운데서 『데일리 와이어』를 꺼냈다. "여기였군. '유명한 외과의사인 레지널드 포춘 박사가 고아원 위문 중에 자신의 눈으로 본 범행상황을 경찰에게 설명했다. 흉기는 외과용 메스라고 포춘 박사는 말했다.' 실제로 잔혹하기 짝이 없는 사건 같더군."

레지는 상대방의 농담을 받아주지 않았다. "맞아. 나도 현장에 있었어. 그 외에도 몇 사람인가가 있었어. 나나 다른 사람들에 대해서 뭐 아는 것 좀 없는가?"

로머스가 안경을 밀어 올렸다. "어딘가 기분이 안 좋은 모양이군, 포춘. 자네답지 않아. 무슨 일 있었는가?"

"이번 살인이 마음에 들지 않아. 덕분에 아이들의 파티가 엉망이 되어버렸어."

"그건 사건의 부산물 아닌가? 자네는 너무 가정적인 심정이 되어버린 모양이군. 그야 물론 아주 좋은 일이야. 하지만 그렇다고 해서 사건에 화를 내는 건 조금 다른 얘기 아닌가?"

"가정적인 심정이라고? 난 아주 큰 관계가 있다고 생각하는데. 사건이 아이들의 파티를 엉망으로 만들었어. 어째서 사건은 아이들의 파티 때 일어난 걸까? 상주하는 여의사를 살해하기에 훨씬 더 좋은 날이 얼마든지 있었을 텐데."

"그럼 자네는 방문자 중 누군가를 의심하고 있는 건가?"

"아니, 아닐세. 방문자가 있었던 건 그날만의 일이 아니야. 내가 말하고 싶은 건, 인생이란 현실적이고 진지한 것이라는 점이야. 그리고 때로는 악마적으로 생각하는 경우도 있지."

"보고서를 읽어보기로 하지."라고 로머스는 말하고 바로 그렇게 했다. "이런, 이런! 꽤나 두껍군. 바턴 녀석, 아주 의욕이 넘치는 모양이야."

"그럴 줄 알았어." 레지가 로머스의 어깨너머로 보고서를 읽으러 갔다.

로머스가 읽기를 마치고 의자에 몸을 기대 포춘을 올려다 보았다. "어떻게 생각하는가? 바턴은 이디스 베이커라는 젊은 간호사를 주목하고 있는 것 같은데."

　"맞아. 원장의 말을 듣고는 말이지. 나도 원장을 만났었어. 수완이 아주 좋은 여자더군. 세상 모든 것이 자신의 생각대로 되어야만 직성이 풀리는 사람이야. 모난 돌만 불쌍하지. 이디스 베이커가 바로 모난 돌일세. 이디스 베이커는 성격이 격한 아이다, 따라서 사람을 죽일지도 모른다, 이상이 내가 증명하려는 내용이다, 라는 거야."

　"하지만 원장은 그녀가 어떤 사람인지 아주 잘 알고 있을 거 아니야?"

　"물론이지. 그런데 젊은 아가씨들을 잘 알고 있는 원장이 이번 사건에서는, 이디스 베이커는 착한 아이가 아니라고 말하고 있어. 이봐, 경찰관들은 도대체 어째서 상대방의 말을 그렇게 간단히 믿어버리는 건가, 로머스? 원장의 마음에 들지 않는 것은 증언이 되지 못하고 있잖아."

　"증언이 없는 건 아니야. 소녀는 죽은 여자에 대해서 히스테릭이라고 할 수 있을 정도로 애착심을 느끼고 있었으며, 진심으로 존경함과 동시에 격렬한 질투심도 품고 있었다. 그녀는 의무실의 기구에 접근할 수 있는 입장에 있었다. 그녀가 당일 오후에 무엇을 했는지 설명할 수 없으며 사건을 처음 발견한 것도 그녀였다."

　"그것만 가지고는 충분하지 않아, 로머스. 그녀가 범인이라면 어째서 소란을 피운 걸까?"

로머스는 어깨를 들썩였다. "살인자 중에는 가끔 소란을 피우는 녀석들도 있는 법이야. 의심의 눈초리를 피하거나, 혹은 자신이 저지른 일이 두려워져서 말이지."

"그리고 어째서 어린이들의 파티가 있는 날까지 기다렸다가 살인을 저지른 걸까?"

"마침 그날 질투 때문에 그녀를 흥분하게 만든 일이 일어났다고는 생각할 수 없을까?"

"방문자 가운데 누군가를 둘러싸고? 글쎄, 그건 좀." 레지가 웃기 시작했다. "방문자들은 의무실을 견학했어, 로머스. 그들에게도 메스를 손에 넣을 기회는 있었어."

"그리고 갑자기 살인 충동을 느꼈다는 말인가? 그들은 체육관과 조리실에도 갔었어. 그들 가운데 감자를 삶기 시작한 사람이라도 있었는가? 포춘, 오늘의 자네는 평소와 달리 설득력이 없어."

"설득력이 없다는 사실은 알고 있어. 너무나도 섬뜩한 사건이니까."

"게다가 비정상적이야." 로머스가 고개를 끄덕였다. "물론 이 사건의 본질은 그 이상함에 있어. 고아원이나 다른 시설, 여자와 아이들이 모여 있는 이런 곳에서는 종종 이런 종류의 살인이 일어나곤 해. 그것은 십중팔구 히스테릭한 발작에 의한 범죄야. 자네의 어린 친구인 베이커 양도 매우 흥분하기 쉬운 성격인 듯하니까."

"뭔가 내가 모르는 것이라도 알고 있는가?"

"아니, 증언에 그렇게 되어 있네. 게다가 살인 후에 반미치 광이처럼 되어버린 그녀를 자네도 직접 보지 않았는가."

"이봐, 로머스, 결론이 너무 성급하잖아. 그 아이는 미치광 이 같지 않았어. 오히려 누구보다도 정상적이었어. 10대의 어린 소녀를, 그녀가 진심으로 따르고 있는 여자가 목이 잘려 죽어 있는 방으로 들여보내 보게. 설마 숙녀처럼 예의바르게 이야기하지는 않을 거야. 그리고 증언이라고? 자네들은 어째 서 사람이 다른 사람에 대해서 하는 이야기를 그대로 받아들 이는 거지? 그들은 예외 없이 모두 거짓말을 하고 있어. 설령 고의가 아니라 할지라도 말이야. 그 원장은 소녀가 여의사를 존경하고 있기 때문에 그 아이를 마음에 들어 하지 않아. 그렇기에 그 소녀에 대해서 이상하고 질투심이 많은 성격이 라고 설명한 거야. 10대 소녀가 교사를 존경하는 예는 얼마든 지 있잖아. 오히려 그게 정상이야. 다른 교사가 그것 때문에 괴롭힌다는 것도 아주 흔히 있는 일이고."

"그러니까 원장이 두 사람 사이를 질투했다는 말인가?"

레지가 어깨를 들썩였다. "당연히 그렇게 생각할 수밖에 없지 않겠는가?"

"이봐, 자네 혹시 원장을 의심하고 있는 건가?"

"나는 악마를 의심하고 있어." 레지가 진지한 얼굴로 대답 했다. "들어보게, 로머스. 그 여자를 살해한 사람이 누구든, 녀석은 그녀의 목을 벤 후, 의자에 앉아서 그녀가 죽어가는 모습을 바라보고 있었어. 이야말로 악마의 짓이라고밖에는 달리 형용할 길이 없어." 그런 다음 그는 혈흔과 뒤집어놓은 쿠션에 대해서 이야기했다.

"그건 좀 지나쳤군. 증오의 그림자가 명백히 드리워져 있어."

"나는 이번 살인이 마음에 들지 않아. 게다가 덕분에 아이들의 파티가 중지되어버렸어."

"그 일에 묘하게 집착하는데." 로머스가 이상하다는 듯 그를 보았다. "자네, 방문자들을 염두에 두고 있는 건가?"

"글쎄." 레지가 중얼거렸다. "나도 잘 모르겠어."

"이게 방문자들의 명단이야."라고 로머스가 말하자 레지는 그쪽으로 시선을 천천히 돌렸다. "조지 경과 빈 여사, 챈트리 여사, 캐러웨이 부인……." 그가 이름을 따라서 연필을 옮겨갔다. "모두가 흠잡을 데 없이 훌륭한 양반들뿐이야. 봐도 소용없어."

"크랩 워남이 있어."라고 레지가 말했다.

"아아, 워남 말인가? 아마 부인이 데려간 거겠지. 그녀는 성자와 같은 사람으로 남편을 기르고 있다는 소문만 온통 무성해. 물론 망나니 같은 사람이지만 설마 살인까지야. 워남이 사람을 죽이는 장면은 상상할 수가 없어."

"그는 여자라면 앞뒤 가리지 않는 사람이야."

"아직도? 그럴지도 모르겠군. 하지만 그가 살해당한 여의사를 알고 있었다고는 여겨지지 않아. 피해자가 미인이었나?" 레지는 고개를 끄덕였다. "알겠네. 두 사람 사이의 관계를 파헤쳐보기로 하지. 그럴 리 없을 거라 생각하지만."

"지푸라기라도 잡아봐야지."라고 레지가 어두운 표정으로 말했다.

로머스가 보고서를 밀쳐놓았다. "난처한 일이지만, 이번 사건에도 증거가 무엇 하나 없어. 설마 비갓의 사건처럼 자살은 아니겠지?"

담배에 불을 붙이려다 얼굴을 들었기에 레지는 성냥으로 손가락에 화상을 입고 말았다. "자살은 아니야. 절대로 그럴 리 없어. 비갓은 자살이었나?"

"자살은 아니지만 매우 기묘한 사고사였어."

"맞아." 레지는 끄덕인 뒤, 몽상에라도 젖은 사람처럼 흐느적흐느적 방에서 나갔다.

비갓 사건을 고아원에서의 살인과 비교할 생각을 누군가가 했다면, 이때가 처음이라 여겨진다. 여의사의 검시가 행해졌을 때, 경찰은 앞서 이야기한 것 이상의 증거는 제출하지 못했으며, 배심원들은 미지의 단수, 혹은 복수의 인간에 의한 살인이라는 평결을 내렸다. 각 신문은 평온하고 무사한 휴일 시즌에 활기를 불어넣기 위해서 정체불명의 살인범에게 난폭한 짓을 허용한 경찰의 무능함을 한목소리로 비난했으며, 비갓 사건을 다시 들춰내서 험프리 비갓 경이 백악갱에 떨어진 것은 사고였다고 말하고 있지만, 홀 의사의 목이 잘린 사건과 마찬가지로 진상은 분명하지 않다고 떠들어댔다. 시드니 로머스 범죄수사부 부장은 인쇄술을 발명한 사내를 저주했다.

사람들에게 무슨 말을 듣든 마음에 두지 않는 성격의 레지 포춘에게 신문의 공격은 특별히 신경 쓸 일이 아니었다. 그는 살인 혐의를 받고 있는 가엾은 소녀를 위해 존 앰버의 도움을 얻어 시골의 조용한 은신처를 찾아주었으며(챈트리 여사는 그 일로 앰버 양에게 크게 화를 내며 이디스는 자신이 보살펴 줄 생각이었냐고 항의했다), 자신은 단지 자선가로서 사건에 관계하고 있었을 뿐이라고 말했다. 그 후 그는 앰버 양과의 결혼생활에 대비해서 집을 준비하는 일에 모든 시간을 썼다. 그러나 앰버 양의 눈에는 그가 뭔가 깊은 생각에 빠져 있는 것처럼 보였다.

그가 응접실의 새로운 배색이 새로운 조명 아래서 어떻게 보이는지를 앰버 양에게 설명하고 있을 때, 이든 의사에게서 전화가 걸려왔다. 한 환자의 일로 상의를 하고 싶다는 것이었다. 일이 급하니 바로 킹 윌리엄스 워크 3번가로 와주기 바란다고 했다.

"차를 타고 가도 될까?"라고 레지가 존에게 물었다. "그는 매우 다급한 모양이야. 당신은 그 뒤에 돌아가줄 수 없겠어? 당신 집에서도 멀지 않은 곳이야. 그런데 킹 윌리엄스 워크 3번가에 누가 살고 있지?"

"어머, 거기는 워남 부인 댁이에요!"라고 그녀가 놀라서 외쳤다.

"뭐라고!" 이렇게 말하고 레지 포춘은 입을 다물었다.

그리고 존 앰버 역시 그의 침묵을 깨는 일은 없었다. 그에게도 지지 않을 만큼 진지한 표정을 짓고 있었다. 그가 차에서 내릴 때가 되어서야 마침내 "그녀를 친절하게 보살펴주세요."라고 간단하게 말했다. 그는 자신의 팔에 겹쳐져 있는 그녀의 손에 입맞춤을 했다.

문을 연 것은 이브닝드레스를 입은 부인이었다. "포춘 씨죠? 어서 오세요. 친절하게도 바로 와주셔서 감사합니다." 그녀가 뒤에 있는 하녀에게 말했다. "이든 선생님께 말 좀 전해주렴, 매기. 환자는 저희 아들이에요. 너무 걱정스러워서……."

"정말 걱정이시겠네요, 워남 부인." 레지가 그녀의 손을 쥐었다. 그 손은 얼음처럼 차가웠다. 그의 기억 속에 있는 다정하고 온화한 표정도 지금은 딱딱하게 굳어 있었다. "어디가 안 좋은 거죠?"

"제럴드는 오늘 오후에 파티에 갔었어요. 아주 건강하게 집에 돌아와서 침대에 들어갔는데, 약간 흥분해서 바로는 잠이 오지 않는 모양이었어요. 하지만 그때는 아무렇지도 않았어요. 그러다 괴롭다고 울부짖으며 눈을 떴는데 몸이 아주 좋지 않은 듯했어요. 저는 이든 선생님을 불렀어요. 제럴드는 웬만해서는 울지 않는 아이예요, 포춘 씨. 게다가……."

갈라진 목소리가 들려왔다. "캐서린, 추운 데 그렇게 오래 있으면 안 돼." 목소리의 주인은 문 뒤에서 그들 쪽을 바라보고 있는 워남 대위였다.

"전 괜찮아요."라고 그녀가 대답했다. "이든 선생님은 제럴드 곁에 있어서는 안 된다고 하세요, 포춘 씨. 그 아이는 아직 괴로워하고 있어요. 이든 선생님께 맡겨둬도 괜찮은 건지 걱정이에요."

이든 의사가 2층에서 내려와 그 말을 들었다. 거구의 아직 젊은 이 의사가 그들을 내려다보듯 멈춰 서서 참으로 겸연쩍은 표정을 지었다.

"이든 선생님은 할 수 있는 모든 조치를 취했으리라 여겨집니다."라고 레지가 조용히 말했다. "그럼, 환자가 있는 곳으로 안내해주시기 바랍니다." 그들은 워남 부인을 남편에게 맡기고 계단을 올라갔다. 대위의 붉고 마른 얼굴이 복도 모퉁이에서 두 사람의 뒷모습을 바라보았다.

"아이는 일곱 살입니다."라고 이든이 말했다. "지금까지 위에 탈이 난 적은 없었습니다. 오히려 소화능력은 뛰어난 편이었습니다. 그런데 갑자기 이렇게 돼서⋯⋯. 그야말로 청천벽력입니다."

레지는 아이의 방으로 들어갔다. 남자아이가 괴로운 듯 몸을 구부린 채 침대에 누워 있었고, 침대 옆에는 여러 가지 의료기구들이 준비되어 있었다. 환자가 구슬 같은 땀이 이마에 맺혀 있는 얼굴을 들었다.

"안녕, 제럴드." 레지가 부드럽게 말했다. "너희 어머니의 연락을 받고 병을 고쳐주러 왔어." 그가 소년의 팔을 쥐어

맥박을 확인했다. "내 이름은 포춘, 행운의 포춘이야." 소년이 억지로 미소를 지어 보이려 했다. 레지가 작은 목소리로 잡담을 이어가며 두 손으로 소년의 몸을 촉진해보았다.

소년은 그를 보내주지 않으려 했으나 포춘은 그를 간신히 달래놓고 이든을 방 구석으로 데리고 갔다. "나를 부른 건 적절한 조치였어."라고 그가 무거운 어조로 말했다. 이든은 이마에 한쪽 손을 얹었다. "그래, 알고 있어. 아이에게는 견디기 힘든 고통이야. 자극성 독극물, 아마도 비소일 거야. 최토제는 먹였나?"

"워낙 괴로워하고, 또 약해져 있어서."

"물론 그랬겠지. 지금 여기에 뭔가 있는가?"

"가져오라고 집으로 사람을 보냈습니다. 하지만 저로서는……."

"내가 하겠네. 황산아연이 좋겠군. 자네는 간호사를 한 명 불러오게. 그리고 안전한 우유를 좀 찾아가지고 와주게. 이 집의 우유는 쓰고 싶지 않아."

"포춘 씨, 설마! 파티에서 그런 게 아닙니까?"

"이 집의 우유는 안 돼."라고 레지는 되풀이한 뒤, 아이 곁으로 돌아갔다.

그가 발소리를 죽여가며 2층에서 내려온 것은 그로부터 몇 시간 뒤였다. 부부가 홀에서 그와 얼굴을 마주했다. 울고 있던 것은 남편 쪽이었던 듯했다. "벌써 돌아가시는 건가요?"라고 워남 부인이 물었다.

"더 이상 고통은 없을 겁니다. 지금 잠을 자고 있습니다."

그녀의 눈이 흐려졌다. "그렇다면 그는……, 죽은 건가요?"라고 남편이 놀라서 물었다.

"저희들 가운데 누구보다도 오래 살 겁니다, 워남 대위. 하지만 지금은 가만히 내버려둡시다. 간호사가 함께 있으니 걱정할 것 없습니다. 게다가 저희에게도 수면이 필요합니다. 안 그런가요?" 밖으로 나간 그가 문가에 잠시 멈춰 섰다. 집 안에서 격렬한 감정이 담긴 목소리가 들려왔다.

이튿날 오전, 이든 의사가 그의 연구실로 찾아왔다. "잠깐만 기다려주게." 레지가 노트를 들여다보며 말했다. "내가 지옥에 떨어진다면, 틀림없이 숫자 계산을 하게 될 거야." 그는 노트의 숫자를 노려보며 얼굴을 찌푸렸다. "삼세판이야. 정답까지는 아니라 할지라도 꽤나 가까운 듯해. 그런데 우리 환자의 용태는?"

"좋아졌습니다. 아주 건강합니다."

레지가 자리에서 일어났다. "신께 감사해야겠군."

"그렇습니다. 어젯밤에는 틀린 줄 알았습니다, 포춘 씨. 당신이 안 계셨다면 죽었을지도 모릅니다. 신기하게도 당신이 아이를 보자마자 건강해졌습니다. 당신은 소아과를 전문으로 삼았어야 했습니다."

"자네까지 그런 소리를! 나는 언제나 다른 분야에 적합한 사람이라는 말을 듣고 있네. 그렇기에 지금도 연구실에서 이렇게 지긋지긋한 숫자 계산을 하고 있는 걸세."

"무엇 때문이었는지 아셨습니까?"

"응, 물론 비소야. 그것도 대량으로 먹였어. 어째서 늘 비소가 사용되는 건지 궁금해서 견딜 수가 없어."

이든은 놀라 그를 바라보았다. "그래서, 어쩌실 생각이십니까?"라고 그가 낮은 목소리로 말했다. "사고라고는 여겨지지 않습니다만."

"어린아이가 먹을 만한 음식에 잘못해서 비소가 들어갈 수 있으리라 생각하는가?"

"그건 그렇습니다. 하지만……, 그렇다면 누가 그 아이를 살해하려 했을까가 문제입니다."

"그것이 방정식 속의 미지수일세. 하지만 어린이를 살해하려는 인간은 얼마든지 있다네. 훌륭한 어린이들을 말이지."

이든은 새파랗게 질려버렸다. "무슨 말씀이십니까? 그가 워남의 아들이 아니라는 사실은 알고 계시겠지요? 워남은 양아버지입니다."

"물론 알고 있지. 두 사람이 같이 있는 모습을 본 적이 있는가?"

이든은 망설였다. "그는 그러니까……, 워남은 잘 따르지 않는 듯했습니다. 하지만 워남이 그를 좋아했다는 사실은 제가 맹세할 수 있습니다."

"그야 당연한 일 아니겠는가? 어쨌든 그가 집에 있었으면 좋겠는데."

"어쩌실 생각이십니까?"

"워남 부인에게 말할 거야. 남편이 듣는 자리에서."

이든 의사는 교수대에 올라가는 사형수와 같은 표정으로 포춘의 뒤를 따라서 밖으로 나왔다.

워남 부인이 홀로 그들을 맞으러 나왔다. "포춘 씨." 그녀가 그의 손을 쥐었다. 이미 평소의 차분함은 되찾았으나 그를 보는 눈이 불안으로 흐려져 있었다. "제럴드가 아까부터 당신을 찾고 있었어요. 저도 드리고 싶은 얘기가 있고요."

"저도 사건에 대해서 당신과 워남 대위, 셋이서 하고 싶은 얘기가 있습니다." 레지가 무거운 어조로 말했다. "하지만 그 전에 아이를 좀 봤으면 합니다."

제럴드 소년은 자신의 마음에 든 포춘 씨를 좀처럼 놓아주려 하지 않았다.

두 의사가 병실에서 내려왔을 때, 워남 부인은 남편과 함께 기다리고 있었다. "왔는가, 포춘." 워남 대위가 튕겨져 오르듯 자리에서 벌떡 일어났다. "여러 가지로 귀찮게 해서 정말 미안하네." 그가 마른기침을 한 뒤 말을 이었다. "자네에게는 진심으로 감사하고 있어. 아이의 상태는 어떤가?"

"좋아지지 않을 이유가 어디에도 없어." 레지가 천천히 대답했다. "하지만 이건 기묘한 사건이야, 워남 대위. 정말 기묘한 사건이야. 자네는 못 믿을지도 모르겠지만 아이는 의심의 여지도 없이 독을 먹었어."

"독을 먹었다고!" 워남이 묘하게 갈라지는 목소리로 외쳤다.

"제럴드가 뭔가 좋지 않은 음식이라도 먹었다는 의미인가요?"라고 워남 부인이 조용하게 질문했다.

"독은 비소였어, 워남 대위. 치사량의 비소를 삼킨 뒤 상태가 나빠지기까지 1시간 이상은 지나지 않았어. 아마도 그 이하일 거야."

"그게 사실인가? 거기에 의문의 여지는 전혀 없는가?" 워남이 얼굴을 붉혔다. "비소, 시간, 그리고 양, 전부 확실한 건가?"

"의문의 여지는 전혀 없어. 나는 비소를 검출했어. 양도 계산할 수 있었어. 게다가 비소가 효과를 나타내는 시간과도 일치해."

"하지만 저는 믿을 수가 없어요."라고 워남 부인이 말했다. "그런 잔혹한 짓이 있을 수 있는 건가요? 포춘 씨, 이건 사고가 아닐까요? 먹은 음식 속에 잘못해서 들어간 게 아닐까요?"

"먹거나 마신 것 속에 들어 있었던 것만은 틀림없는 사실입니다. 하지만 사고는 아닙니다, 워남 부인. 그건 있을 수 없는 일입니다."

"아무것도 숨기지 말고 전부 말해주게, 포춘." 워남이 커다란 목소리로 말했다. "자네는 누군가를 의심하고 있는가?"

"그건 오히려 자네가 해야 할 일 아닌가?"

"과연 제럴드를 독살하려 하는 사람이 있기나 할까요?"라고 워남 부인이 외쳤다.

"그는 그렇게 말하고 있어."라고 워남이 화난 사람처럼 말했다. "제럴드가 독을 먹은 게 언제쯤이라고 생각하지, 포춘? 파티에서인가, 아니면 집에 돌아와서인가?"

"집에 돌아와서 무엇을 먹었지?"

워남이 아내를 돌아보았다. "우유를 마셨을 뿐이에요. 아무것도 먹고 싶지 않다고 해서."라고 그녀가 대답했다. "게다가 제가 우유를 맛보았다는 사실을 분명하게 기억하고 있어요. 이상은 없었어요."

"그렇다면 파티에서가 되는 셈이네요."라고 이든이 말했다.

"설마, 어떻게 그런 일이. 제럴드를 살해하려는 사람이 있을 리가 없어요."

"저는 파티에 참석했던 사람들 가운데 몇 명을 만났습니다." 이든이 눈썹을 찡그리며 말했다. "몸이 안 좋아진 아이는 더 이상 없었던 듯합니다. 모든 참석자 가운데서 오직 제럴드 한 사람뿐입니다."

"맞아. 참으로 신기한 사건입니다."라고 레지가 말했다. "누군가에게 원한을 살 만한 일은 없었습니까, 워남 부인?"

"글쎄요, 누군가에게 원한을 살 만한 일은 전혀 떠오르지 않아요."

"물론이지, 캐서린." 남편이 아내를 보며 말했다. "하지만 제럴드가 토해낸 것 속에서 포춘이 실제로 비소를 검출해냈어. 어떻게 하면 좋겠는가, 포춘?"

"집안사람들은 확실히 믿을 수 있겠지? 제럴드를 질투할 만한 사람은 없겠지?"

워남 부인이 슬프다는 듯한 표정을 지었다. "의심스러운 사람은 한 명도 없어요. 무엇보다 의심할 만한 이유가 없는 걸요. 정말 악몽이라도 꾸고 있는 기분이에요."

"하지만 사실은 사실이야."라고 워남이 울부짖듯 말했다.

"그렇습니다. 하지만 지금은 아무것도 말하고 싶지 않습니다. 제럴드가 일어나면 어딘가 조용한 곳으로 그를 바로 옮기시기 바랍니다. 그리고 물론 당신들이 함께 있어줘야 합니다. 그렇게 하면 안전합니다. 그리고 저는, 이 사건을 잊지 않고 늘 신경 쓰고 있겠습니다. 자, 그럼, 안녕히 계세요."

"어머, 포춘 씨." 워남 부인이 서둘러 자리에서 일어나 그의 손을 잡았다.

"어쨌든 이만 실례하겠습니다."라고 레지가 말했다. 그러나 워남의 안내를 받아 밖으로 나갈 때, 그는 워남의 야윈 손이 그의 팔을 잡는 것을 느꼈다.

"조그만 위안이 필요한 거로군."이라고 레지가 중얼거렸다. "이든 군, 학술원에 들러서 차라도 마시고 가세. 그곳의 머핀은 꽤 먹을 만해." 그는 이든과 함께 자동차의 시트에 앉자 긴장이 풀린 듯 한숨을 내쉬었다.

하지만 이든은 걱정스럽다는 듯 눈썹을 찌푸리고 있었다. "제럴드는 이제 안전하다고 생각하십니까, 포춘 씨?"

"아마도. 만약 독살을 시도한 것이 워남이나 워남 부인이었다면······."

"설마, 그런! 진심은 아니시겠죠?"

"그들은 떨고 있어. 내가 잔뜩 겁을 주었으니까. 그리고 만약 누군가 다른 사람의 짓이라면······, 아이는 다른 곳으로 가버릴 거고 워남 부인이 일일이 독이 들었나 확인한 뒤 먹일 테니 걱정할 것 없어. 이제 하나 남은 조그만 문제는 누가 범인일까 하는 것뿐이야."

"악마와도 같은 짓입니다. 누가 그 아이를 죽이려 한 걸까요?"

"정말 악마와도 같은 짓이라고밖에 말할 길이 없어." 레지는 고개를 끄덕였다. "그리고 우리는 배를 조금 채울 필요가 있어." 두 사람은 클럽으로 들어가 오랜 시간에 걸쳐서 차를 마셨고, 레지는 이든을 상대로 장미원과 중국의 동요에 대한 해석을 한바탕 늘어놓았다.

그러나 이든이 그의 먹성과 풍부한 화제에 간담이 약간 서늘해져서 돌아가자, 레지는 로머스가 러시아식으로 끓인 차를 마시고 있는 클럽의 한쪽 구석으로 자리를 옮겼다. 그가 투명하고 옅은 액체를 가리키며 말했다. "그건 밍밍하고 맛이 없고 한심해. 거기다 달지도 않아. 조심하게, 로머스. 러시아가 어떻게 됐다고 생각하나? 자네는 결코 볼셰비키처럼 행복해지지는 않을 거야."

"러시아에서 살아남은 사람 가운데 경찰이 1명 있었을 텐데."

"그 소름끼치는 음료는 놓아두고 잠깐 바깥 공기를 마시러 나가지 않겠는가?"

로머스가 어처구니없다는 얼굴로 그를 보았다. "자네의 젊은 약혼자는 어디로 갔는가? 그만 돌아가는 줄 알았는데. 자네도 성실치 못한 사내로군, 포춘. 조금은 신사답게 행동하는 게 어떻겠나?" 하지만 레지의 심상치 않은 눈빛을 깨닫고 그는 마지못해 자리에서 일어났다. "정말 자네처럼 매정한 사람은 본 적이 없어."

자동차가 클럽 앞에서 달리기 시작하자 레지는 1월의 동풍 속에서 춥다는 듯 무릎 덮개 안으로 몸을 웅크렸다. "추운가? 꼴좋군."하고 로머스가 말했다. "이번에는 대체 무슨 일인가?"

"또 미지의 살인사건이 벌어질 뻔했어."라며 레지는 제럴드의 사건을 설명했다.

"악마적이군."

"맞아. 나도 악마의 짓이라고 생각하고 있어."

"아이의 죽음으로 이득을 얻는 건 누구지? 답은 분명해. 워남밖에 없어. 워남 부인은 전 남편인 스티블리가 세상을 떠났을 때 돈 많은 미망인으로 남겨졌어. 워남이 그녀 주위를 맴돌았던 것도 그 때문이라는 사실 정도는 누구나 알고 있어. 하지만 유산의 대부분은 아이에게 가버렸어. 그래서 그는 필요한 수단을 쓴 거지. 맙소사. 크랩 워남이 조그만 일이 아니라도 저지를 법한 사람이라는 사실은 우리 모두가 알고 있어.

하지만 설마 그렇게까지 할 줄이야. 피도 눈물도 없는 악당이야. 그의 범행을 입증할 수 있겠는가?"

"이래서 내가 자네를 좋아하는 거야, 로머스. 자네는 정말 순진해. 모든 것이 명명백백해. 하지만 전부 틀렸어. 이번 사건에는 자연스러운 점이 전혀 없어. 악마가 관여하고 있기 때문이야."

"그렇다면 워남은 범인이 아니라는 말인가?"

"워남은 아니야. 나는 그에게 겁을 주려 해봤어. 그는 두려워했어. 하지만 자신을 위해서가 아니야. 자신의 아들에게 적이 있는데 그 정체를 알 수 없었기 때문이었어."

"이보게, 하지만. 그의 얼굴이 마음에 든다는 이유로 그가 범인이 아니라고 단정하는 것은 터무니없는 짓이야."

"그의 얼굴을 좋아할 사람이 과연 있겠는가? 독은 워남이 없는 파티에서 먹었어."

"하지만 왜? 어떤 동기를 생각해볼 수 있겠는가? 어딘가의 살인광이 켄싱턴의 어린이 파티장에 찾아가서 그 제럴드라는 소년에게 독을 먹였다는 건가? 그 설은 그다지 감탄스럽지가 않아."

"아니, 악마가 한 짓이라고 했잖아. 미치광이라고는 하지 않았어. 광기라는 것이 어떤 것인지 자네가 가르쳐준다면 독살을 하려 한 사람이 제정신일까 아닐까 하는 문제에 대해서 얘기하도록 하지. 그런데 요즘은 악마적인 소행이 조금 많은 것 같은데, 로머스. 가장 먼저 비갓의 사건. 젊고 건강하고 돈이 많고 멋진 아가씨와 이제 막 약혼한 사내가 백악갱에 떨어져서 죽었어. 그걸 배심원들은 사고사라고 단정했어. 그리고 예의 여의사. 젊고 순결한 생활을 하고 있었고 미심쩍은 과거도 없었고 모두가 그녀를 좋아했어. 그런 여자가 살해당했기에 그녀를 따르던 소녀는 발광 직전이야. 그리고 이번에는 제럴드 소년. 가엾은 아이로 어머니는 그를 한없이 사랑하고 양아버지도 그를 깊이 생각하고 있어. 누구나 좋아하는 그 아이의 독살에 거의 성공할 뻔했던 사람이 있어."

"무슨 말이 하고 싶은 건가, 포춘. 그런 사건들이 연달아 일어났다는 건, 이상하다고 보자면 틀림없이 이상한 일이야. 우리도 사건을 해결하지 못해서 난처한 입장에 놓이게 됐어. 하지만 그래서 어쨌다는 거지? 현실적으로 3개의 사건에는 아무런 연관성도 없어. 관계자는 모두 연결고리가 없는 사람들뿐이고 살인 수법도 각각 달라. 설령 비갓 사건이 살인이라 할지라도 말일세. 유일한 공통점이라고는 살인을 계획한 사람을 알 수 없다는 점뿐이지 않은가?"

"자네는 그렇게 생각하는가? 그렇군. 아무튼 내가 알고 싶은 것은 켄싱턴에서 열린 롤리 부인의 파티에 참석한 사람 가운데 구호원의 파티에도 참석했고, 비갓이 백악갱에 떨어졌을 때 그 부근에 묵고 있던 사람이 있지는 않을까 하는 점이야. 자네의 부하에게 그 점을 알아보라고 하게."

"이봐, 이봐! 3개의 사건은 비교할 수 없는 거야. 종류가 전혀 다르잖아. 수법도 제각각이고 피해자에게도 공통점은 하나도 없어. 그 세 사람을 골라서 살해할 만한 동기를 가진 사람을 상상이나 해볼 수 있겠는가?"

레지가 상대방의 얼굴을 바라보며 말했다. "하나같이 석연치 않은 살인이야. 그렇게 생각되지 않는가? 나는 추측할 수 있어. 결국은 추측의 영역에서 벗어나지 못할지는 모르겠지만."

그날 밤에는 앰버 양을 친척들이 모인 정식 만찬회에 데리고 갔다. 따분한 의식이 시작되기 전에 10분 동안 단둘이서 시간을 보낼 기회가 있었는데 그녀는 제럴드 소년이 회복했다는 사실 때문에 포춘에게 다정한 태도를 보였다. "전화로 알려주셔서 고마워요. 전 제럴드가 아주 좋아요. 가엾은 워남 부인! 그녀를 위로하러 갔었는데 아주 상냥하게 맞아주셨어요. 하지만 걱정이 이만저만이 아닌 듯했어요. 당신은 정말 훌륭한 분이세요. 소아과 의사도 잘해내실 줄은 몰랐어요. 정말 다재다능한 분이세요. 병은 무엇이었나요? 워남 부인은 저희에게 가르쳐주지 않으셨어요. 틀림없이……."

"'저희'라니, 누구를 말하는 거지?"

"어머, 챈트리 여사가 같이 갔었어요. 워남 부인은 어디가 아팠던 건지 말해주지 않았어요. 그래서 그 집에서 나왔을 때, 챈트리 여사가 제게 물어봤어요."

"하지만 당신은 모르는 거겠지? 존, 제럴드의 병에 대해서는 누구도 말을 하지 않았으면 해, 알겠지?"

"물론 그렇게 할게요." 그녀가 눈을 동그랗게 떴다. "하지만 레지……. 그 아이, 괜찮은 거겠죠?"

"괜찮고말고. 당신은 정말 다정한 사람이야."

마침내 그들을 맞아들인 식탁에서 그의 일족들은 평소와 달리 엄숙한 얼굴의 포춘을 발견했다. 약혼 덕분에 그도 얼마간은 사람다운 사람이 되었으니 결국 앰버 양에게도 얼마간의 장점은 있는 듯하다고 그들은 반신반의 속에서도 결론을 내렸다.

그로부터 일주일이 지났다. 그가 북경인 사생아 사건의 증언을 행하기 위해 오후 내내 앰버 양과 떨어져 있었을 때, 그녀로부터 전화가 걸려왔다. 챈트리 여사에게서 적당한 날을 골라서 포춘 씨를 식사에 데리고 와줬으면 한다는 전화가 있었다는 것이었다. 챈트리 여사가 그를 꼭 만나고 싶어 한다는 것이었다.

"그게 정말이야?"

"거짓말이 아니에요."라고 앰버 양이 말했다. "그녀는 아주 좋은 사람이에요, 레지. 사람들에게 친절을 베풀기를 아주 좋아해요."

"존."하고 포춘 씨가 말했다. "당신은 그녀의 집에 드나들어서는 안 돼."

"어머, 레지도 참!"

"어쨌든 그렇게 해야 돼. 챈트리 여사에게는 내가 직접 얘기해둘게."

챈트리 여사는 집에 있었다. 그녀는 간소하지만 안락한

응접실에 앉아서 한쪽 발을 난로의 불로 덥히고 있었다. 조그만 발 위로 보기 좋은 다리가 들여다보였다. 예의 목깃 부근에 흰색을 곁들인 검은 옷을 입고 있었고, 느슨한 가운은 우아함을 드러내고 있었다. 그녀는 포춘 씨에게 미소를 지으며 머리카락을 쓸어 올렸다. 선명한 갈색 머리에서는 백발이 한 가닥도 보이지 않았으며, 이 나이에 단발이 어울리는 여자는 처음 본다고 레지는 생각했다. 그런데 이 여자는 몇 살쯤 됐을까? 눈은 작은 새처럼 반짝였으며, 속이 비칠 듯 창백한 얼굴에는 주름 하나 없었다.

"잘 오셨어요, 포춘 씨."

"앰버 양에게 들은 바에 의하면……."

그들이 앉아서 이야기를 시작했다. 잠시 후 챈트리 여사가 이야기의 주도권을 쥐었다. "이렇게 빨리 전해주다니, 앰버 양은 정말 친절한 분이세요. 하지만 그녀는 원래 친절한 분이셨죠. 전 당신을 꼭 초대해서 결혼 전에 친구가 되었으면 좋겠다고 생각하고 있었어요. 이제 결혼도 얼마 안 남았죠? 어머, 깜빡했네요. 차라도 드려야 했는데."

"차는 됐습니다."

"그래요? 미안하지만 그래도 벨을 좀 눌러주실래요? 사람이 차 없이 살아갈 수 있다니 저로서는 이해할 수 없어요. 하지만 요즘에는 차를 마시지 않는다는 분이 꽤 많아진 것 같아요. 당신은 좀 특이한 분이세요, 포춘 씨. 천재란 그런 걸까요?"

"제가 오늘 찾아뵌 것은, 앰버 양이 함께 식사를 할 수 없다는 사실을 전하기 위해서입니다, 챈트리 여사."

그녀가 잠시 사이를 두었다가 대답했다. "그거 정말 안타깝게 됐네요. 그녀는 조만간 당신에게도 틀림없이 시간이 날 거라고 했었는데."

"그녀도 오지 않을 겁니다." 레지가 분명하게 말했다.

"당신이 그렇게 말씀하신다면 물론 몰래 오지는 않겠지요." 그녀가 조롱하는 듯한 날카로운 눈빛을 그에게 보냈다. "그럼, 당신도 역시 못 오시는 건가요, 포춘 씨?"

"워낙 일이 바빠서. 저희 같은 사람에게는 일이 돌발적으로 일어나는 경우가 많습니다."

"그러고 보니 피곤하신 것 같네요. 안쓰럽게도. 푹 쉬지 않으시면 안 돼요." 하인이 방으로 들어왔다. "정말 차를 안 드실 건가요?"

"정말 괜찮습니다. 전 이만 실례하겠습니다, 챈트리 여사."

그는 집에 오자마자 로머스에게 전화를 걸었다. 로머스는 레스터셔로 사냥을 나가서 부재중이었다. 그 대신 벨 경정이 전화를 받았다. 자네는 미지의 살인자에 대해서 뭔가 아는 것이 있냐고 레지는 질문했다.

"지금 한창 수사를 진행 중입니다."라고 벨 경정이 대답했다.

"이봐, 국회청문회가 아니야, 벨. 뭣 좀 알아낸 거 없어?"

"분명한 건 아무것도 없습니다."

"그런 대답은 최후의 심판 때까지 잘 간직하고 있으라고."

이튿날 저녁을 먹기 위해 옷을 갈아입으러 집으로 왔더니 전보 1통이 그를 기다리고 있었다.

〈제럴드 용태 악화. 매우 우려됨. 급히 와주시길. 저녁 기차에 맞춰 차를 보내겠음.

워남

펀허스트 블랙오버〉

포춘은 6시 30분발 열차가 워털루 역을 출발하기 직전에 가장 마지막 차량에 뛰어올랐다.

워남 부인은 제럴드를 어딘가 조용한 곳으로 데려가라는 그의 조언에 충실하게 따랐다. 블랙오버는 2개의 본선에서 같은 거리만큼 떨어져 있는 불편한 곳인데, 본선 가운데 하나에서 그곳까지 그다지 믿음직스럽지 못한 지선이 연결되어 있었다. 2번을 갈아탄 뒤에, 추위와 역에서 파는 샌드위치로 달랜 공복에 시달리며 레지는 블랙오버 역의 어두컴컴한 승강장에 내려섰다. 표를 받아든 잡부 겸 포터가, 밖에서 자동차가 기다리고 있는 것 같다고 가르쳐주었다.

어두운 역 앞 광장에는 자동차가 한 대밖에 보이지 않았다. "펀허스트에서 온 차인가?"라고 물어보자 보닛 속에 상반신을 숨기고 있던 조그만 운전수가 보닛을 닫고 모자에 손을 얹은 뒤 운전석 쪽으로 달려갔다.

차는 밤의 어둠을 따라 달리기 시작해서 삼림지대를 꿰뚫고 있는 좁고 구불구불한 길을 올라갔다. 스쳐지나는 사람이나 차도 없었으며 인가의 불빛도 보이지 않았다. 마침내 차가 언덕의 정상에서 멈춰 섰을 때 레지는 창밖을 바라보았다. 새하얀 서리와 솔숲 외에는 아무것도 보이지 않았다. 운전수가 차에서 내리려 했다.

"무슨 일이지?"라고 물으며 레지는 창밖으로 얼굴을 내밀었다. 그런 다음 문의 손잡이를 당겨 자신도 밖으로 나왔다.

운전수의 얼굴은 챈트리 여사의 얼굴, 바로 그것이었다. 다가오는 그의 머리 위로 발사한 권총의 섬광 속으로 그 얼굴이 순간 떠올랐던 것이다.

"이젠 끝이야, 끝장을 내주겠어."라고 외치며 그녀는 격렬하게 저항했다. 두 번째 총알이 솔숲으로 발사되었다. 그는 권총을 쥔 상대방의 손을 비틀어 올렸다. 세 번째 총알은 그녀의 얼굴을 향해서 발사되었다. 그녀는 힘없이 쓰러져버렸다.

그는 시체를 전조등의 빛 속으로 가져가 가만히 바라보았다. "이젠 끝난 건가."라고 중얼거리며 어깨를 들썩이고는 시체를 차 안으로 끌어넣었다.

그는 담배에 불을 붙인 뒤, 귀를 기울였다. 소나무 가지에 스치는 바람소리 외에는 아무것도 들리지 않았다. 마침내 운전석에 올라 차를 출발시켰다. 다음 네거리에서 서북쪽으로 향하는 길로 들어서 곧 포츠머스의 도로로 나왔다.

그날 밤, 하인드헤드와 쇼터밀 사이의 좁은 길에 버려진 자동차 1대에 하얀 서리가 가득 내렸다. 포춘 씨는 눈에 띄지 않도록 해즐미어에서 막차에 올랐다.

이튿날 존 앰버와 함께 공연물을 보고 밖으로 나오니 신문 파는 아이가 "자동차 괴사건"이라고 외치고 있었다. 포춘 씨는 신문을 사지 않았다.

런던 경찰국의 부름을 받은 것은 그로부터 다시 하루가 지난 날의 오전이었다. 로머스가 벨 경정과 함께 기다리고 있었다. 두 사람이 무거운 표정과 호기심 가득한 눈으로 그를 맞아들였다. 포춘 씨는 달갑지 않은 표정이었다. "로머스, 하다못해 일주일만이라도 가만히 내버려둘 수는 없겠나?"라고 그가 항의했다. "자네는 대체 무엇 때문에 월급을 받고 있는 건가?"

"그런 말은 아침을 먹으면서 진저리가 나도록 들었어."라고 로머스가 대답했다. "신문 기사 같은 말은 그만뒀으면 좋겠어. 조금 더 새롭게 말할 수 없겠나?"

"'또 의문의 살인사건'인가?" 레지가 신문의 표제어를 인용했다. "'런던 경찰국 추태를 드러내다', '경찰의 관료주의' 그래 맞아, 로머스, 바람직한 신문이란 존재하지 않아."

로머스는 신문을 더욱 비방했다. "그런데 포춘, 자네는 여자 운전수가 누구인지 알고 있는가?"

"그건 신문에 실리지 않았어, 안 그런가?"

"추측도 해보지 않는가?"

레지 포춘은 다시 그들의 호기심 가득한 시선을 느꼈다. "또 의문의 살인사건인가?" 그가 꿈이라도 꾸고 있는 듯한 투로 말했다. "글쎄, 어땠을까? 자네들도 드디어 일련의 사건에 본격적으로 뛰어든 건가? 내 분명히 어느 사건이나 현장에 있던 사람을 찾아보라고 말했을 텐데."

　로머스가 벨 경정의 얼굴을 보았다. "이번 사건의 현장에는 챈트리 여사가 있었어, 포춘."하고 그가 말했다. "챈트리 여사는 그제 자신의 차로 집을 나섰어. 어제 아침에 해즐미어 북쪽의 샛길에서 그 차가 발견되었어. 챈트리 여사가 안에 타고 있었지. 운전수 제복을 입고 머리에 총을 맞은 채."

　"이런, 이런." 레지 포춘이 말했다.

　"자네가 현장에 가서 시체를 봐주었으면 하는데."

　"증거는 시체뿐인가?"

　"그녀가 어디서 제복과 모자를 샀는지는 알고 있네. 그녀 자신의 코트와 모자는 앞좌석 아래에 박혀 있었어. 그녀는 하인들에게 오늘 밤에는 돌아오지 못할지도 모른다는 말을 남기고 외출했어. 무엇을 위해서 어디로 가려던 건지 아는 사람은 아무도 없어."

　"그런데 사람이 맞았다고 하면 일반적으로 사용된 무기는 총이야. 총은 발견되었는가?"

　"그녀는 자동권총을 쥐고 있었어."

　레지 포춘이 자리에서 일어났다. "내가 가서 보는 것이 좋을 듯하군."하고 그가 슬프다는 듯 말했다. "정말 견디기 어려운 세상이로군, 로머스. 자, 출발하세. 내 자동차가 기다리고 있으니."

그로부터 2시간 뒤, 그는 총알이 어떻게 발사되었는지를 실제로 보여주는 경찰의의 설명을 들으며 홀쭉한 시체와 창백한 얼굴의 검게 그을린 상처를 내려다보았다. 권총은 사후경직이 일어난 여자의 오른손에 굳게 쥐어져 있었으며, 두개골 속에서 빼낸 총알은 그 권총에서 발사된 것으로 확인되었다. 총알은 그녀의 얼굴을 향해 지근거리에서 발사된 것이 틀림없었다. 초연으로 더러워져 검게 그을린 피부가 그 사실을 이야기해주고 있었다. 레지는 설명을 들으며 고개를 끄덕였다. "그렇군. 모든 것이 명백해. 단순한 사건이야." 그가 시체에 덮개를 씌우고 경찰의에게 감사인사를 한 뒤, 경찰의와 함께 시체보관소에서 나왔다.

로머스가 그들을 기다리고 있었다. 레지는 머리를 옆으로 흔들었다. "내가 할 수 있는 일은 아무것도 없어, 로머스. 자네도 마찬가지야. 의학적인 증거는 자살임을 나타내고 있어. 이번 건에 관한 한 런던 경찰국은 무죄방면이야."

"의심스러운 부분은 전혀 없는가?"

"외과의학회의 회원을 한 명도 남김없이 전부 데려온다 해도 결론은 같을 거야."

마침내 두 사람은 다시 자동차에 올랐다. "이것으로 모든 일이 끝났어, 다행이야."라고 포춘 씨가 조그만 마을을 지나며 말했다.

로머스가 흥미롭다는 듯 그를 보며 물었다. "그녀가 자살한 원인은 무엇일까, 포춘?"

"그 외에도 몇 가지 의문이 더 있어."라고 레지는 중얼거렸다. "그녀는 왜 비갓을 살해한 것일까? 왜 여의사를 살해한 것일까? 왜 제럴드 소년을 살해하려 한 것일까?"

로머스의 눈에 놀라움의 표정이 더해졌다. "그녀의 짓이라는 걸 어떻게 알지?"라고 그가 낮은 목소리로 물었다. "꽤나 확신하고 있는 것 같은데."

"이런, 이런. 자네들도 조금은 일다운 일을 하는 것이 어떻겠나? 런던 경찰국이 변변찮은 사람들의 집합이라는 사실은 알고 있었지만, 거기에 게으름까지 부릴 줄이야. 모든 살인 현장에 있었던 사람은 누구인가? 그걸 아직도 모르겠단 말인가?"

"그녀는 비갓의 저택 근처에 머물고 있었어. 고아원에도 있었어. 켄싱턴의 어린이 파티에도 참석했었어. 3개의 장소에 있었던 건 그녀뿐이야. 하지만 그녀가 살인범이라고 생각한 이유는?"

레지가 차분하지 못하게 몸을 움직였다. "그녀에게는 눈에 거슬리는 무엇인가가 있었어."

"눈에 거슬린다고! 그녀는 언제나 자선사업에 힘을 쏟고 있지 않았는가?"

"물론 그랬지. 자선사업에 힘을 쏟는 것은 성인일지도 몰라. 하지만 자네는 아직 깨닫지 못했는가? 타인의 불행을 구하기 위해 바쁘게 돌아다니는 사람들 가운데는 타인의 불행을 보는 것이 즐거운 사람도 있다는 사실을."

"그럴지도 모르지. 하지만 이건 살인이야! 게다가 서로 다른 세 사람을 살해할 만한 동기를 생각해볼 수 있겠는가? 살해당한 사람 가운데 누군가 한 사람을 증오했다면 그건 이해할 수 있지만, 세 사람 모두를 증오했다는 건 이해할 수가 없어."

"하지만 공통된 요소가 한 가지 있어. 모르겠는가? 각각의 피해자에게는 그 죽음으로 한없는 괴로움을 맛볼 사람이 있었어. 비갓과 약혼한 아가씨, 여의사를 존경하던 아가씨, 그리고 제럴드의 어머니야. 어떤 경우에도 크게 괴로워할 사람이 있었어. 게다가 피해자는 모두 나이도 젊고 행복한 삶을 살고 있던 사람들뿐이야. 어느 사건을 살펴봐도 이상한 살인이라고 해야 할 거야, 로머스. 악마속(屬), 여성류(類)의 살인이라고 말할 수 있을 만한 살인이야. 챈트리 여사는 잔학함에 대해서 악마적인 정열을 불태우고 있었던 걸지도 몰라. 그게 그날 밤 자동차 안에서 전부 타버린 거겠지."

"하지만 어째서 자살을 한 걸까? 자네는 그녀의 정신이 이상해졌던 거라고 생각하는가?"

"거기까지는 단정할 수 없어. 그건 최후의 심판에서나 알 수 있는 일이야. 잔혹함과 광기는 동일한 것인가? 나는 잘 모르겠네. 그녀는 어째서……, 결국은 정체를 드러낸 것일까? 어쩌면 조금은 지나쳤다는 생각이 들었던 걸지도 몰라.

자네와 내가 그녀를 주목하기 시작했다는 사실을 눈치 챈 걸지도 모르고. 그녀는 내가 별로 마음에 들지 않았을 거야. 내게 대해서는……, 약간 이상한 태도를 취했으니까."

"자네는 참으로 무시무시한 사내야, 포춘."

"무슨 말도 안 되는 소리! 나는 아주 평범한 사람이야. 극히 자연스러운 인간이야."라고 레지 포춘은 대답했다.

후광 살인사건

오구리 무시타로(小栗虫太郎)

일본 도쿄에서 태어났다. 1933년, 밀실살인을 테마로 한 「완전범죄」를 『신청년』에 발표하며 추리문단에 혜성처럼 등장했다. 같은 해에 「성 알렉세이 성당의 참극」, 이듬해에 「유메도노 살인사건」을 발표했다. 본격 추리소설 외에도 범죄심리소설인 「흰개미」, 신전기소설인 「20세기 철가면」 등을 발표했으나 반 다인 풍의 현란한 현학성과 트릭과 초논리를 구사하여 그 작풍의 정점을 찍은 것은 「흑사관 살인사건」이었다. 45세에 죽음을 맞이했는데 알코올중독 때문이라는 설이 유포되었지만 유족은 어디까지나 뇌익혈 때문이라고 주장했다.

1. 합장하는 시체

전 수사국장이자 지금은 일류 형사변호사인 노리미즈 린타로는 부름을 받은 정령이 떠나는 날1), 새로운 정령이 어째서 떠났는지—를 밝혀내지 않으면 안 되었다. 그도 그럴 것이 7월 16일 아침에 보현산 겁악사의 주지스님—이라기보다 붓을 던져버린 견산화백이라고 부르는 편이 더 유명할 테지만 — 그 코노스 타이류 씨가 기괴한 변사를 당했다는 소식을, 하제쿠라 검사가 전화로 알려주었기 때문이었다. 그러나 겁악사는 그에게 완전히 낯선 장소는 아니었다. 노리미즈의 친구이자 타이류와 함께 토쿠사파의 쌍벽이라 일컬어지는 시즈쿠이시 쿄손의 집이 겁악사와 담장 하나를 사이에 두고 옆에 있어서, 2층에서 2개의 커다란 연못이 있는 풍경을 내려다볼 수 있기 때문이었다. 거기에는 조경기교가 없는 만큼 오히려 소박한 아취가 있었다.

---

1) 일본에서 7월 15일은 조상을 제사하는 날.

코이시카와 시미즈다니의 언덕을 내려가면 왼쪽으로 떡갈나무와 개암나무가 울창하게 우거져 있다. —그 높은 지대가 겁악사였다. 주위는 벚나무 제방과 1길이 넘는 대나무 울타리로 둘러싸여 있었으며 본당 뒤편에는 그 절의 이름을 높이고 있는 약사당이 있었다. 타이류의 시체가 발견된 것은 약사당의 배경을 이루고 있는 삼나무 숲에 둘러싸인 황폐한 당우(堂宇) 속이었다.

사방 3자나 되는 커다란 포석이 본당 옆에서부터 시작되어 약사당을 만(卍) 자 모양으로 휘돌아 현장에까지 이르러 있었다. 당은 4평 정도의 넓이로 현백당이라는 전액(篆額)이 걸려 있었으나, 당이라는 건 이름뿐이고 내부에는 마룻바닥도 깔려 있지 않았으며 입구에 있어야 할 격자무늬조차 없었다. 그리고 나머지 세 방향은 6치짜리 두툼한 판자로 둘러싸여 있었는데, 그것을 2개의 커다란 연못을 잇는 도랑이 말발굽 모양으로 감싸고 있었다. 당 주위를 더욱 설명하자면, 도랑은 오른쪽 연못의 둑에서 시작되는데 그것이 당 뒤편을 지나 말발굽 모양의 왼편으로 접어드는 부근까지는 양쪽 기슭 모두에 인공바위로 제방이 쌓여 있었다. 당 주위에 나무는 없었으나 앞쪽에 교차하고 있는 삼나무의 커다란 가지가 햇빛을 막아 이른 아침에 아주 잠깐 해가 들 뿐, 주위는 이끼와 습기로 깊은 산속처럼 흙냄새가 피어오르고 있었다.

모래와 자잘한 자갈을 깔아놓은 당 내부에는 거미줄과 그을음이 종유석처럼 늘어져 있었으며, 안쪽 어둠 속에 색이 벗겨진 적갈색 기예천녀의 등신상이, 그것도 하얀 얼굴만이 섬뜩할 정도의 생생함으로 도드라져 있었다. 거기에 돌담에 나 있을 법한 커다란 돌이 천인상 근처에 하나 나뒹굴고 있는 모습은 마치 난보쿠의 그림 같은 부분이 있어서, 그것이 말로 표현할 수 없는 귀기(鬼氣)를 띠고 있었다.

노리미즈의 얼굴을 보고 하제쿠라 검사가 무척 친한 듯 눈인사를 했고, 그 뒤에서 예의 야성적인 목소리를 올리며 수사국장인 쿠마시로 타쿠키치가 그 기름기 흐르는 작은 몸을 뒤뚱뒤뚱 내밀었다.

"봤는가, 노리미즈 군. 이게 발견 당시 그대로의 상황일세. 그걸 알았다면 내가 자네를 일부러 부른 이유도 짐작이 가겠지?"

노리미즈는 애써 냉정함을 가장했으나 그래도 마음속의 동요는 숨길 수 없었다. 그가 매우 신경질적인 손놀림으로 시체를 살펴보기 시작했다. 시체는 이미 차가워져 완전히 강직되어 있었는데 그 모습은 흡사 기괴파의 공상화 같았다. 커다란 돌에 등을 기대고 양 손에 염주를 둘러 합장한 채, 침통한 표정으로 안쪽의 천인상을 향해 단정히 앉아 있었다. 나이는 쉰대여섯, 왼쪽 눈을 실명하여 오른쪽만을 한껏 둥그렇게 뜨고 있었다. 등잔의 심지 같은 몸은 키가 과연 5척은 될까 싶었으나, 하얀 버선을 신고 자줏빛 가사를 두른 모습에는 역시 부정할 수 없는 관록이 있었다. 상처는 노정골과 전두골의 연결부에 있었는데, 둥근 끌 모양의 자상으로 그것이 매우 볼록했기에 두정의 거의 원심에 닿아 있었다. 상처의 지름은 약 0.5센티미터, 상처는 아래로 두개강 속까지 파고 들었으나 주위의 뼈에는 함몰된 골절도 없고 파편도 보이지 않았다. 상처를 중심으로 가느다랗고 붉은 선이 이어져 거미줄 같은 금이 연결부를 구불구불 달리고 있었는데 전부 좌우의 설상골까지 이르러 있었다. 그리고 흐른 피가 부어오른 곳 주위를 물들이며 화산 모양으로 불룩하게 응결된 곳은 마치 체리를 얹은 아이스크림 같았는데, 그 외에 외상은 물론 혈흔 하나 없었다. 뿐만 아니라 입은 옷에도 얼룩은 없었으며, 옷의 주름과 매무새도 단정했다. 흙이 묻은 곳도 지면에 닿은 부분뿐이었는데 그것도 매우 자연스러웠으며, 당 안에는 격투의 흔적은커녕, 지문은 물론 그 외의 어떠한 흔적도 남아 있지 않았다.

"어떤가? 이 시체는 참으로 멋진 조각 아닌가?"라고 쿠마시로가 오히려 도전적인 투로 말했다.

"하나에서부터 열까지 전부 이해할 수 없는 점뿐이니, 자네의 취향에 딱 맞는 사건이야."

"뭐, 그렇게 놀랄 것도 없어. 새로운 이즘의 그림이란 건 대체로 이런 법이니까." 노리미즈는 맞받아치며 일어나, "하지만 조금 이상한데. 이 조각상은 오른쪽 눈만 멀었어. 게다가 조각상에만 먼지가 묻어 있지 않다니, 어떻게 된 걸까?"라고 중얼거렸다.

"그건 피해자인 타이류만이 이 당을 뻔질나게 드나들었다고 하니까, 틀림없이 거기에 원인이 있을 거야. 그리고 오늘 아침 8시에 검시를 진행했는데 사후 10시간 이상에서 12시간쯤 되었다는 감정이 나왔어. 그런데 상처 속에 날개미가 2마리 있었던 것을 보면 숨이 끊어진 것은 8시에서 9시 사이라고 할 수 있을 거야. 어젯밤 그 무렵에 날개미의 맹렬한 습격이 있었다고 해."

"그렇다면 흉기는?"

"그건 아직 발견되지 않았어. 그리고 이 굽이 낮은 나막신은 피해자가 신던 것이라고 해."

당의 오른쪽 끝에 있는 포석과 커다란 돌 사이를 오간 설피의 흔적이 있고, 그 오른쪽 옆으로 또 하나의 발자국이 커다란 돌 옆까지 이어져 있었으며, 나막신은 거기에 벗겨져 있었다. 그 사이에 검사는 나막신 굽에 파인 자국을 살펴보고 있었는데,

"아무래도 몸무게에 비해서는 홈이 깊은 것 같은데."

"그건 어두운 곳을 걸었기 때문이야. 밝은 곳과는 달라서 아무래도 체중이 걸리기 쉬우니까."라고 노리미즈는 검사의 의문에 답하고 무슨 생각을 한 것인지 줄자를 발자국 부근에서 세로로 세웠는데, 그것이 왼쪽으로 데굴데굴 굴러갔다. 그는 그것을 말없이 바라보다가 마침내 쿠마시로에게, "자네는 살인이 과연 어디서 행해졌다고 생각하는가?"라고 물었다.

"분명하지 않은가?" 쿠마시로는 이상한 동작에 이은 노리

미즈의 기이한 질문에 눈을 깜빡이다가, "어쨌든 본 그대로 일세. 피해자는 나막신을 벗고 커다란 돌에 올랐다가 가만히 바닥으로 내려온 거야. 그리고 설피를 신은 범인이 뒤에서 범행을 저지른 거지. 하지만 시체의 상태를 보면, 거기에는 물론 기상천외한 메커니즘이 숨어 있을 거라 생각해."

"메커니즘!?" 검사는 쿠마시로답지 않은 용어에 미소 지었으나, "흠, 틀림없이 그런 것 같아."라고 끄덕인 뒤, "그 일부가 시체의 합장이야. 저걸 보면 숨이 끊어진 뒤부터 강직까지 범인이 꽤나 복잡한 동작을 한 것이라고 보지 않을 수 없어. 하지만 그런 흔적은 어디에서도 발견되지 않았단 말이지."

거기에는 특별히 대답하지 않고 노리미즈는 시체를 다시 내려다보며 머리로 줄자를 가져갔다.

"쿠마시로 군, 모자의 크기로 따지자면 8인치에 가까운 커다란 머리야. 65센티미터나 돼. 물론 직접적으로 도움이 되는 건 아니지만 숫자라는 건 어쨌든 추론이 막혔을 때 탈출구가 되는 경우가 있으니까."

"그럴지도 모르지." 어쩐 일인지 쿠마시로가 순순히 수긍했다.

"다른 곳도 아니고 정수리에 구멍이 뚫렸는데 저항을 한 흔적도, 몸부림 친 흔적도 없다니……. 이처럼 이해할 수 없는 점투성이인 사건은, 어쩌면 아주 하찮은 곳에 해결점이 있을지도 몰라. 그런데 자네는 범행수법에서 어떤 특징을 발견했지?"

"단지 이것뿐이야. ─날카로운 끌 같은 것이 흉기인 듯한데, 그것도 세게 찌른 게 아니라 비교적 말랑말랑한 연결부를 골라 송곳을 비벼서 구멍을 뚫을 때처럼 박아넣은 것인 듯해. 그런데 우리가 본 것처럼 그것이 즉사와 같은 효과를 발휘한 듯해."

뜻밖의 단정에 두 사람은 자신도 모르게 앗 하고 외쳤으나, 노리미즈는 미소를 지으며 주석을 덧붙였다.

"만약 날카로운 무기로 세게 찌른 경우라면 주변의 작은 조각에 골절이 일어나 상처가 매우 불규칙한 선으로 나타나. 그런데 이 시체에는 그게 없어. 뿐만 아니라 실금 같은 균열이 설상골에까지 이른 점이나, 상처가 거의 정확한 원을 그리고 있다는 점을 봐도 이 자상은 순간적인 타격에 의한 것이 아니라 상당한 시간을 들여서 박아넣은 것이라는 사실을 알 수 있어. 그리고 두개의 연결선을 노리는 ─더없이 어려운 일까지 성공했다는 점에도 일단은 주목할 필요가 있어."

"그렇다면 고통을 표출한 흔적이 더 있어야 할 텐데." 검사가 마른침을 삼키고 노리미즈의 말을 기다렸으나, 그때 다른 사람 같은 목소리로 쿠마시로가 말을 가로막았다.

"여기서 자네에게 마지막 보고를 해두겠네."라고 그가 놀랍게도 타이류에 대한 또 다른 사실을 털어놓았다. "믿고 안 믿고는 자네의 판단에 맡기기로 하고……. 사실은 부인인 야나에가 어젯밤 10시 무렵에, 약사당 안에서 기도하고 있는 타이류의 뒷모습을 보았다고 하네."

"그렇다면 그것은 시체이거나, 범인의 가장이거나, 그도 아니면 기적이 일어나서 피해자가 그때까지 아직 살아 있었거나……."라며 노리미즈는 잠시 밝은 단풍나무 가지 끝을 노려보고 있다가, 거기에는 그다지 믿음이 가지 않는다는 듯 문득 다른 일을 쿠마시로에게 물었다.

"그럼, 어젯밤의 사정을 들어보기로 할까."

"그건 저녁 8시 무렵에 피해자가 약사당으로 들어가 호마를 피운 것이 일의 시작이었고, 그대로 본당에는 돌아가지 않았으며, 오늘 아침 6시 반쯤이 되어 절의 불목하니인 나미가이 큐하치가 이 당 안에서 시체를 발견했어. 그런데 경내는 4의 날인 약사의 제사일 이외에는 개방하지 않고, 대나무로 짠 울타리 안쪽에도 담을 넘은 흔적은 없으며, 주변의 집을 조사해봐도 이상한 소리나 비명은 전혀 듣지 못했다고 해. 또 타이류라는 인물은, 노래와 종교관계 이외에는 교류가 적은 사람으로 외부 사람에게 원한을 산다는 건 거의 생각할 수도 없을 뿐만 아니라 지난 3개월 동안은 외출도 하지 않아서 누구와도 만나지 않았다고 해. 그게 아니라도 범인이 절 안의 사람이라는 설을 유력하게 증명하고 있는 건, 이 셀피가 피해자의 소유물이라는 사실이야." 이렇게 말한 다음 쿠마시로는 크게 마른기침을 하고, "그러니 노리미즈 군, 잠깐 생각해보는 것만으로도 우리는 이 곡예적인 살인기교에 완전히 정복당해버린 듯해. 하지만 그 실제 내용은 단지 5에서 4를 빼는 것만큼 단순한 산수문제에 지나지 않아."

노리미즈가 진지한 태도로 듣고 있다가,

"물론 범인은 절 안에 있어. 그런데 자네는 지금 타이류가 3개월 정도 만난 사람이 아무도 없다고 했지?"라며 매우 진지하게 이를 갈고, 마치 몽상에 빠진 사람처럼 시선을 허공으로 가져갔다. "그렇다면 역시 그거로군. 맞아, 분명히 그것 말고는 없어."

"그것이라니, 무슨 생각을 한 거지?"

"대단한 건 아니야. 난 지사학자(地史學者)는 아니지만 뼛조각 하나를 발견한 거야. 그것으로 골격의 전모만이라도 상상해볼 수 있게 된 거야."

"흠, 그렇다면."

"그렇다고 해서 지문처럼 직접적으로 범인의 특징을 지적할 수 있는 건 아니야. 조금 전에도 말한 것처럼 시체에 관한 의문의 저류에 흐르고 있는 끔찍한 사실이야. 즉, 살인기교에 대한 순수이론을 말하는 건데, 그 궤도 이외에는 이 변종이 절대로 피어날 수 없다는 사실을 기억해두었으면 하네."

"말도 안 돼." 검사가 눈을 둥그렇게 떴다. "우리의 발견은 이미 끝나지 않았는가. 그런데 유혈의 형태 하나만 해도 흉기의 추정이 곤란할 정도야. 게다가 상처가 생긴 원인이 자네가 말한 대로라면 이 시체에는 당연히 경악, 공포, 고통 등이 표출되어 있어야만 하지 않는가."

노리미즈는 검사를 가만히 바라보다 시체의 얼굴을 손가

락으로 가리켰다.

"그 해답이 이거야. ―즉, 한 줄기 연결선이야. 시체에 대한 수수께끼가 각자 분열되어 있는 것이 아니라는 느낌이 들기는 했지만, 지금까지는 거기에 막연한 관념밖에 갖지 못했어. 그런데 그러한 이해할 수 없는 현상의 상징이라고 할 만한 것이 있어. 그 상징의 형체화라고 할 수 있는 것이 얼굴에 나타나 있어. 어떤가? 이 표정은 성화 등에서 볼 수 있는 순교자 특유의 표정 아닌가? 몇 년 전의 해외여행 중에 시스티나 성당의 그림엽서를 보냈던 자네라면 미켈란젤로의 벽화인 「최후의 심판」에서 무엇인가를 가장 먼저 떠올려볼 수 있을 거야. 그래, 절망과 법열(法悅). 틀림없이 비장한 황홀 상태라고 말할 수 있지 않겠는가? 그리고 나의 가설은 거기에서부터 출발해."

"그렇군." 검사가 자신도 모르게 무릎을 치자,

"그렇다면 최면술인가?"라고 쿠마시로 역시 자신도 모르게 빨려 들어가듯 외쳤다.

"아니, 최면술은 아니야. 그건 타이류가 3개월 동안이나 사람을 만나지 않았다는 사실로도 알 수 있어. 절 안에는 본인이 깨닫지 못하도록 최면을 걸 수 있을 만한 사람이 없을 거야. 물론 몇 개월 전에 암시를 주어 후최면현상이 일어난 것이 아닐까 하는 의심이 들 수도 있겠지만, 그러려면 타이류에게 풍부한 최면경험이 있어야만 해."라고 노리미즈는 우선 쿠마시로의 의심을 꼼꼼하게 풀어준 뒤, 자신의 설을 이야기하기 시작했다.

"그런데 나의 가설은 지극히 단순한 관찰에서부터 출발한 거야. 아마 자네들도 이 시체를 본 순간 뭔가 느낀 게 있을 거야. 이처럼 이해할 수 없는 무저항, 무고통이 드러나게 하려면 육체를 살해하기 전에 우선은 타이류의 정신작용을 살해하지 않으면 안 된다고 생각하지는 않았는가? 하지만 그와 같은 초의식 상태를 단일한 수단으로 만들어낸다는 것은 도저히 불가능한 일이야. 무엇보다 레토르트나 역학 가운데도……, 물론 뇌에 해부학적 변화를 일으키는 방법은 절대로 있을 수 없어. 그렇다면 마지막으로 상상할 수 있는 한 가지는, 심인성 정신장애를 일으키게 하는 프로세스야. 아니, 공상이라고 웃어넘기지 말게. 가만히 생각해보면 알 수 있는 일이니. 그리고 그 거세법 말인데……, 거기에 매우 복잡한 조직이 필요한 건 타이류의 정신작용을 서서히 변화시킨 끝에 형성된 마지막 것이 흉기의 구조와 완전히 부합하지 않으면 안 되기 때문이야. 다시 말해서 그 프로세스가, 자네가 말한 메커니즘이고 그 결론은 내가 말한 비장한 황홀이야. 그리고 오랜 과정과 시간을 들인 끝에 드디어 범인의 기상천외한 의도가 성공을 거둔 거야. 틀림없이 그 사이에 신비한 형태의 톱니바퀴가 맞물리기도 하고 팽이 같은 피스톤이 움직이기도 했을 테지만……, 그렇게 해서 마침내 만들어진 초의식이 최후의 톱니바퀴와 맞물려 공포장치를 회전시켰을 뿐만 아니라 범행 직전의 상태를, 흉기가 내려와도 중단시키지 못하게 한 거야. 어떤가 쿠마시로 군, 자네는 이 이론을 이해할 수 있겠는가? 다시 말해서 이번 사건을 풀 열쇠가 2개의 장치를 연결한 톱니바퀴의 구조에 있는 거야. 그리고 그 안에 우리로서는 상상조차 하지 못할 신비한 흉기가 숨겨져 있는 거야." 말을 마친 노리미즈는 갑자기 힘없이 한숨을 내쉬더니,

"그런데 여기서 문제가 되는 것은 숨이 끊어짐과 동시에 과연 강직이 일어났을까 하는 점이야. 하제쿠라 군은 강직 전에 범인이 손을 쓴 것 같다고 말했지만, 강직과 동시가 아니면 시체의 합장을 설명할 방법이 내게는 전혀 없어."

쿠마시로는 난해한 안개에 휩싸인 듯 침묵했으나, 검사는 회의적인 눈으로 응시하며,

"그런데 나는 저게 마음에 걸려. 저기, 조각상의 머리에서 비스듬하게 오른쪽 위로 5치쯤 되는 곳과 좌우의 판자벽에 2군데, —그것을 직선으로 연결하면 정확히 시체의 목 부근에서 만나는데— 구멍이 3개 있지? 원래부터 있던 구멍은 아닌 듯한데, 저런 곳을 통해서 매우 단순한 방법으로, 하지만 효과가 뛰어난 어떤 이완정형장치라고 나는 말하고 싶네만, 그런 걸 범인이 고안해낸 거 아닐까? 물론 현재로서는 공상에 지나지 않지만 실제로 만약 강직이 바로 일어나지 않았다면 그러한 것도 당연히 놓쳐서는 안 된다고 생각해."

"음, 나도 아까부터 깨닫고 있던 사실이야. 게다가 모든 구멍 앞에 있는 거미줄도 찢어져 있어." 노리미즈는 약간

당혹스러운 빛을 띠며 말한 뒤, 그 얼굴을 쿠마시로 쪽으로 획 돌려,

"관계자 신문에서 뭐 수확이 좀 있었는가?"

"그게, 동기다운 것을 가진 인물이 한 사람도 없는데, 그 대신 하나같이 한눈에 봐도 강렬한 인상을 주는, —마치 가면 무도회 같아. 만약 그런 무리들이 신경병환자의 행렬이 아니라, 사실은 연극을 하고 있는 것이라고 한다면 그 복잡함은 자네라 할지라도 도저히 읽어낼 수 없을 것이라 생각하네. 어쨌든 신문해보도록 하게. 마침 지금 막 이 상처에 꼭 들어맞는 조각용 끌이 동거인인 쿠리야가와 사쿠오라는 서양화 학생의 방에서 발견되었으니."

일행은 본당 쪽으로 향했는데 그 도중에 있는 흑갈색의 커다란 연못 저편에, 뒤편에 위치한 시즈쿠이시의 집 2층이 거꾸로 비치고 있었다. 본당의 왼쪽 끝에 있는 격자문을 열면 4평 정도의 토방에 이어 검은 빛으로 윤이 나는 판자가 깔린 방이 있고, 이어서 음산한 다실로 이어지며 툇마루에서 연락 복도로 연결되어 있는 것이 쿠리야가와 사쿠오의 방이었다.

그러나 거기에는 장소에 어울리지 않는 커다란 괘종시계와 캔버스와 화구 외에 장서와 뚜껑의 경첩이 망가진 휴대용 축음기가 있을 뿐, 사쿠오는 그 방을 수색하기 위해서 야나에의 서재로 보내고 난 뒤였다. 야나에의 서재는 다실에서 툇마루로 나가지 않고 왼쪽으로 꺾어져 복도를 조금 간 막다른 곳에 위치한 방인데, 그 벽 너머는 불목하니인 나미가이 큐하

치가 살고 있는 곳의 부엌이었으며, 사쿠오의 방과는 작은 정원을 사이에 두고 평행으로 놓여 있었다. 그리고 그 복도는 툇마루가 되는 모퉁이에서부터 몇 개의 방을 관통하여 본당의 승려출입구에서 끝나 있었다. 다시 말해서 어느 방에서든 복도를 직접 통해서 올 수 있는 셈이지만, 어젯밤부터 오늘에 걸쳐서는 기온이 매우 낮았기에 장지문은 한겨울처럼 빈틈없이 닫혀 있었다.

두 명의 사복경찰 사이에서 아틀리에의 작업복을 입은 청년이 말없이 담배를 피우고 있었다. ―그것이 쿠리야가와 사쿠오였다. 스물네다섯 살로 미술학생다운 머리 모양에 단정하고 귀족적인 용모를 가진 청년이었으나, 어깨부터 아래로는 탄광의 광부가 아닐까 착각이 들 만큼 불거진 근육의 선이 드러나 있었다.

그는 노리미즈를 보자마자 빙그레 미소를 지어 보이며,

"아아, 드디어 살았습니다. 사실은 노리미즈 씨가 등판하시기를 목이 빠져라 기다리고 있었습니다. 쿠마시로 씨의 억지스러운 추정에는 정말 당해낼 수가 없습니다. 끌이 하나 발견되었다는 정도의 사실과, 제 방의 창밖에 있는 쪽문을 통해서 약사당 앞으로 바로 나갈 수 있다는 정도의 사실 가지고 저를 범인으로 의심하고 있으니 말입니다. 게다가 끌이라는 말에 찾아보니 하나 더 있던 것이 어느 틈엔가 사라졌는데, 그 사실을 아무리 말해도 저를 조금도 믿어주지 않습니다. 그럼 어젯밤의 행동을 말씀드리겠습니다."라고 말한 뒤,

—4시에 학교에서 돌아왔고 그런 다음 방에서 고갱의 전기를 읽다가 7시에 저녁식사에 불려갔고, 9시 무렵에 곤냐쿠엔마의 제사일 구경을 갔다가 10시 넘어 집에 왔다는 사실을 명료하게 늘어놓았다. 그 당당한 말투와 용의자라고는 여겨지지 않는 명랑함에는 일동을 놀라게 하는 부분이 있었다.

그 사이에 노리미즈는 시선을 다른 곳으로 돌려 그 방 안의 이상한 장식을 바라보고 있었다. 지금 들어온 문 위의 중인방에는 주걱 모양의 널빤지에 땅거미로 분장한 가부키 배우 바이코의 모습이 그려진 입체화가 걸려 있었는데, 그 그림 속 치켜든 오른손에서부터 10가닥 정도의 은색 거미줄이 비스듬하게 부채꼴로 퍼져나가 그 끝이 옆에 있는 둥근 괘종시계 아래의 격자 창문 아랫부분까지 이어져 있었다.

"아하, 철제 바퀴가 달린 인력거가 오가던 시대의 취향이로군."하고 노리미즈가 처음으로 사쿠오에게 말했다.

"네, 사모님이 고풍스러운 커다란 상점의 안주인 같은 분이라서요. 게다가 이건 제가 작년 말에 부탁을 받아 만든 것인데 거미줄은 진짜 소품입니다."

"그렇다면 자네는 배경화를 그린단 말인가?" 이렇게 말하며 노리미즈가 끝의 한 가닥을 잡았는데 그것은 종이 심에 은박지를 입힌 부드러운 끈이었다.

그때 창 밖에서 뎅 하고 12시 반을 알리는 가라앉은 음색이 한 번 들려왔다. 그것은 사쿠오의 방에 어울리지 않는 크고 호화로운 시계로 작년에 고향으로 돌아간 미술학교의 교수인 주베 씨의 유품이었다. 그러나 정확한 시간은 격자창문 위에 있는 시계가 가리키고 있는 12시 32분이었는데, 그 시계에는 30분을 알리는 장치가 없었던 것이다.

그런 다음 사쿠오의 요설은 타이류 부부의 소원함에 대해서 이야기했으며, 부인인 야나에의 험담을 한껏 한 뒤, 마지막으로 매우 흥미로운 사실을 이야기했다.

"그처럼 올해 들어서부터 주지스님의 생활은 차마 눈을 뜨고 볼 수 없을 정도로 쓸쓸한 것이었습니다. 그래서 지난 3월 무렵에는 가끔 실신한 것처럼 되어 들고 있던 것을 떨어뜨리기도 하고, 한동안 넋을 놓고 있었던 적도 있고, 요즘에는 이상한 꿈만 꾼다며 제게 이런 얘기를 들려준 적도 있었습니다. ㅡ제 몸 속에서 난쟁이 같은 자신이 빠져나와 지에이 군 얼굴의 여드름을 하나하나 정성껏 짭니다. 그리고 짜기를 전부 마치고 나면 얼굴의 가죽을 벗겨서 소중하게 품속에 넣습니다, 라고 했었습니다. 그런데 그 무렵부터 이 절에 전조라고 할 만한 분위기가 짙게 드리우기 시작했습니다. 따라서 이번 사건도 그 결과 당연히 일어난 자괴작용이라고 저는 믿고 있습니다. 노리미즈 씨, 그런 분위기는 곧 조금씩 알게 될 겁니다."

2. 1인 2역 ㅡㅡ 타이류일까 아니면

사쿠오를 내보내고 뒤이어 그 방에서 야나에, 절의 잡무를 처리하는 승려인 쿠타쓰와 지에이, 불목하니인 큐하치를 순서대로 불러 신문하기로 했다. 빛바랜 기름종이로 싼 6자짜리 거문고가 걸려 있는 장식공간에서 민달팽이라도 나올 것처럼 노후한 나무 냄새가 났다. 그것이 사쿠오의 말과 어우러져 묘한 연상작용을 일으켰다.

"쿠리야가와 사쿠오라는 사내는 범인으로서의, 그리고 또 뛰어난 배우로서의 재능도 가지고 있어. 물론 양심의 가책을 느낄 것이 없는 사람은 살짝 장난을 쳐보고 싶은 마음에서 연극을 해보려 하는 법이기는 하지만. 게다가……."

"아니, 그 사람은 무엇인가 알고 있는 사실이 더 있어." 검사가 이런 말로 노리미즈의 말을 끊었으나, 노리미즈는 대수롭지 않은 일이라는 듯 고개를 끄덕인 뒤,

"이보게, 쿠마시로 군."하고 끝을 가리키며, "이건 흉기의 일부일지는 모르겠지만 전부가 아니라는 점만은 분명해. 그러나 흉기가 무엇이었는지 나로서는 전혀 짐작도 할 수 없지만."

그런 다음 그는 창문을 열고 땅거미 그림을 이리저리 살펴보다가 갑자기 까치발을 해서 그림의 오른쪽 눈의 막을 벗겨냈다.

"오오, 끔찍할 만큼 사치스러운 물건이로군. 운모를 사용했어. 그런데 왼쪽 눈에는 이게 없어. 어때? 반짝임이 없지?" 노리미즈가 이렇게 말한 순간, 방 문이 조용히 열리는 소리가 들렸다. ─그것이 타이류의 아내인 야나에였다.

야나에는 예전에 명성을 얻었던 여류 가인으로 전남편인

범어학자 쿠와베 라이키 씨가 세상을 떠나자 이후 타이류와 재혼했다. 미끈한 학꽁치를 닮은 몸매, ―그것을 온통 검은색으로 감싼 속에 하얀 얼굴과 물빛 장식용 깃이 선명하게 부각되어, 그것이 마흔 살 여자의 정열과 그 반면에 있는 차가운 이지를 느끼게 했다. 대화는 중성적이어서 피해자 가족 특유의 동정을 강요하는 듯한 태도가 없었다. 오히려 얄미울 정도로 냉정함을 유지하고 있었다. 노리미즈는 정중하게 조의를 표한 뒤, 우선 어젯밤의 행동에 대해서 물었다.

"네, 오후부터 계속 다실에 있었는데 아마도 7시 반쯤이었을 겁니다. 남편이 설피를 신고 나가는 듯하더니 곧 돌아와 약사당에서 기도를 올리겠다며 지에이를 데리고 갔습니다."

"그렇다면 그 설피가!? 그럼 일단 돌아와서 신은 게 굽이 낮은 나막신이로군요." 쿠마시로가 깜짝 놀라 외쳤다. 완전히 범인의 발자국일 것이라고만 생각해서 깊이 물어보지도 않았던 설피 자국이 주지스님의 것이라면, 대체 범인은 어떤 방법으로 발자국을 지운 것일까? 그도 아니면 접근하지 않고 목적을 달성할 수 있을 만한 흉기가 있었던 것일까? 그러나 노리미즈는 동요하는 기색을 조금도 보이지 않았다.

"하하하하, 쿠마시로 군, 지금의 모순은 아마도 곧 밝혀지게 될 거야. 그런데 부인, 그때 남편의 모습에 평소와 다른 무엇인가가 있었다는 점을 깨닫지 못하셨나요?"

"글쎄요, 요즘의 남편과 특별히 다른 점은 없었습니다만, 어떻게 된 일인지 쿠타쓰 씨의 나막신을 신어버리고 말았어요. 그로부터 15분쯤 지나서 지에이가 돌아온 듯한 기침 소리를 들었는데, 쿠타쓰는 그때 본당 옆의 방에서 단가의 사람들과 장례식에 관한 상의를 하고 있는 듯했어요. 남편은 이삼일 전부터 목이 좋지 않아 묵도를 하고 있는지 독경 소리도 들리지 않았으며 저녁을 먹으러 돌아오지도 않았어요. 그랬기에 매일 밤 그랬던 것처럼 10시쯤에 연못 쪽으로 산책을 나갔다가 도중에 약사당 안에서 본 것이 마지막 모습이었어요."

"하지만 남편은 그때 이미 현백당 안에서 시체가 되어 있었을 텐데요."

"제게 그렇게 물으셔도 소용없어요." 야나에는 아무런 반응도 보이지 않았다. "결코 거짓말도 아니고 환각도 아니니까요."

"그렇다면 문이 열려 있었다는 얘기야." 쿠마시로가 누구에게랄 것도 없이 말했다. "지에이는 분명히 닫은 다음 왔다고 했는데."

"틀림없이 호마의 연기가 들어찼기 때문이었을 거야." 노리미즈가 크게 신경 쓰지 않는다는 듯한 태도로 질문을 이어갔다. "그런데 그때 뭔가 이상한 점을 느끼지 못하셨습니까?"

"그저 호마의 연기가 유달리 옅다고 생각했을 뿐, 남편도 단정하게 앉아 있었고, 그 외에는 특별히……."

"그럼 돌아올 때는 어땠습니까?"

"돌아올 때는 약사당 뒤편으로 해서 왔기에……. 그 뒤로

11시 반쯤 되었을 때, 남편의 방 쪽에서 누군가 돌아다니는 소리가 들려왔어요. 저는 그때 돌아온 것이라 믿고 있었습니다만."

"발소리!?" 노리미즈가 커다란 동요를 느낀 듯한 표정을 지었다가,

"그런데 침실을 따로 쓰시는 이유는?"

"그걸 설명드리려면 지난 2개월 동안의 남편에 대해서 말씀드리지 않으면 안 되는데."라며 야나에는 마침내 여성다운 억양이 되어 목소리를 떨었다. "그 무렵부터 뭔가 심상치 않은 정신적 타격을 입은 듯, 낮이면 한시도 쉬지 않고 생각에 잠겼고 밤이 되면 종잡을 수 없는 헛소리를 하기 시작했어요. 그리고 몸이 눈에 띄게 쇠약해지기 시작했어요. 그러더니 지난달 들어서부터는 매일 밤 약사당에서 광기 어린 듯한 근행을 하기 시작했어요. 그러니 제게서 자연스럽게 멀어진 것도 이상한 일은 아니었어요."

"그렇군……. 그런데 이번에는 매우 기묘한 질문입니다만, 중인방에 있는 저 그림의 왼쪽 눈, 저건 옛날부터 없었나요?"

"아니요." 야나에가 별일은 아니라는 듯 대답했다. "그저께 아침에는 분명히 있었던 것 같은데……. 게다가 어제는 이 방에 누구 한 사람 들어온 적이 없었어요."

"감사합니다. 잘 알았습니다. 그런데,"라고 노리미즈가 처음으로 날카로운 투로 물었다. "어젯밤 10시 무렵에 산책을 나갔었다고 하셨습니다만, 어젯밤에는 그 무렵부터 날이 흐

려서 기온이 매우 낮았습니다. 그건 틀림없이 단순한 산책만은 아니었겠지요?"

그 순간 핏기가 슥 가시더니 야나에는 충동을 참고 있는 것 같은 괴로운 표정을 지었다. 그러나 어떻게 된 일인지 노리미즈는 그 모습을 한 번 보았을 뿐, 그도 역시 깊은 한숨을 내쉬고 야나에에 대한 신문을 끝내버리고 말았다.

야나에가 나가자 쿠마시로가 묘하게 한쪽 얼굴로만 미소 지으며,

"듣지 않아도 자네는 알고 있는 거겠지?"

"글쎄." 노리미즈는 애매하게 말을 흐리고, "하지만 닮았다면 닮았다고 할 수 있어. 물론 우연히 닮은 것일 수도 있지만, 그 얼굴이 기예천녀와 참으로 똑같다고 생각하지 않는가?"

"그보다 노리미즈 군." 검사가 담배를 버리고 자세를 고쳐 앉았다. "자네는 어째서 그림의 왼쪽 눈에 신경을 쓰는 거지?"

그 말을 듣자 노리미즈는 갑자기 쿠마시로를 재촉해서 문지방 쪽으로 데려가더니 방 문을 조금 열고 말했다.

"그럼 실험을 하나 해보기로 할까. 어젯밤, 이 방에 몰래 숨어든 자가 있었는데 그때 눈의 막이 어떻게 떨어졌는가 하면……."

그리고 그 자신이 우선 문지방 위에 서서 힘을 주어 한손으로 방 문을 밀었는데, 방 문은 요란한 소리를 내며 덜그럭거

렸다. 그런데 다음으로 쿠마시로를 올라서게 했더니 이번에는 부드럽게 열렸다. 그와 동시에 그림을 보고 있던 검사가 음 하는 소리를 냈다.

"어떤가? 문지방이 내려앉은 반동으로 중인방의 그림이 획 기울었지? 그 바람에 벗겨지려 하고 있던 눈의 막이 떨어진 거야. 쿠마시로 군은 68킬로그램 이상 될 듯한데, 우리들 정도의 중량으로는 문이 덜그럭거리지 않고 열릴 정도로 문지방이 내려앉지는 않아. 다시 말해서 문의 소리가 나지 않게 이 방에 들어올 수 있는 사람은 쿠마시로 군과 같은 몸무게 이상, ─즉 사쿠오나 혹은 두 사람 이상의 중량이 아니면 안 돼."

두 사람, ─그것은 범인과 시체를 의미한다. 과연 한 사람이었을까, 두 사람이었을까? 그리고 이 방에서 무슨 일이 일어났던 것일까? 그게 아니라면 눈의 막이 떨어진 것은 노리미즈의 추측과는 전혀 다른 경위로 일어난 일일까? 이런 여러 가지 의문이 마치 질식할 것 같은 무게로 덮쳐왔다. 그러나 그러한 분위기는 쿠타쓰에 의해서 곧 깨지고 말았다. 이 나이 든 설교사가 참으로 신기하기 짝이 없는 불꽃을 들고 등장한 것이었다.

쿠타쓰라는 쉰 남짓의 승려는 피해자와 거의 비슷한 체형이 사람들의 시선을 끌었다. 승려 특유의 묘하게 맨들맨들한, 그러면서도 어딘가 뻔뻔스러운 듯한 유연함으로 교묘한 말솜씨를 발휘했는데, 용모는 나한 뺨 칠 정도로 추괴한 모습이었으며 거기에 당근과 같은 색의 피부를 가지고 있어서, ㅡ그 대조가 굉장히 섬뜩했다. 그는 질문에 응해서, ㅡ저녁식사 후 7시 반부터 8시쯤까지는 단가인 카쓰라기의 집에서 보낸 사람과 회담을 했으며, 이후 그 집으로 가 죽은 자의 머리맡에서 독경을 한 뒤 10시 넘어서 돌아왔다는 사실을 이야기한 뒤, 갑자기 옷깃을 바로하고 위압하는 듯한 목소리가 되어 이번 사건의 열쇠는 속인에게는 보이지 않는 불법의 신비로움에 있다고 말하기 시작했다. 그리고 눈을 감은 채 손가락으로 염주를 돌리며 시작한 이야기는 어두컴컴한 안개 너머에서 희미하게 불타오르고 있는 이상한 도깨비불이었다.

ㅡ3월 말일의 밤, 달이 뜬 지 얼마 되지 않은 8시 무렵의 일이었다. 지에이와 사쿠오가 갑자기 달려와서는 현백당에서 요상한 기적이 일어났다고 말했다. 천인상의 머리 위로 달무리 같은 맑은 후광이 비쳤다고 하기에 어쨌든 일단은 살펴보기로 하고 타이류와 쿠타쓰 두 사람이 현백당으로 가 보았다. 그러나 당 안팎에는 아무런 이상도 없었을 뿐만 아니라 시험 삼아 머리 위의 구멍으로 빛을 비춰보아도 머리카락의 옻칠만 반짝일 뿐이었다. 그렇게 해서 결국은 신비한 현상인 채로 남아버리고 말았는데, 그 이튿날부터 타이류의 모습이 완전히 바뀌어 의심과 생각에 깊이 빠져버렸다는 것이었다.

"하지만 그에 대해서 사쿠오는 아무런 말도 하지 않았습니다만." 듣기를 마치고 나서 노리미즈가 약간 비아냥거리듯 물었다.

"그랬겠지요. 그 불도를 모르는 괘씸한 놈은 누군가의 교묘한 장난이라고 말했으니까요. 머릿속에 그 일은 아예 없을 겁니다. 하지만 과학이라는 것으로 어찌 풀 수 있겠습니까. 아니, 풀지 못하는 것이 당연한 일입니다."

"그런데 조각상의 후광은 그때뿐이었습니까?"

"아니요, 그 후에도 한 번 더, 5월 10일에 있었습니다. 그때 본 것은 얼마 전에 일을 그만두고 나간 후쿠라는 하녀였습니다."

"이번에는 몇 시쯤이었습니까?"

"그게 틀림없이 9시 10분쯤이었다고 생각하는데, 그때 마침 시계의 태엽을 감고 있었기에 시간은 정확히 기억하고 있습니다."

다음으로 지에이는 가장 특기할 만한 점이 없는 진술로 끝났는데, 하루 종일 외출하지 않고 자신의 방에 있었다는 말뿐이었으나, 머리가 롬브로소라면 몸을 떨 것이라 여겨질 만큼 일종의 특이한 모습을 드러내고 있었다. 노리미즈는 지에이에 대한 신문이 끝나자 타이류의 방으로 가서 무엇인가 찾다가 다시 돌아와서는 뒤이어 불목하니인 나미가이 큐하치를 불러오라고 말했다. 그런데 그 ─머뭇머뭇 들어온 노인을 보자 쿠마시로가 노리미즈의 귀에 대고 무엇인가를 속삭였다. 그것은……, 조금 전의 신문 중에 큐하치가 갑자기 간질 발작을 일으켜서 저녁 6시부터 8시 반 무렵까지 절의 부억에서 일을 하고 있었다—는 말 외에는 듣지 못했다는 이야기와, 그리고 부유한 전당포의 주인인 그가 어째서 불목하니 생활을 하고 있는 것인지에 대한 이야기였다. 큐하치는 오랜 신경통이 약사여래를 믿음으로 해서 나았다고 말하고 있는데, 그 이후 이상한 광신을 품게 되어 지난 1월에 퇴원하기까지 교외의 정신병원에 있었다는 것이었다. 그런데 이 약사불을 섬기는 노인이 범인의 족적을 하나하나 지적해 나갔다.

"한 10시 반쯤 되었을까, 누가 사슬을 풀어놓았는지 개 짖는 소리가 연못 쪽에서 들려왔습니다. 그래서 잡으러 가기 위해 약사당 앞을 지났는데 방장님이 안에서 기도 중이신지 앉아 계시는 뒷모습이 보였습니다."

"뭐, 자네도 봤단 말인가?" 순간 세 사람이 시선을 주고받았으나 큐하치는 신경 쓰지 않고 말을 이어나갔다.

"그런데 그때 이상한 것을 봤습니다. 제사일 밤이 아니면 사용하지 않는 빨간 통모양 제등이 양쪽 옆에 매달려 있고 2개 모두에 불이 밝혀져 있었습니다."

"흠, 빨간 통모양 제등이!?"라고 중얼거린 노리미즈가 다시 눈을 들어 그 다음 이야기를 재촉했다.

"그런 다음 연못가로 갔는데 칠흑 같이 어두워서 개를 찾을 수 없었습니다. 그래서 어쩔 수 없이 휘파람을 불며 그럭저럭 30분 가까이 웅크려 앉아 있었는데, 맞은편 시즈쿠이시 씨 댁의 뒤편 부근에 누군가 있었는지 연못 속에 버려진 담배 꽁초가 눈에 들어왔습니다. 하지만 절에서 담배를 피우는 사람은 저 한 사람뿐입니다."

"그렇다면 돌아갈 때도 통모양의 제등에 불이 켜져 있었나?"

"아니요, 제등은커녕 문이 닫혀 있어서 칠흑 같이 어두웠습니다."

이것으로 관계자 신문은 모두 끝났다. 큐하치가 나가자 노리미즈가 피로한 듯한 모습으로 중얼거렸다.

"과연, 동기라고 할 만한 것이 없군. 게다가 이렇게 넓고 사람이 없는 집에서 알리바이를 증명하라고 해봐야 그건 소용없는 일이야."

"그래도 자네가 말한 메커니즘의 일부는 밝혀지지 않았는가?"라고 검사가 말하자, 노리미즈는 어딘가 섬뜩함이 느껴지는 미소를 지었다.

"어쨌든 지금 음화의 전모가 드러났어. 타이류의 심리가 어떤 식으로 잠식당해 변화해 갔는지……."

"흠, 어떻게 된 건가?"

"그건 이렇게 된 거야. 사실 나는 조금 전에 타이류의 방을 살펴보다 일기 같은 걸 발견했어. 물론 다른 곳에는 주목할 만한 기술이 없었지만, 꿈을 적어놓았기에 커다란 도움이 됐어. ―5월 21일에, 요즘 몇 밤이고 나무로 된 자물쇠에 걸터 앉아 있는 꿈을 꾸는 것은 어째서일까, 라고 되어 있었어. 그리고 6월 19일에는, 나의 하나밖에 없는 오른쪽 눈을 도려내 천인상에게 없는 왼쪽 눈 속에 넣었다― 라고 적혀 있었어. 물론 나는 프로이트는 아니지만 바로 그 꿈을 해석하기로 했어. 사실은 그것이 타이류의 일그러져가는 심리를 정확하게 묘사하고 있거든. 우선 처음으로 3월쯤 타이류에게 종종 일어났던 실신상태에 대해서 설명해두겠는데, 그건 성적 기능의 억압에 의한 마비성 피로야. 그 증거가 여드름 운운하는 꿈인데, 그것이 채워지지 않은 성욕에 대한 소망이라고 말할 수 있는 이유는, 여드름을 짠 자국이 여성의 성기를 상징하고 있기 때문이야. 다시 말해서 그것으로 야나에가 타이류에게서 멀어져갔다는 사실을 알 수 있어. 다음으로 나무 자물쇠 말인데, 자물쇠도 역시 여성의 성기를 나타내고 있어. 하지만 나무라는 말은 결국 목상을 의미하고 있는 것 아닐까? 그렇다면 조각상의 신비한 후광을 접한 초로기의 금지당한 성적 욕망이 어떤 증상으로 옮겨갔는지—, 그 과정이 명료해져. 그건 조각상 애호증이야. 그리고 타이류는 정신이 계속 이상해져갔는데, 물론 그와 함께 성적 기능이 떨어진 것은 말할 필요도 없는 사실이야. 그런데 그 증상을 자각한 것이 하나의 계기가 되었고 그 후의 일이 마지막 꿈으로 나타난 거야. 타이류가 자신의 하나밖에 없는 눈을 도려내어 천인상에게 바쳤다는 건, 사문(沙門)의 몸으로 행해서는 안 될 존엄한 조각상 모독죄를 범한 징벌로 부처님의 단죄를 소망했기 때문이야. 자네라는 사람이 말하지 않았는가? 육체가 받는 고통을 즐기기보다 정신적 자기 응징에서 쾌락을 느끼는 쪽이 더 전형적인 마조히스트라고. 그처럼 매우 변형된 형태이기는 하나, 어쨌든 일종의 기적에 대한 동경이라고도 할 수 있는 것이 타이류가 빠진 마지막 귀결점이었던 거야. 그렇다면 올해 들어서 일어난 타이류의 심리적 변화를 이것으로 분명하게 설명할 수 있지 않겠는가? 그리고 그것은 내가 상상한 거세법의 프로세스를 따라간 것이니 그 사이의 주요한 점에는 반드시 외부에서 작용을 시킨 사람이 있었을 거야. 따라서 조금만 더 사정이 밝혀지면 흉기도 추정할 수 있을 거야."

말을 마친 노리미즈는 멍하니 입을 벌리고 있는 두 사람을 힐끗 보며 천천히 몸을 일으켰다.

"그럼, 쿠타쓰에게 안내를 받아 약사당을 살펴보기로 하세."

약사당의 계단을 오르자 중앙에 향의 재가 산더미처럼 퇴적되어 있는 호마단이 있고, 그 뒤는 감실 모양으로 장막이 드리워져 있었다. 막이 열려 있었기에 눈이 어둠에 익어감에 따라서 중앙의 약사 삼존이 그야말로 열대지방 사람다운 풍성하고 성스러운 모습을 드러내기 시작했다. 가운데에 약사여래의 좌상이, 좌우 양옆에 있는 일광(日光)과 월광(月光)은 입상이었다. 약사 삼존 뒤로 6자 정도 나무판자가 깔린 공간이 있었는데, 그 안쪽 단상에는 성관음상과 좌우에 사천왕이 2개씩 놓여 있었다. 당 안에서 발견된 지문 가운데 추리를 전개케 할 만한 것은 물론 없었다.

"어디에도 먼지 하나 없군요."라고 노리미즈가 이상하다

는 듯 쿠타쓰에게 묻자,

"제사 전날이면 청소를 하는데 아직 3일쯤밖에 지나지 않았기에 발자국이 남을 만큼의 먼지는 쌓여 있지 않습니다. 그때 이 통모양의 제등 안도 청소를 합니다."

이렇게 말하며 쿠타쓰가 두 손에 들고 나온 것은 길게 늘이면 길이가 사람의 키만큼이나 되고 지름이 7치나 되는, 철판으로 만들어진 새빨간 통모양 제등 2개. 초는 2개 모두 철심이 드러나기 직전까지 탄 상태였는데, 거기서 끈 것인 듯했다. 노리미즈는 이 제등에서 결국 아무것도 얻어내지 못했다. 호마단 앞의 경상 오른쪽 끝에는 반야심경이 쌓여 있고, 타이류가 독경하고 있었던 듯한 비밀삼매즉불념송 사본이 가운데 펼쳐져 있었다. 요령이 추처럼 올려진 채 펼쳐져 있는 면을 살펴보니 〈오장백육십심심등삼중적색망집화〉라는 곳이었다.

"이 한 권을 처음부터 독경하면 여기에 이르기까지는 몇 분 정도 걸립니까?"

"글쎄요, 이삼십 분쯤일까요?"라고 쿠타쓰가 대답했다.

"그럼 8시부터 시작했다고 한다면 8시 30분인가!?" 검사가 자랑스럽다는 듯한 얼굴을 하자,

"음, 어쩌면 여기서 시체로 만든 것을 현백당으로 옮긴 걸지도 모르겠군. 통모양 제등이 하나 더해져서 천칭이 드디어 수평을 맞추게 됐어."라고 쿠마시로가 당혹스럽다는 듯 말했는데, 그의 코앞으로 노리미즈가 작은 종이 꾸러미를 내

밀더니,

"이걸 감식과에 넘겨 현미경 검사를 해주게. 검은 그을음 같은 것인데 약사 삼존 가운데 월광의 광배에만 묻어 있었어."라고 말한 뒤,

"빨강과 빨강! 불과 불!"이라고 작은 목소리로 꿈결에 잠긴 듯 중얼거렸다.

약사당의 조사를 마친 뒤 연못가로 나가자, 노리미즈가 어느 틈에 쿄손에게 사람을 보냈는지, 한 형사가 1통의 봉서를 손에 들고 돌아왔다. 거기에는 흘려쓴 글씨로 다음과 같은 내용이 적혀 있었다.

〈타이류 군이 살해당했다니 참으로 뜻밖일세. 그러나 그 이상으로 놀라운 점은 내가 어느 틈엔가 사건 속의 한 사람이 되어 있다는 사실일세. 자네는 야나에가 나와 결혼하기 위해서 타이류 군과 헤어지고 싶어 했다는 자백을 받았다고 했네. 물론 그것은 사실일세. 실제로 나는 야나에를 사랑하고 있네. 그러나 둘의 관계가 작년 연말부터 이어지고 있기는 하지만, 그것이 단순한 사모 이상으로는 한 걸음도 나아가지 못했다는 사실을 말해두고 싶네. 물론 어젯밤에도 10시 무렵이었을 것이라 생각하네만, 건조실을 통해 내려가 10분 정도 연못가에서 그녀를 만났네. 하지만 아무리 세상 물정에 어두운 나라도 밀회와 다를 바 없는 장소에서 과연 담배를 피웠겠는가? 이상, 자네의 질문에 대해 답해두겠네. 혼자 사는 화가에게 확실한 알리바이가 있을 리 없다는 사실은 아주 잘 알고 있네

만, 솔직함이 최고의 술책이라 믿고 있기에……〉

읽기를 마친 노리미즈는 후회하는 듯한 쓴웃음을 지었다.

"우정을 배반하고 슬쩍 떠보려 했으나……. 그것으로 얻은 것이라고는 야나에가 말하지 못했던 사실뿐이야. 꼴좋군, 노리미즈!"

그런 다음 그는 혼자 연못 건너편으로 가서 수문 쪽의 둑을 살펴본 뒤 무엇인가를 찾는 듯한 모습으로 웅크린 채 걷다가 잠시 후 연꽃 한 송이를 손에 들고 돌아왔다.

"묘한 걸 찾아가지고 왔어." 이렇게 말하며 꽃잎을 뜯어내자 안에서 거머리 대여섯 마리가 꿈틀대고 있었다.

"수문 쪽의 둑 근처에 있던 것인데, 어떤가, 좋은 냄새가 나지? 타바요스 레세타 연꽃이라는 열대종이야. 이 꽃은 밤에 피었다가 낮이면 오므라들어. 그런데 오므라든 꽃잎 속에서 거머리가 나왔으니 범인이 연못 건너편에서 무엇을 했었는지 알 수 있겠지?"

"……." 검사와 쿠마시로는 담배 재가 점차 길어졌지만 끝내 아무런 대답도 하지 못했다.

"모르겠다면 내가 말하기로 하지. 범인이 연못의 물로 피에 물든 손을 씻었는데 그때 부근에 물에 잠긴 레세타 연꽃이 한 송이 있었다면 어떻게 되었겠는가? 물론 피냄새를 맡고 거머리가 몰려들었다는 것은 말할 필요도 없는 사실일 테고, 그로부터 얼마 지나지 않아서 범인은 부유물을 흘려보내기 위해 수문 쪽의 둑에 있는 판자를 열어 물을 흘려보냈어.

그렇게 하면 수면이 내려간 만큼 레세타 연꽃이 수면 위로 드러나게 되겠지? 그리고 아침이 되어 꽃이 다물어졌을 때 남아 있던 거머리가 꽃잎에 싸여버린 거야. 하지만 그건 말하자면 우연히 일어난 현상에 지나지 않아. 둑의 판자를 연 범인의 진짜 목적은 현백당 안의 발자국을 지우는 것이었어."

아아, 노리미즈는 그 물줄기에서 무엇을 알아낸 것일까?

"자네들이 몰라서는 곤란하지. 범인이 아니라 할지라도 수면의 높이가 다른 2개의 연못이 있다면 누구나 그것을 이용할 테니까. 즉, 이쪽 연못의 수면을 조금 내려가게 한 뒤, 현백당 오른쪽의 연못과 연못 사이에 있는 도랑의 둑을 튼 거야. 그렇게 하면 연못의 물이 수면이 낮은 도랑으로 한꺼번에 밀려들 테니 바위가 끝나는 당의 왼쪽 부근에 오면 지상으로 세차게 범람하게 돼. 그 물의 힘이 지상의 자잘한 자갈을 움직여 당 왼쪽에서부터 타이류 뒤편에 걸쳐서 남아 있던 발자국을 지워버린 거야. 그런데 내가 줄자를 굴려 시험해본 것처럼 당의 내부는 오른쪽에서부터 왼쪽에 걸쳐서 경사가 있기 때문에 설피와 나막신의 흔적이 남아 있는 곳까지는 물이 닿지 않아. 그리고 그 부근은 이른 아침에만 볕이 들어오기 때문에 그렇게 해서 젖은 흔적이 시체를 발견했을 무렵에는 이미 말라버렸던 거야."

"그렇다면 타이류가 어디서 살해당한 건지— 더욱 알 수 없게 되는데." 쿠마시로는 시선을 고정한 채 입술을 씹었으

나, 검사는 짙은 의심의 기운을 내보이며,

"그렇다면 범인은 어째서 담배를 피운 걸까? 살인을 저지른 사람이 누가 보고 있을지도 모르는데 담배를 피우다니……. 나는 그 심리를 이해할 수가 없어. 혹은 쿄손이 수사관의 심리를 역으로 이용한 걸지도 모르겠지만, 동기 비슷한 것과 그것만으로는 쿄손을 잡아들일 마음이 아무래도 들지 않는데."

검사가 다시 말을 이었다.

"그리고 의문이 한 가지 더 있어. 그건 제등의 기묘한 출몰이야. 10시에 야나에가 보지 못했던 것이 10시 반에는 불이 켜진 채 매달려 있었어. 그리고 그것이 11시가 되자 모습을 감추었어. 그 3단계의 출몰에 대체 범인의 어떤 의도가 담겨 있는 걸까?"

"음, 그 점은 정말 풀리지 않는 의문이야." 쿠마시로도 어둡게 중얼거렸다. "이전까지 나는 범인의 변장이라고만 믿고 있었는데 그 사실을 알고 나서부터 생각이 송두리째 무너져버렸어. 호마의 불빛뿐이었다면 아마도 효과가 있었을 테지만. 그처럼 좌우에 제등을 매달면 담뱃불과 마찬가지로 정체가 드러날 우려가 있었을 텐데. 그렇다고 해서 그것을 시체로 본다는 건 더욱 현실성 없는 얘기야. 노리미즈 군, 대체 자네의 생각은 어떤가?"

그러나 노리미즈는 어떤 이유에서인지 생기가 넘쳐흘렀다.

"그런데 말이지, 나는 자네들과는 달리 그 제등을 움직이지 않고 관찰해봤어. 제등 속의 촛불만을 가만히 바라본 거야. 그러자 범인의 신비한 살인방법을 어렴풋이나마 알 수 있을 것 같은 기분이 들었어. 머지않아 천인상의 후광과 제등의 빛 사이에서 과연 어떤 신비한 기계가 회전하고 있었는지 —, 그걸 틀림없이 알 수 있는 순간이 올 거야. 어쨌든 오늘은 여기서 마무리 짓고 내게 깊이 생각할 시간을 좀 주게."

이렇게 해서 사건 첫째 날은 의문투성이인 채로 지나가버렸으나, 쿠마시로는 야나에, 쿄손, 사쿠오 3명을 끝내 구인했다.

3. 2개의 후광

그날 밤, 노리미즈에게 3군데서 정보가 들어왔다. 한 군데는 법의학 교실로, —상처가 생긴 원인에 대한 노리미즈의 추정을 완전히 뒷받침해주었으며, 숨이 끊어진 시각도 7시 반에서 9시까지임에 변함이 없다는 사실. 다음은 쿠마시로에게서, —사쿠오가 분실했다는 다른 끌 하나가 발견되었는데 그 지점은 큐하치가 웅크리고 있었다는 장소에서 바로 5m 앞에 있는 연못 속이었다는 사실. 그리고 마지막으로 노리미즈가 월광의 뒤편에서 채취한 검은 그을음 같은 것은, 거의 원형을 이루고 있는 철분과 송연이라는 사실, —그것은 감식과에 의해서 밝혀진 사실이었다. 그런데 이튿날 아침, 쿠마시로가 힘없는 얼굴로 노리미즈를 찾아왔다.

"지금 사쿠오를 풀어주고 오는 길이야. 녀석의 알리바이가 증명됐어. 사쿠오의 방 벽 너머는 큐하치네 집의 부엌이잖아. 8시 반쯤에 거기서 일하고 있던 큐하치의 손녀가, 사쿠오가 시계 고치는 소리를 들었다는 거야. 우선 8시를 울리게 하고, 그런 다음 30분을 울리게 했기에 자기 집 시계를 보니 정확히 8시 32분이었다고 해. 그래서 사쿠오를 신문해봤더니, 녀석 깜빡 잊고 있었다며 펄쩍 뛸 듯이 기뻐하더군. 물론 세세한 점에 이르기까지 완벽하게 부합해. 노리미즈 군, 어제 사쿠오의 방에 있는 시계가 2분 늦었다는 건 기억하고 있겠지? 그리고 그처럼 묵직하고 가라앉은 소리를 내는 시계는 절에 하나도 없으니까."

노리미즈의 흐릿하게 충혈된 눈을 보면 밤을 지새운 그의 사색이 얼마나 치열한 것이었는지를 알 수 있을 정도였는데, 쿠마시로의 이 이야기를 듣고 나자 그의 눈이 갑자기 형형한 빛을 띠기 시작했다.

"그런가? 그렇다면 드디어 겁악사 사건의 종편을 쓸 수 있게 된 셈이로군. 사실은 사쿠오의 알리바이가 증명되기를 기다라고 있었어. 아아, 그것을 듣고 나니 갑자기 졸음이 쏟아지기 시작했어. 쿠마시로 군, 미안하지만 오늘은 이만 돌아가줬으면 하네."

그 이튿날이었다. 개막을 며칠 앞두고 있는 가주로 극장의 무대 뒤편으로 노리미즈가 모습을 드러냈다. 오전 중의 무대 밑은 사람의 그림자조차 드물었으며 쿠리야가와 사쿠오는

작업복을 입고 그림붓을 움직이기에 여념이 없었다. 그 어깨를 살짝 두드리며,

"이거, 축하하네. 그런데 쿠리야가와 군, 자네 어제 시계를 수리했는가?"

"무슨 소리죠? 전 무슨 말인지 하나도 모르겠는데." 사쿠오가 의아하다는 얼굴로 말했다.

"하지만 그날부터 자네 시계의 시간을 알리는 장치는 어떤 시각에도 1번밖에 울리지 않았을 거야. 그런데 오늘 자네가 방을 비웠을 때 가보니 어느 틈엔가 정상적인 상태로 돌아와 있더군. 하지만 자네는 아마도 입을 다물고 있을 테니까, 내가 대신해서 말하기로 하지."라고 노리미즈가 극히 평온한 투로 말을 꺼냈으나, 그에 따라서 사쿠오의 입술에 나타난 경련은 점차 도를 더해갔다.

"처음 거기에는 준비행위가 필요했어. 자네는 자네 방의 시계에 솜 같은 것을 받쳐서 시간을 알리는 소리가 울리지 않게 했을 거야. 그리고 7시 전에 방에서 나와 쪽문을 통해 약사당으로 갔는데, 그 이전에 자리를 비운 방의 시계와 자네의 손을 대신할 것을 야나에의 서재에 만들어놓았어. 그럼 자네의 위조 알리바이를 분해하기로 하지. 우선 야나에의 서재에 있는 괘종시계의 긴 바늘과 짧은 바늘에 안전면도기의 칼날을 일정한 위치에 붙여놓았어. 그런 다음 시계의 오른쪽에 있는 못에 실을 묶고 그것을 비스듬하게 숫자반의 원심 위에서 8시 30분 이후에 칼날이 만나는 점을 통과하게 한

뒤 그 끝을 자신의 방에서 가져간 휴대 축음기의 회전축에 묶어놓은 거야. 축음기는 예전부터 부채꼴 모양으로 쳐놓은 거미줄 아래의 적당한 위치에 놓았는데 거기에도 장치가 있었어. 자네는 틀림없이 축음기의 속도를 가장 느리게 해서 정확히 2바퀴 회전하고 나면 멈출 만큼만 태엽을 감아두었을 거야. 그런 다음 송음관을 뽑아 그것을 거꾸로 해서 중앙의 회전축에 묶었어. 그러면 발음기가 아래로 향하기 때문에 마치 만(卍) 자의 한쪽 줄과 같은 모양이 되는데, 그렇게 해놓은 다음 정지장치를 움직여서 드디어 회전을 시작케 했어. 물론 그것만으로는 실이 음반을 움직이지 못하게 하지만, 잠시 후 8시 30분이 조금 지나면 양쪽 바늘에 붙여놓은 면도기의 칼날이 만나기 때문에 실이 뚝 끊어지고 말아. 그렇게 해서 회전이 시작되자 발음기의 바늘을 끼운 팔이 위쪽 거미줄을 튕겨서 그 시계와 비슷한 가라앉은 음향을 낸 거야. 다시 말해서 처음 회전에서 8번, 두 번째 회전에서 1번─, 그것이 30분을 알리는 소리에 해당하는 셈인데, 그 두 번째에서 태엽의 명맥이 끊어져버린 거지."

"당신 어떻게 된 거 아닙니까!?" 사쿠오가 갑자기 굳은 소리로 웃었다. "그런 비단실에서 어떻게 그런 소리가 나겠습니까?"

"맞아, 10가닥 가운데 양 끝쪽 2가닥은 단순한 비단실이야. 하지만 가운데 있는 8가닥은 진짜 소도구야. 땅거미의 줄로는 지난 20년 동안 전기용 퓨즈를 심으로 사용해왔어.

게다가 자네는 그 가운데 1가닥으로는 가장 두꺼운 것을 심으로 사용했어. 그랬기에 처음에는 8번 울렸지만 7가닥의 얇은 퓨즈는 그때 끊어져버렸기에 남은 굵은 1가닥만이 두 번째 회전 때 둥하고 한 번 울린 거야."

"이야, 정말 기발한 취향이네요. 그런데 그건 당신의 독창적인 생각입니까?" 사쿠오가 진땀을 줄줄 흘리며 의자의 등받이에 쓰러지려는 몸을 간신히 기댄 채 애써 비웃는 듯한 웃음을 지어보였다.

"아니, 자네의 사소한 실수 덕분이야. 무릇 태엽이 완전히 풀려버리다니, 사용하고 있는 축음기에서는 절대로 있을 수 없는 상태야. 자네는 범행 후에 모든 것을 원래대로 되돌려놓았을 뿐만 아니라 고의로 자신의 입으로는 말하지 않고 다른 사람에게 말하게 해서 알리바이를 극히 자연스러운 것처럼 보이게 했어. 하지만 딱 하나, 태엽을 감아놓는 것을 잊고 있었던 거야. 나는 그 거미줄을 본 순간, 이거라면 알리바이를 만들 수 있겠다고 직감했어. 그랬기에 알리바이가 증명된다면 자네가 범인일 것이라고 믿고 있었던 거야."

"그런데 그게 전부인가요?" 사쿠오가 자신도 모르게 절망적으로 몸을 젖혔다가 다시 필사적인 기색을 내보였다.

"더 있어. 이번에는 조각상의 후광이야. 그건 정말 교묘하게 달의 광선을 이용했더군. 달이 뜬 밤이면 머리 위에 있는 구멍을 통해서 약 5분 정도밖에 안 되지만, 조각상의 후두부에 빛이 닿아. 그 사실을 알아냈기에 조각상에 후광이 나타났던 시간을 살펴보니 2번 모두 구멍에서 달빛이 흘러들어오는 시각에 해당한 듯하더군. 그렇게 해서 후광의 전모를 알게 되었어. 그러니까 첫 번째 밤에는 브롬화라듐과 황화아연으로 만든 발광도료를 미리 검은 천모자에 둥근 모양으로 흩뿌린 뒤 그것을 조각상의 후두부에 씌운 다음 그 천모자에 긴 끈을 묶고 끈의 끝을 포석 위에 놓은 못에 묶어둔 거야. 그리고 시간을 가늠해서 지에이를 불러냈는데 달빛이 머리 위를 비추는 동안에는 머리에 가로막혀 있었지만 달의 위치가 바뀌어 당 안이 어둠에 잠기자 발광도료가 형광색 광원을 만들어 처참한 유사 후광을 내뿜게 된 거야. 물론 지에이는 깜짝 놀라서 달려나갔을 테지만 자네는 못을 나막신으로 밟아 그것을 끌며 달렸고 도중에 떼어내서 품속에 넣었겠지. 어떤가, 쿠리야가와 군. 그리고 범행을 저지른 날 밤, 이번에는 타이류가 보는 앞에서 후광이 빛을 발하게 한 거야. 하지만 그때의 순서는 이전의 2번과는 반대로 유사 후광을 타이류의 눈에 보이게 한 뒤 곧 달빛으로 사라지게 만들어놓았겠지, 틀림없이!?"

폭로당한 범죄자 특유의 흉한 표정은 어느 틈엔가 사라지고 없었으며, 사쿠오의 얼굴은 마치 하얀 밀랍가면 같았다.

"그렇다면 타이류는 대체 어디서, 어떤 흉기로 살해당했단 말인가? 그리고 시체의 상태와 그 신기하기 짝이 없는 표정은? 그 외에도 이번 사건에는 여러 가지 의문이 남아 있는데……"라며 쿠마시로는 노리미즈에게 숨 돌릴 틈조차 주지 않았다.

"음." 천천히 입술을 적신 뒤 노리미즈의 혀가 다시 움직이기 시작했다.

"그럼 쿠리야가와 군의 계획을 처음부터 들려줄 테니 그 가운데서 드러나는 것에 주의를 기울여주기 바라네. 이번 사건은 3월 말일, 천인상에서 기이한 일이 일어났을 때 막을 올렸지만, 그 이전부터 타이류가 이야기한 꿈을 정신분석적으로 해석해서 첫 번째 기회가 무르익기를 기다리고 있었던 거야. 그리고 던져진 주사위의 숫자가 생각대로 나왔기에 타이류는 차차 어젯밤에 내가 말한 것과 같은 꿈의 판단 그대로의 경로를 지나서 쇠멸의 길로 떨어져버린 거야. ―다시 말해서 쿠리야가와 군은 범죄로서는 참으로 파격적이게도 대뇌를 침해하는 조직을 만들어낸 거지. 또한 타이류에게서 의식을 빼앗아 완전히 무저항 상태로 만든 원인 역시 사실은 거기에 있었던 거야."

"……." 사쿠오는 기계인형처럼 고개를 끄덕였다.

"그리고 그 외에도 쿠리야가와 군은 3개월여 동안 끊임없이 꿈을 이야기하게 했고 그 정신분석에 따라, 타이류의 뇌수 안에서 성장해가고 있던 조직의 모습을 냉정하게 지켜봤어. 여기까지가 데생이라고 할 수 있고, 그날 마침내 붓과 팔레트를 손에 쥔 거야. 그리고 그 시작으로 3번에 걸쳐서 천인상에 후광이 나타나게 한 거야. 타이류는 그것을 초자연계로부터의 계시라고 믿었기에 곧 내려질 심판에 두려움과 법열 외에는 아무것도 느끼지 못하게 되었어. 그게 소위 말하는 건강한 상태와 불건강한 상태의 경계야. —정신의 균형이 위태로워져서 추가 한쪽으로 막 기울려한 순간이지. 다시 말해서 쿠리야와 군이 만든 조직이 간신히 한 줄기 건전한 세포만을 남겨두고 전부를 갉아먹은 것인데, 겉으로 보기에는 그것이 평소와 다를 바 없는 모습으로 보였지만, 사실 타이류의 내부에서는 쿠타쓰의 나막신을 정신없이 신었을 정도로 처참한 폭풍이 불어대고 있었던 거야. 그런 다음 타이류는 약사당으로 들어가 호마를 피우고 필사적인 기원을 담아 약사여래의 단죄를 구한 거야. 그런데 그때 쿠리야가 군이 약사불에게서도 기적이 일어나게 한 거야. 갑자기 여래의 광배 부근에서 후광이 빛나기 시작한 거지."

"뭐!?" 쿠마시로가 자신도 모르게 담배를 떨어뜨리자,

"아아, 당신은 정말 무시무시한 사람이야!"라고 신음하듯 사쿠오가 탄식했다. 그러나 노리미즈에게는 그 진상도 하나의 사무적인 정리에 지나지 않았다.

"그런데 그건 그냥 불꽃놀이에 쓰는 폭죽에 지나지 않았어. 쿠리야가 군은 약사불 뒤의 단상에 있는 성관음의 목에 거울을 약간 아래쪽으로 향하게 걸어놓고, 약사존 가운데 월광상 뒷부분에서 폭죽을 태운 거야. 그렇게 하면 물론 그 솔잎 모양의 불꽃이 거울에 비치게 되는데, 그것을 타이류가 있던 자리에서 보면 호마의 연기 때문에 확대되어 마치 약사불의 머리 위에서 후광이 번뜩이고 있는 것처럼 보이게 되지.

그와 동시에 강렬한 정신 집중이 일어난다는 것은 심리학상 당연한 추이임에 틀림없어. 곧 도솔천에서 겁화가 내려와 약사여래의 단죄가 있으리라. —그런 의심만을 예민한 막처럼 한 꺼풀 남겨둔 채 타이류의 정신작용을 관장하는 빈사의 생체조직들은 일제히 작업을 멈춰버리고 만 거야. 그리고 이러한 상태는 더듬더듬 경을 읽는 낮은 소리와 함께 아마도 수십 초 동안 계속되었을 거야. 그 사이에 쿠리야가와 군은 뒤편의 어두운 곳으로 들어가 간신히 알아들을 수 있는 독경 소리에 가만히 귀 기울이며 마지막의 —살인도구를 가장 효과적으로 만들어줄 —어떤 한 구절에 달하기를 기다리고 있었어. 말할 필요도 없이 그때 타이류가 읊조리고 있던 『비밀삼매즉불념송』 —그건 쿠리야가와 군도 평소부터 잘 알고 있던 것이야. 대체로 경문에는 불에 관한 문자가 매우 많으니 반드시 그것을 기다릴 필요는 없었을 테지만, 그 『비밀삼매즉불념송』은 아마도 암송할 수 있을 정도로 귀에 익었던 것일 거야. 그랬기에 폭죽을 태우기에 적당한 시간 등도 미리 착오가 없도록 목적으로 삼은 한 구절을 기초로 해서 산출할 수 있었던 거야. 그리고 마침내 그것이 도래하자 갑자기 타이류의 비장한 황홀 상태가 절정에 이르러 현실에서 완전히 이탈해버렸어. 그와 동시에 흉기가 등장한 거지. 그리고 그 한 구절이라는 것은 경상 위에 펼쳐져 있던 〈오장백육십심등삼중적색망집화〉라는 구절인데, 그 구절이 끝난 순간 갑자기 타이류의 머리 위로 빨간색 망집화가 내려온 거야. 그건 뒤에서 쿠리야가와 군이 예의 빨간색 통모양 제등을 타이류의 머리에 씌워 그것을 점차 오므라들게 했기 때문이야. 타이류의 당시 상태로는 도저히 식별할 방법이 없었어. 그리고 제등이 오그라듦에 따라서 망집의 불이 점차 짙어져갔어. 물론 타이류는 그 찰나에 화형─이라고 직감했을 테지만, 그것을 되돌릴 여유도 없이 오로지 그 공포스러운 부합 때문에 취약한 뇌조직이 순간적으로 붕괴되어버린 거야. 하지만 그것이 초자아최면이라고 부를 만한 상태였는지, 혹은 매혹성 정신병 발작의 최초 몇 분 동안에 나타나는 강직성 의식 혼탁상태였는지, ─어느 쪽이었는지 그 점은 지극히 분명하지 않지만……. 어쨌든 그렇게 해서 쿠리야가와 군의 침해조직은 마침내 최후의 종지부를 찍을 수 있었고 의식과 모든 감각의 박탈에 성공한 거야. 다시 말해서 그 결과 실현된 괴사체 제작이, 타이류의 대뇌를 쿠리야가와 군이 이론적으로 일그러뜨려 변형해나간 결론이었던 거야."

그리고 통모양 제등이 무엇을 한 것인지, ─노리미즈의 설명은 마지막 기요틴을 향해 갔다.

"여기서 쿠리야가와 군은 늘어진 염주를 합장한 두 손에 감은 다음, 미리 예리하게 갈아두었던 제등의 철심을 노정부에 대고 그것을 있는 힘껏 누른 거야. 하지만 타이류는 활활 타오르는 지옥의 업화와 보살의 광대무변한 법력을 아주 짧은 순간 느꼈을 뿐, 그대로 미동조차 하지 않고 무통·무자각 속에서 죽어갔던 거야. 그러니 쿠마시로 군, 그 뇌조직 침해

법이 자네가 말한 이른바 메커니즘이었다는 사실을 알 수 있겠지? 그리고 내가 그 메커니즘과 살인도구를 자꾸만 신기한 형태의 톱니바퀴라고 말한 것이 곧 그 통모양 제등이었던 거야."

"그렇다면 그 사실을 어떻게 알아낸 거지?" 쿠마시로가 멈춰 있던 숨을 훅 내쉬며 땀을 닦았다.

"그 하나는 쿠리야가와 군이 불꽃놀이 폭죽과 월광상 사이에 뭔가 가림막 놓기를 잊었기 때문이야. 불꽃놀이 폭죽은 초석과 철분과 송연의 혼합물이니까. 그리고 철분은 불꽃이 되어 공기 중에 닿으면 산화되어 끝이 둥글게 변해버려. 거기에 또 하나는 숫자적인 부합이야. 그건 제등 끝의 쇠테두리와 타이류의 머리의 크기를 말하는 건데, 자상의 흔적과 철심이 양쪽 모두 원심에 해당해. 물론 깔끔하게 깎은 승려의 머리라면 연결부의 위치를 거의 정확히 짐작할 수 있을 테니. 그리고 거기에 우연의 일치가 있다는 사실을 쿠리야가와 군은 발견했어. 또한 그런 식으로 생각해보면 마찬가지 일이지만, 쿄손 군과 쿠타쓰의 체구가 피해자와 똑같았다는 점과, 또 야나에와 기예천녀가 서로 닮았다는 점 등도, 그건 틀림없이 자연의 얄궂은 장난에 지나지 않았던 거야. 물론 현백당 판자벽에 있는 3개의 구멍 등도 그 섬세한 장난 가운데 하나에 지나지 않지만."

"그렇군." 쿠마시로는 고개를 끄덕인 뒤 눈짓으로 다음을 재촉했다.

"이렇게 여기까지 알았으니, 시체가 숨이 끊어지기 전의 강직상태를 그대로 지속했다는 사실이 분명해졌어. 실제로 바짝 조여 있던 염주를 풀고 중심을 잡았기에 마침 기도할 때와 같은 모습을 유지할 수 있었던 거야. 거기에 촛농받이 접시가 정확히 씌워졌기에 흘러나온 피가 거의 화산형으로 응결해버린 거지. 그런 다음 약사당의 문을 열고 제등에 불을 붙여 목격자를 만들었다는 사실은 말할 필요도 없는데, 큐하치가 지나간 것을 지켜본 뒤, 이번에는 타이류의 나막신을 신고 좌상이 되어버린 시체를 현백당으로 옮긴 거야. 즉, 하제쿠라 군이 파인 자국이 조금 깊다고 말한 것은 그때의 발자국이었고, 돌아올 때는 맨발로 돌 위에서 왼쪽 벽 가까이로 뛰어내린 다음 그 발자국을 바로 도랑의 둑을 열어 지워버린 거야. 이렇게 해서 쿠리야가와 군은 범행의 전부를 마친 거지."

"그랬군. 그것으로 제등에 불을 켠 이유가 밝혀졌어."

"음. 하마터면 거기에 속을 뻔했어. 참으로 자연스러운 은폐방법이었으니까." 노리미즈가 쑥스럽다는 듯 쓴웃음을 지었다.

"피로 물든 부분은 워낙 철심에서 촛농받이 접시의 안쪽까지뿐이었잖아. 따라서 그 부분을 조사한다 할지라도, 후에 초를 철심 끝부분까지 태울 테니 날카로운 창끝부터 아래쪽의 부자연스러운 부분은 흘러내린 초로 완전히 가려지게 돼. 하지만 그것을 매달아 사람의 눈에 띄게 했다는 점은 교활한

착란수단에 지나지 않았어."

"그렇다면 둑을 튼 것도 쿠리야가와였겠지?"

"맞아. 큐하치가 당 앞을 지나자 바로 등을 끄고 연못가로 나간 거야. 그건 쿄손 군과 야나에가 매일 밤 만난다는 사실을 알고 있었기에 그것을 이용해서 우리들의 시선을 쿄손 군에게 돌리려 했기 때문이지. 그런데 쿠리야가와 군은 처음에 개의 사슬을 풀어 연못기에 놓아 그 짖는 소리로 큐하치를 불러낸 뒤, 이번에도 다시 연못 맞은편에서 불꽃놀이 폭죽을 사용했어. 미리 혈분을 섞어놓은 것을 하나 만들어두었다가 거기에 불을 붙인 건데, 혈분이 녹기에 불꽃은 나지 않고 한 덩어리의 불덩이가 되어 연못 속으로 떨어진 거야. 다시 말해서 그것이, 다 피우고 난 담배를 버린 것이라고 본 그 목격담의 정체였던 거야. 그런데 그것을, 쿠리야가와 군은 낮에 미리 가늠해서 물속에 잠기게 해두었던 한 송이 타바요스 레세타 연꽃 속으로 떨어뜨린 거야. 그렇게 하면 피 냄새 때문에 거머리가 모여들지. 그런 다음 둑을 열어 수면을 떨어지게 했기에 아침이 되어 남아 있던 거머리가 꽃잎에 감싸이게 된 거야. 현백당 안의 발자국을 지우는 것 외에 쿠리야가와 군에게는 이런 음험한 책략도 있었던 거야. 아마도 나를 목표로 계획한 일일 테지만, 사실은 나도 쿄손 군의 그림자를 아무래도 씻어낼 수가 없었어."라고 말한 뒤, 사쿠오를 바라보며, "그런데 자네는 어째서 쿄손 군을 함정에 빠뜨리려 했던 거지? 그리고 타이류를 살해한 동기는? 아무리 나라도 자네의 마음속 비밀만은 알아낼 수가 없으니."

사쿠오가 도저히 체포당한 범죄자라고는 여겨지지 않는 맑은 눈동자로 바라보며 냉정한 목소리로 말했다.

"저는 아버지의 복수를 한 것입니다. 아버지는 타이류와 넨가 학원의 동문이었는데 정부 주최의 전람회에 출품한 작품으로 당선을 겨룰 때, 타이류는 비겁한 암약으로 아버지를 낙선시키고 자신이 당선되었습니다. 아버지는 그것을 마음에 담아두어 정신이 이상해졌고 평생을 정신병원에서 살다 돌아가셨습니다. 그랬기에 아들인 저는 무슨 일이 있어도, 눈에는 눈으로 갚아주지 않을 수 없었던 것입니다. 하지만 쿄손에게는 아무런 이유도 없었습니다. 단지 동기라 여겨질 만한 행동을 계속 해왔기에 그것을 이용한 것일 뿐입니다."

이렇게 말을 마치자마자 사쿠오는 갑자기 몸을 돌려 뒤에 있는 배전함 옆으로 달려갔다. 유리가 쨍그랑 깨짐과 동시에 노리미즈는 자신도 모르게 눈을 감았다. 섬광이 눈꺼풀을 찔렀으며 찢어질 듯한 외침이 들려왔으나, 잠시 후 실내는 털이 탄 냄새가 감돌 뿐 마치 물속처럼 정적에 빠졌다. 관자놀이에 고압전류가 흘러, 이 젊은 복수자는 다시는 소생할 수 없게 되었다.

세계 판타스틱 고전문학 01

세계 미스터리 고전문학 01

1판 1쇄 인쇄 2021년 7월 1일
1판 1쇄 발행 2021년 7월 10일

지은이 에드거 앨런 포 외
옮긴이 김진언 외
펴낸이 박현석
펴낸곳 효人(현인)

등 록 제 2010-12호
주 소 서울시 도봉구 덕릉로 62길 13, 103-608호
전 화 010-2012-3751
팩 스 0505-977-3750
이메일 gensang@naver.com

ISBN 979-11-90156-20-2